牛仔裤的夏天❷

The Second Summer of the Sisterhood

[美] 安·布拉谢尔 著
李亚萍 译

上海文艺出版社

果麦文化 出品

献给我亲爱的妈妈简·伊斯顿·布拉谢尔

我们四姐妹在此就牛仔裤穿着事宜制定如下规则：

1. 不许洗牛仔裤。

2. 不许卷起裤脚。这种穿法很没品位。我们绝不能容忍没有品位的穿法。

3. 穿牛仔裤时不许说“胖”这个字眼，也绝不许有“我很胖”的想法。

4. 不许让男孩脱掉这条牛仔裤（不过你可以在他面前自己脱）。

5. 穿牛仔裤时不许抠鼻屎。不过，如果鼻子真的痒，可以随意地挠一下鼻孔（实际上还是在抠鼻子）。

6. 重聚时，必须根据相关规定，记录你穿着牛仔裤度过的时光。在牛仔裤的左腿上，记录穿牛仔裤时去过的最刺激的地方；在牛仔裤的右腿上，记录穿牛仔裤时经历的最难忘的事（例如，“我穿这条魔法牛仔裤勾搭了我的远房表亲伊万”）。

7. 整个夏天都要和姐妹们通信，不论你一个人玩得多么逍遥快活。

8. 必须依照姐妹们的约定把牛仔裤传递到下一个姐妹手中。如有违反，重聚时将会被重重地打屁股。

9. 不许把衬衫塞在牛仔裤里，也不许系皮带（参见第 2 条）。

10. 记住：牛仔裤等于爱。爱朋友，爱自己。

楔 子

生活总有惊喜，一切皆有可能。

——迈克尔·法拉第

从前有四个合穿一条牛仔裤的女孩，她们的身高体型截然不同，然而这条裤子她们穿着都很合身。

你可能认为这是个无聊的传说。不过我知道这是真的，因为我就是那四个女孩中的一个——我们是魔法牛仔裤姐妹。

我们是在去年夏天发现这条牛仔裤的魔力的，但这完全是个巧合。那时我们四个人即将各奔东西，这是我们人生中的第一次分离。卡门是在一家旧货店买的这条裤子，她甚至都懒得试穿，就准备扔了。不过蒂比无意中发现了它。蒂比第一个试穿，接下来是我——莉娜，然后是布丽吉特，最后是卡门。

等到卡门试穿的时候，我们才意识到奇迹正在发生。如果同一条牛仔裤我们四个人穿着都很合身——我指的是真正合身，那它肯定不一般。它肯定不属于我们平常所接触到的这个世界。我妹妹艾菲说我不相信魔法，也许那时候我的确不相信。可经过我们共穿这条魔法牛仔裤的第一个夏天后，我相信了。

这条魔法牛仔裤不仅是有史以来最漂亮的牛仔裤，它还有灵魂，有智慧，有温情。此外，它还让你艳光四射。

我们“牛仔裤姐妹”在发现魔法牛仔裤之前就已经是死党了。这段友谊甚至可以追溯到出生之前。我们的母亲在同一个孕妇有氧运动班相遇，预产期都在九月上旬。这就是所谓的缘分吧。我们都是尚在母体中就因为母亲们做操的动作而经常撞脑袋。

我们四人先后出生，相差不超过十七天。最先出生的是我，有点提前了，在八月末。最后是卡门，她晚于预产期，拖到九月中旬才出生。人们老爱讲究双胞胎中的哪个先出生，弄得像什么大事似的。嗯，我们也是这样的。我们很重视这个，所以我是老大，我应该是最成熟最会照顾人的；而卡门则是小妹妹。

我们的母亲因此而变得亲密。在我们上幼儿园之前，她们一周起码有三天会带我们出来一起玩。她们自称是“九月组”姐妹，后来这个名称也传给了我们。母亲们喜欢聚在其中一人家的院子里闲聊八卦，她们一起喝冰茶，吃樱桃番茄。而我们呢，我们没完没了地嬉戏，有时也会打架。老实说，那时我对朋友们母亲的记忆跟关于自己妈妈的记忆一样清楚。

我们四个孩子有时也会回忆那段时光，并视它为我们的黄金时代。慢慢地，我们长大了，母亲们的友谊却渐渐分崩离析。然后布丽吉特的母亲去世了，给她们之间的关系留下了一个巨大的空洞，可没人知道该怎么修复。也许是她们没有勇气修复。

“朋友”这个词似乎不足以形容我们之间的感情。我们亲密无间，不分彼此。每当蒂比在电影院坐我旁边时，她一看到好笑或恐怖的情节就会猛踢我的胫骨。当下我浑然不觉，总是第二天看到腿上的淤青才意识到。上历史课时，卡门会心不在焉地剥我手肘上的死皮。我给布丽吉特看电脑时，她总喜欢把下巴放在我肩膀上，我回头跟她说话，她还会把牙咬得咯咯响。我们经常踩到彼此的脚（好吧，我承认我有一双大脚）。

在发现魔法牛仔裤之前，我们不知道该如何在分离时维系友谊。也没意识到我们的感情比以前所想象的更强大、更坚强，不会被分离的时光打败。第一个夏天之后，我们知道了。

整整一年，我们都在期待第二个夏天，好奇它会带来怎样的新历练。我们学会了开车，努力做功课，准备 PSAT[1] 考试 。艾菲恋爱了（好几次），我则努力脱离恋爱。布莱恩成了蒂比家的常客，蒂比尽可能不谈及贝莉。卡门和保罗从继兄妹变成了朋友。对于布丽吉特我们总是小心翼翼，时刻关心着她。

一年里，牛仔裤都静静躺在卡门家衣柜的最上面。它只属于夏天——这是我们共同的约定。我们一直用夏天来定义我们的生活。还因为那个“不许洗牛仔裤”的规定，我们可不能老是穿它，不然会弄脏的。秋去冬来春又至，我没有一天不想念那条裤子，它正躺在卡门的衣柜里，默默积聚魔力，静待重出江湖之日。

今年夏天开始得与以往不同。蒂比要去弗吉尼亚州参加一所大学的电影拍摄班，其余三人则都会在家里。我们都急不可待地想瞧瞧这条不用再四处辗转的牛仔裤将如何展现它的魔力。

但布丽吉特是个善变的家伙，她的计划从来都是一日一变。所以打从一开始，这个夏天就出乎所有人的意料。

1　PSAT 指 Preliminary SAT，即 SAT 预考，是美国大学入学考试的预备考试。——译者注，下同。

1

哦，谁知道那乐趣，除非他的心受过折磨！
——拜伦

布丽吉特坐在房间的地板上，心怦怦直跳。地毯上放着四个信封，收信人都是布丽吉特和佩里·维兰德，而且上面盖的都是亚拉巴马州的邮戳，寄信人都是一个叫格里塔·伦道夫的女人——她的外婆。

第一封信写于五年前，信里外婆请他们去亚拉巴马州伯吉斯的联合卫理公会参加纪念马琳·伦道夫·维兰德的悼念仪式。第二封写于四年前，外婆告诉布丽吉特和佩里，他们的外公去世了。信里还有两张尚未兑现的支票，每张的面额都是一百美元，说虽然钱不多，但这是外公临死之前的一点心意。第三封写于两年前，里面有一张伦道夫家族和马文家族的族谱图，格里塔在页眉上写了“家族渊源”四个大字。第四封写于去年，格里塔在信里请他们有空的时候回老家看看。

可布丽吉特现在才看到这些信。

她是在爸爸的书房里发现这些东西的，和她的出生证、成绩单还有医疗卡放在一起，弄得好像这就是她的东西似的，好像爸爸已经把它们交给她了。

布丽吉特走进爸爸的房间，双手颤抖着。他刚下班回家，正像往常一样坐在床边脱工作鞋和黑袜子。布丽吉特小时候喜欢帮爸爸脱鞋子，那时爸爸会说这是他一天中最开心的时候。不过这话一度让布丽吉特惴惴不安，难道爸爸就没有别的开心事了吗？

“你为什么不给我看这些信？”布丽吉特冲着爸爸叫道，她气势汹汹地走到爸爸跟前，好让他看清楚她手中的东西，“这是写给我和佩里的信！”

爸爸仿佛没听见似的看着她。无论她多大声嚷嚷，爸爸也总是这副表情。他摇了摇头。过了好一会儿，他才看清布丽吉特手上晃动的东西。“我和格里塔有过节。我跟她说过别跟你们联系的。”他最后说道，好像这理由再简单明了不过了，根本没什么大不了。

“但这是我的信！”布丽吉特大吼。这不是小事，这事对她来说比天还大。

爸爸太疲倦了，以至于沉浸在自己的世界无法自拔，不管对他说什么，他总要想半天才能回过神来。“你还没成年，我是你爸爸。”

“可你有没有想过，我想要这些信呢？”她毫不示弱。

爸爸的目光缓缓地移到布丽吉特愤怒的脸上。

她没心情等他回答，不想被他主导谈话。“我要去看外婆！”她不假思索便脱口而出，“她邀请了我，我要去！”

爸爸揉了揉眼睛。“你要去亚拉巴马？”

她挑衅地点点头。

爸爸脱完了鞋袜，他的脚看起来好小。“那你打算怎么去呢？”他问布丽吉特。

“现在是暑假，而且我也攒了一点钱。”

他想了一会儿，似乎想不出反对的理由。“我不喜欢也不信任你外婆，”他最后对她说，“不过我也不打算阻止你。”

“很好。”布丽吉特回道。

她转身回到自己的房间。原定的暑假计划随之烟消云散，取而代之的是新的计划。她要走了。能到外地走走，总是让人高兴的。

“你猜怎么着？”

这是布丽吉特的口头禅，每次话音刚落，莉娜就会正襟危坐，竖起耳朵。“怎么了？”

“我要走了，就明天。”

“你明天要走？”莉娜傻乎乎地重复道。

“去亚拉巴马。”布丽吉特说。

“你开玩笑吧。”莉娜只回了这么一句。但这可是布丽吉特，莉娜知道她不是开玩笑。

“我要去看外婆。她给我寄了几封信。”布丽吉特解释说。

“什么时候寄的？”莉娜问道。

“嗯，怎么说呢？五年前，从那时候开始寄的第一封。”

莉娜听了震惊不已，这种事布丽吉特怎么能瞒着她？

“我是刚刚才发现的。我爸爸从来没有把信给我。”布丽吉特的语气并不愤怒，她是在就事论事。

“为什么不给你？”

“他把各种各样的事归咎到外婆身上，所以不让外婆联系我们。他很恼火外婆不听他的话呢。”

凡事只要牵涉到布丽吉特的爸爸，莉娜就不太乐观，所以她并没有太吃惊。

“你打算去多久？”她问。

“我不知道，一个月，也许两个月。”布丽吉特停顿了一会儿，“我问过佩里要不要一起去。他看了信，但说他不去。”

莉娜对这也丝毫不觉得吃惊。佩里曾经是个可爱的小男孩，可长大后越来越孤僻了。

莉娜对假期计划的变更感到忧虑。她们本来打算一起找工作的，要一整个夏天都厮混在一起。不过看到布丽吉特这么激动，她在吃惊之余，也莫名地感到一丝欣慰。以前的那个布丽吉特又回来了。

“我会想你的。”莉娜不禁哽咽，她也不知道自己为什么想哭。她当然会想念布布。不过莉娜以往总是会在未觉悲伤之前就先意识到悲伤要来了。今天的顺序倒是颠倒过来了，连她自己都暗暗吃了一惊。

“莉娜，我也会想你的。”布丽吉特忙不迭地柔声回道，她也被莉娜突如其来的多愁善感给吓住了。

布布在过去的一年里变化很大，但有些特质仍一如从前。大多数人（包括莉娜在内）一旦发现别人情绪失控都会唯恐避之不及。可布布正相反，她会主动迎上前去。莉娜现在爱死了她这一点。

蒂比准备第二天走，可她还没收拾好行李，也还没开始为一年两次的吉尔达俱乐部夜半聚会采购。布丽吉特来找她时，她正忙着打包。

布丽吉特坐在蒂比的书桌上，看着她把桌上所有的东西都扔到地板上，她找不到打印机连接线了。

“去壁橱里找找。”布丽吉特建议道。

“不在那儿。”蒂比粗声说道。她不想打开壁橱，因为里面塞满了许多留之无用、弃之可惜的东西（比如豚鼠咪咪死去后留下的窝）。蒂比怕一打开柜门，这些杂物便会像山崩一般塌下来把她砸死。

“肯定是尼奇拿了，我敢打赌。”蒂比小声嘀咕着。尼奇是她三岁的弟弟。他经常拿蒂比的东西，蒂比总是等到需要某件东西的时候才发现已经被弟弟玩坏了。

布布一言不发，出奇的安静。蒂比转过头来看着她。

如果你一年没见过布布，你很可能会认不出来坐在那里的女孩是她。她的头发不再是金色，身材不再苗条，她也不再像以前那样动个不停了。她把头发染成了深棕色，但那标志性的金发从发根处不断涌现，连染发剂也无力抵挡。布布以往一向苗条，身上没有一块赘肉，可她在这个冬天和春天长胖了十多斤，手臂、大腿和腰腹上都添了赘肉。她的身体似乎很不愿意接纳多余的脂肪，只肯让它们浮于表面，祈求它们早日离开。蒂比情不自禁地想，布布身体的诉求与她大脑的诉求完全是两码事。

“我可能已经失去她了。”布布一脸凝重地说。

“失去谁？”蒂比坐在一片狼藉的地上，抬头问道。

“我自己。”布布把脚后跟抵在关闭的抽屉上晃动。

蒂比站起身来，把手上的活儿搁一边。她小心翼翼地退回到床边坐下，眼睛始终注视着布布。今天的布布太罕见了。几个月以来，卡门都在旁敲侧击地打探布布内心的想法，但一直未能如愿。莉娜是她们中的知心大姐，最富有同情心，可布布也不愿和她谈心。蒂比知道这一刻很关键。

尽管蒂比是她们中间最瘦小的一个，但她希望布布能坐在她身边，依靠着她。根据她的直觉，布布坐在书桌上肯定是有原因的。她不想坐在柔软而低矮的床上，就是不想给蒂比安慰她的机会。蒂比也知道布布之所以选择和自己谈心，是因为布布深知蒂比爱她，会聆听，而不会对她指手画脚。

“你的意思是？”

“我在想以前的自己，可她好像已经离我远去。她走路如风，我慢吞吞；她晚睡早起，我一睡不起。我觉得如果她再走远几步，我就永远失去她了。”

蒂比很想靠近布布，这想法强烈到她得用手肘死死夹住腿，好不让自己动。布布也交叉双臂抱着身体，抑制着自己。

“你想……找回她吗？”蒂比缓缓说道，她声音轻柔，仿佛想把话一点一点地送到布丽吉特的心里去。

布布在这一年里不遗余力地改变自己。蒂比暗暗觉得自己知道原因。布布深知自己无法逃过那些烦心事，就给自己开启了证人保护程序。蒂比明白失去所爱的人是什么滋味。她也知道把悲痛欲绝、伤痕累累的自己扔掉这种想法是多么诱人，就像人们扔掉不合身的毛衣一样。

“我想找回她吗？”布丽吉特认真地思考蒂比的问题。有些人（比如说蒂比）不太喜欢直面问题。可布丽吉特正相反。

“我想是的。”布丽吉特的泪水汹涌而出，金黄色的睫毛都被粘到一块儿，形成了三角状。蒂比的双眼也不觉湿润起来。

“那就去找回她。”蒂比说着，喉间一阵发酸。

布布伸出一只手停在空中，手心向上对着天花板。蒂比“腾”地一下站起身来握住了那只手。布布把头靠在蒂比的肩膀上，她柔软的长发搭在蒂比的锁骨上，湿润的眼泪也滴在蒂比身上。

“所以这次我要去亚拉巴马。”布布说道。

她俩分开后不久，蒂比开始审视自己。她不像布丽吉特那样有自毁性，她的情绪从来都不会大起大落。但她的灵魂却在悄无声息地逃离。

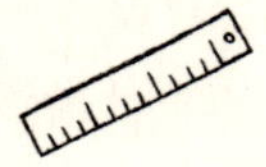

下午稍晚时分，卡门躺在床上，心情大好。她刚刚从蒂比家回来，还在那儿碰见了布丽吉特和莉娜。今晚她们会再碰头，在吉尔达举行第二年度的魔法牛仔裤启动大会。卡门本以为自己会难过，因为她暑假哪里都不能去。但她总会发现和朋友们说“再见”并不像她想象的那么痛苦。因为她之前已经担心了太久。而且，看见布布让她很开心。布布有暑假计划，卡门由衷地为她高兴。虽然卡门会发疯般地想念她，但布布能向好的方面转变毕竟是件好事。

现在看来，这个夏天似乎还不错。她们已经抽签决定了牛仔裤的传递顺序，卡门是第一个。裤子已经在她的衣柜里，她明晚正好与班上最帅的男生有约会。这就是命中注定，不是吗？它必定是暗示了什么。

她整个冬天都在想象这条裤子会在夏天给她带来什么奇遇。现在，有了约会和牛仔裤的完美组合，卡门看到了她一直期盼的曙光。这个夏天，这条裤子将会成为“爱情牛仔裤”。

卡门听到电脑响起了熟悉的消息提示音，她立即坐了起来。这是布丽吉特发来的即时消息。

Beezy3：我正在打包。我的紫色袜子是不是在你那儿？脚踝处有心形图案的那双。

Carmabella：没有。说得好像我会穿你的袜子似的。

卡门的目光从电脑屏幕往下移到自己的脚上。让她吃惊的是，她的袜子正好是紫色的，虽然两只颜色有细微的差别。她扳过脚来看踝关节处的图案。

Carmabella：啊哈，可能还真在我这儿。

吉尔达有氧操教室位于上贝塞斯达市，教室的锁形同虚设，撬开它简直不费吹灰之力。可当她们爬到楼梯顶部时，一股汗臭味扑面而来。卡门想不通除了她们以外，为什么会有人选择到这里来，更不会有人费心破门而入了。

她们马上开始准备工作，空气中透着一股庄严。现在已经很晚了。布丽吉特得明天早上坐五点半的长途车去亚拉巴马，蒂比则要在明天下午前往威廉斯顿大学。

按照惯例，莉娜架起蜡烛，蒂比摆放橡皮糖、变了形的奶酪泡芙和几瓶果汁。布丽吉特准备音乐，但她没有按播放键。

所有的目光齐刷刷地盯着卡门手上的包。去年九月卡门生日过后（她是四个人中间最后一个过生日的），她们每个人都在牛仔裤上题字留念，并郑重其事地将裤子交给卡门保管。自此之后，再也没有人见过这条牛仔裤。

卡门打开包时，空气似乎凝固了。她从包里拿出牛仔裤的那一刻，很自豪是自己发现的这条裤子——当然，她也是差点把裤子扔掉的那个人。她把包扔到地上，缓缓展开裤子，去年夏天的记忆又复活了。

在庄严肃穆的气氛中，卡门把牛仔裤放到地板上，女孩子们以牛仔裤为圆心围成一圈。莉娜展开《宣言》，把它放在牛仔裤上面。她们都知道规则，已经不需要再读了。她们已经画了牛仔裤的传递顺序图表，今年大家都没有去很远的地方，所以传递起来要容易得多。

她们手牵着手。

“好了。”卡门深吸一口气。这一刻终于到了。她仍然记得去年的誓约，大家都记得。她们齐声念道：

“向牛仔裤致敬。

“向姐妹情谊致敬。

“向这一刻、这个夏天以及我们的未来致敬。

“向我们的相聚和分离致敬。”

十二点到了，这是相聚的最后一刻……但从另一方面来说，也是相聚的开始。

2

旧地重游，景物如昔，

今日之我已非旧时之我，最是令人唏嘘。

——纳尔逊·曼德拉

虽然人口一万两千零四十二的亚拉巴马州伯吉斯镇在布丽吉特心中占比很大，但当她从“三角”汽车公司的长途车上下来时，并未受到夹道欢迎。事实上，布丽吉特差点睡过站了。值得庆幸的是，司机急刹车时把她晃醒了，她迷迷糊糊地抓过背包便跳下了车。可由于太过心急，连放在座椅下的雨衣都忘了拿。

她沿着人行道走到小镇中心。这里的地砖中间有一条漂亮的直线。许多人行道中间的缝隙都是假的，其实中间填了水泥，可这里的缝隙却是真的。布丽吉特肆无忌惮地在每条缝隙上狠狠踩着，阳光洒在背上，她感到胸中有一股力量正在爆发。她总算有事可做了。虽然她也不清楚自己到底是在做什么，但在她看来，有事可做总比无聊地空等要好得多。

她迅速打量了一下小镇中心，发现这里有两座教堂、一家五金店、一家药店、一家自助洗衣店、一家露天冰淇淋店，还有一座看起来像是县政府大楼的房子。顺着市集大街再往前走，她看见了一家古色古香的旅馆，那里肯定很贵。转过街角便是皇家大街，那里有一家不是那么古雅的维多利亚风格建筑，上面挂了一块饱经风霜的红色招牌——“皇家大街旅店”，招牌下面写着“房屋出租”。

她走上台阶按下门铃。一位五十来岁、身材瘦小的老妇人开了门。

布丽吉特指了指招牌，说：“我看到了招牌，我想租一间房，大概几个星期。”可她心里默默想，也可能是几个月。

老妇人点头并仔细打量着布丽吉特。这是她的房子，布丽吉特看得出来。这座房子很大，也许曾一度风光过，但显然这座房子和这个女人都经历了残酷岁月的洗礼。

她们相互介绍了一番，老妇人姓班尼特，她给布丽吉特看了二楼临街的一间卧室。室内装修简单，但空间够大，光线也很好。房间里有吊扇、电炉和小冰箱。

“浴室是公用的，房租一星期七十五美元。”她解释道。

“我要了。”布丽吉特说道。她得用一大笔订金来堵住班尼特夫人的嘴，免得她盘问自己的身份。但布丽吉特只带了四百五十美元的现金，她暗暗希望自己能很快找到工作。

班尼特夫人说了租房子的规矩，布丽吉特便爽快地付了钱。

她把行李拎进卧室时，禁不住感叹这笔交易实在是太神速太简单了。她到伯吉斯还不到一小时就已安顿妥当。流浪生活似乎没有传说中那么困难。

房间里没有电话，不过走廊里倒有一个投币电话。布丽吉特在那里给家里打电话，留言告诉爸爸和佩里她已安全到达。

她拉了一下吊扇的开关拉绳，打开吊扇，然后瘫倒在床上，用脚踢着白色的金属床架底部。她在想自己向格里塔做自我介绍的一刻。她在脑海中将那幅画面想了无数次，但怎么也想象不出来。她就是想象不出来。她不喜欢这样。无论她想从格里塔那里得到什么，一切都会在她们第一次礼节性的拥抱中瓦解。她们只是陌生人，然而彼此之间有着太多太多沉重的东西。尽管布丽吉特一向勇敢，但她还是害怕这个女人，害怕她所知道的一切。她既想知道，又不想知道。她想以自己的方式去发现和了解那些事。

她的四肢又开始蠢蠢欲动，这种感觉很熟悉。

她跳下床望着镜中的自己。有时，对着一面新镜子，你会有一些新的发现。

第一眼，她看到的是平常的颓废。自退出足球队以来，她就开始颓废了。不，在那之前就开始了，在去年夏末。她爱上了一个比她大的男生。她不知道自己居然会越陷越深，爱得那么疯狂。一直以来，布丽吉特的处事诀窍就是只管向前冲，速度之快让人兴奋，甚至不顾后果。不过在去年夏天后，她开始有些踌躇，以致那些痛苦的记忆，那些本该忘却的记忆如潮水般向她袭来。十一月，正当她身边围满了大学球探时，她退出了足球队。圣诞节，正当全世界都在庆祝耶稣的诞辰时，布丽吉特忆起了妈妈的忌日。她把头发染成三号深亚麻色。二月，她每天看电视到深夜，决心把一袋又一袋的甜甜圈、一盒又一盒的早餐麦片转化为身体的重量。她已生无可恋，是卡门、莉娜和蒂比的爱将她拉了回来。她们不会让她自暴自弃，布丽吉特深爱她们这一点。

随着布丽吉特注视镜子的时间变长，她有了新发现。她看到了掩饰。她的身体被覆盖了一层脂肪，她的头发上披了一层色素。如果她愿意，她还可以用谎言来掩饰自己。

她看着一点也不像布丽吉特·维兰德。谁说她一定就得做布丽吉特·维兰德呢？

“这有点像入学前参观，不是吗？”蒂比的妈妈兴奋地说道，此时爸爸正将银色的迷你货车开进洛布里奇礼堂后面的停车场。

如果这是妈妈第一次这样说，蒂比很可能还不至于这么恼怒。

妈妈就那么急不可耐地想让蒂比去上大学吗？她有必要这么明显吗？爱丽丝终于可以撇掉那个老是闷闷不乐的青春期叛逆大女儿，和两个活泼可爱的幼儿一起享受天伦之乐了。

从常理来看，孩子离开家总是很开心，而父母则总是伤心欲绝。可现在难过的是蒂比，开心的是妈妈，完全就是角色颠倒了。

“我们都可以很开心的。”蒂比这个想法一闪而过，迅速被叛逆的情绪所取代。

蒂比小心翼翼地将崭新的笔记本电脑放回箱子里。这是父母提早送给她的生日礼物，又一个他们收买她的例子。一开始蒂比对收到这些东西——例如电视、专用电话线、苹果台式电脑、数码摄影机等——还有点内疚。后来她觉得反正要被冷落，能拥有一堆高档数码产品作为补偿，何乐而不为。

威廉斯顿大学的校园简直是大学生活的模板。这里有石砖小道、绿草坪、爬满常春藤的宿舍楼。唯一不搭调的是大堂里满眼惊奇到处乱逛的学生，他们仿佛是逼真的电影场景中一群散漫的临时演员。他们还是高中生，一点儿也不像大学生，这跟蒂比的感觉一样。此情此景让她不由得想起了尼奇背着她的书包，在屋里到处走的样子。

电梯旁贴了一张宿舍分配表。蒂比不安地查看着，心里暗暗祈祷："单人间，请给我一个单人间。"有了。6B4房，这间房好像没有其他人。她戳了一下电梯按钮，运气好像还不错。

"再过一年，我们会再经历一次这样的事情。你能相信吗？"妈妈感叹道。

"是啊，太不可思议了。"爸爸也叹了起来。

"是啊。"蒂比对着天花板翻了个白眼。为什么他们就那么肯定她会上大学呢？如果她不上大学，去渥曼超市打工的话，他们会怎么说呢？邓肯·豪以前跟她说过，只要她能端正态度并取掉鼻环，几年之内做到经理助理这个职位是不成问题的。

6B4房的门是开着的，旁边告示板上的大头针上挂着一把钥匙，还在左右晃动着。桌上堆满了纸张，似乎在欢迎她的到来。除此之外，房间里还有一张单人床、一个床头柜和一张破破烂烂的木桌。地上铺着棕色的油地毯，上面还有如呕吐物般的白色污迹。

"这间房……很不错呢，"母亲赞叹道，"看看窗外的景色。"

蒂比的妈妈在地产经纪圈里摸爬滚打了足足五年，早已掌握了房屋销售艺术的精髓——如果房间乏善可陈，实在找不到可以赞美的地方，就可以指向窗外。

爸爸把蒂比的背包放在床上。

“嗨？”

他们三个人齐齐转头看去。

“你是塔碧莎吗？”

“是蒂比。”蒂比纠正道。这个女孩穿着威廉斯顿大学的T恤，她有一头棕色鬈发，即使扎成了马尾辫，却还是不停地往外乱翘。女孩的皮肤很白，脸上长了很多痣。蒂比都快数不清了。

“我叫凡妮莎，”女孩一边说，一边向他们大力挥手示意，“我是这里的宿管助理，我来看你们是否有任何需要帮助的地方。钥匙在那里。”她指了指门，然后又说：“棒球帽在那里。”蒂比望着床头柜一角神气活现地耸立着的威廉斯顿大学棒球帽，不由得畏缩了一下。“简介资料在书桌上，电话使用指南在床头柜上。如果需要任何帮助，请随时来找我。”

她一口气把这套公式话说完，那语气活像服务员介绍一大堆特色菜似的。

“谢谢你，凡妮莎。”蒂比爸爸说道。他过了四十岁生日后，便开始喜欢反复念叨别人的名字。

“好极了。”妈妈也附和着说。正在此时，妈妈的手机响了。这不是普通的振铃声，而是莫扎特的《G大调小步舞曲》。每次听到这个铃声，蒂比就恨不得找个地洞钻进去。更不用说这是蒂比十岁时拼命练习的最后一首曲子，这以后，钢琴老师便彻底地放弃了她，她恨死了这首曲子。

“哦，不。”妈妈听了一会儿后说道。她叹息着看了看表。“在游泳池里？哦，我的天……好……好。”她望着蒂比的爸爸，“尼奇上游泳课时吐了。”

“可怜的孩子。”爸爸说道。

凡妮莎看着不知所措，很不自在的样子。她的工作指南里很可能没告诉她，尼奇上游泳课吐了该怎么办。

“谢谢。”蒂比从她爸妈的讨论中抽出身来对凡妮莎说，“我会去找你的，如果我需要任何帮助的话。”

凡妮莎点点头。“好的，我在6C1房，”她用拇指指了指身后，“就在大厅那头。”

“好的。”蒂比应了一声，凡妮莎夺门而逃。当蒂比回过头来看父母时，他们正盯着她看。又是那副表情。

“宝贝，洛蕾塔一点钟得送凯瑟琳去上音乐课。我得赶回去……”蒂比的妈妈顿了顿，“我在试着回想……他早上到底吃了什么……”她突然意识到自己的话让蒂比失望了。“总之，我们得下次再找时间一起吃午饭了。真对不起。”

“没关系。”蒂比本来不稀罕那顿饭，可等到取消了，她才开始难过。

爸爸转过身来拥抱她。蒂比也回抱爸爸。这不过是她的本能反应而已。爸爸吻了吻她的头顶。“玩得开心点，宝贝，我们都会想你的。”

“好的。”她嘴上这么说，心里可一点都不相信。

爱丽丝走到门口停住，转过身来。“蒂比！”她张开双臂喊道，假装她并没有想尼奇想得太出神，而几乎忘了和蒂比道别。

蒂比迎上前去和妈妈拥抱。她让自己在妈妈的怀中停留了几秒钟。“回见。”蒂比直起身子说道。

“我晚上会给你打电话，确认你已经安顿好了。”爱丽丝保证道。

“不必了，我没事儿。”蒂比板着脸说。她这样说是为了保护自己。如果妈妈忘了打电话（这种事经常发生），她们都可以以这个为借口给彼此留点面子。

“我爱你。”妈妈边走边说道。

“是啊，是啊。”蒂比在心底应道。父母们每星期把这种肉麻的话对孩子重复几遍，他们就会心安理得了。动一下嘴皮子又不费什么劲，他们还可以大捞一把亲情牌。

她一把抓过校园内电话手册，弯腰仔细研究，好让自己不感到难过。

看到第十一页第三节时，蒂比不仅发现自己有专属语音邮箱和密码，还发现她的语音邮箱里有五条留言。她按下播放键，听到留言时她开心地笑了。一条来自布莱恩，一条来自莉娜，还有两条来自卡门。蒂比不禁笑出声来。甚至连布丽吉特都用路边的公用电话给她留了一条满是杂音的留言。

好吧，虽然血的确浓于水。但蒂比突然意识到，友情比两者皆浓。

“宝贝，我只在这里停一会儿。”

莉娜的妈妈想在她去拿药的时候，让莉娜坐在车里等，省得她还要把车开到停车场。但当然了，这只是她一连串杂事的开端。她妈妈就是通过这种不光明正大的花招来确保她们母女俩有足够的亲密时光的。其实莉娜可以断然拒绝，但她现在还没有工作，这让她的自我价值感打了折扣。

莉娜的脖子上全是汗，她把浓密的头发撩起来透透气。天气太热了，热到无法打开车的天窗，也不适宜停靠停车场，更不是应付妈妈的时候。

“好的。”这里是贝莎商店，里面挤满了像她妈妈那样的女人。“你需要我在这里等着，好让你不用找地方停车吗？”莉娜问道，即使她妈妈已经将车飞快地停到商店门前的一个宽敞空位上了。

“当然不是。”妈妈轻快地答道，她总是听不出莉娜话中的讥讽之意。

年初的时候莉娜一直在想念卡斯托斯，以至于她现在习惯了想象卡斯托斯在场的情景。这是她的一个小小心理游戏。不知为何，想象卡斯托斯在场这件事给莉娜提供了一个审视自我价值的角度。现在她想象卡斯托斯正坐在汽车的后座上，听着莉娜自作聪明地说着忘恩负义的话。

她想象中的卡斯托斯坐在皮椅上冒着汗想：“她太过分了。”

“不，我只是对我妈妈过分。”莉娜想象着自己辩护道。

“只要一会儿就行了。”妈妈向她保证。

莉娜看在卡斯托斯的分上无畏地点了点头。

“我想为玛莎的毕业午餐会买几件衣服。”玛莎是她亲戚的教女，或者是她教女的亲戚，总之就是这两者之一吧。

“好吧。”莉娜跟着母亲下了车。

商店里的温度和二月天别无二致。这对莉娜来说很有利。她妈妈直奔米色服装的衣架。扫了一眼后，她挑了一条米色的亚麻裤子和一件米色的衬衣。“好看不好看？”她拿着衣服问莉娜。

莉娜耸耸肩。这两件衣服都太无趣了，衬得人双眼呆滞。每次妈妈去买衣服，总是会买一样的。莉娜无意中听过妈妈和售货员谈话，妈妈的服装词汇量简直让她汗颜——“休闲裤”“罩衫”“奶油色”“米色”“灰褐色”。她的希腊口音更是让莉娜无地自容。莉娜飞快逃到商店前方。如果艾菲在这里，她肯定会在妈妈旁边的试衣间里兴致勃勃地试一大堆花花绿绿的衣服。

莉娜打量着柜台上的太阳镜和发饰。她无意中向临街的窗外瞥了一眼，看到门上一个牌子写着“招聘”。

妈妈最后在一堆米色的衣服中挑了一件“可爱的蛋壳色罩衫”和一条“迷人的燕麦色半身裙”。她还给衣服配了一枚硕大的别针，这样的搭配莉娜打死也不敢穿。

当她们终于准备离开时，妈妈突然定住，抓住莉娜的手臂。“宝贝，看那边。”

莉娜朝着门口牌子点头道：“哦，是啊。”

“我们去问问吧。”

妈妈拉着莉娜又折回店内。“我看到你们门口的牌子。我叫阿里，这是我女儿莉娜。”卡利加瑞夫人的本名其实是“阿里阿德涅”，但除了外婆会这样叫她之外，别人都叫她“阿里”。

“妈妈。”莉娜咬牙小声抱怨道。

女店员一边把刚收的几百美元钞票放进收银机，一边自我介绍说她是商店经理艾莉森·杜弗尔斯，她热切地倾听着卡利加瑞夫人用那副尖嗓子说话。

“这是一份很好的工作，不是吗？”阿里迫不及待地下结论。

“嗯——”莉娜开口准备说话。

“莉娜，”妈妈打断她，转过身来对她说，“想想员工折扣吧！”

“呃……妈妈？”

卡利加瑞夫人与店铺经理聊得非常融洽，她收集了许多有用的信息，例如工作时间（周一至周六，早十点至晚六点）、报酬（起始底薪每小时六点七五美元加百分之七佣金），她还知道店方需要莉娜填写一些文件并提供社会安全码。

“很好。”杜弗尔斯夫人对她们展颜一笑，“你被录用了。”

“嘿，妈妈？”她们向汽车走去时莉娜说道。她忍不住微笑起来。

“怎么了？”

“我想她录用的是你。”

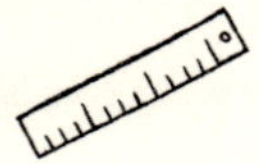

卡门正在套魔法牛仔裤，打算开启牛仔裤第二个夏天的奇幻之旅时，电话铃响了。

“你猜怎么着？”这是莉娜的声音，卡门立刻调小音乐。

“怎么了？”

“你知道贝莎商店吗？”

“贝莎？”

“你知道的，就在阿灵顿大道那边。”

“哦，我想起来了，我妈妈好像有时会去那里。”

“就是那家。嗯，我在那里找到了一份工作。”

“真的？”卡门问道。

“嗯，其实是我妈妈在那里找到了一份工作，不过去上班的是我。”

卡门大笑起来。“我从来没想过你的职业生涯会从时尚圈开始。”她端详着镜中的自己。

“非常感谢。”

“嘿，你真觉得我今晚应该穿魔法牛仔裤吗？”卡门试探道。

“当然。你穿它很好看。为什么不呢？”

卡门转过身看了一下自己的背影。“如果波特觉得上面的题字很怪怎么办？”

“如果他欣赏不了这条裤子，那你就应该知道他不是你的真命天子。”莉娜说。

“如果他问起裤子上的题字，那怎么办呢？”卡门问道。

“那你就交上好运了。你整晚可有的聊了。”

卡门几乎可以感觉到电话那头莉娜的微笑。八年级的时候，卡门有一次很担心自己和盖伊·马歇尔在电话里无话可聊，她甚至在一张粉红色的索引卡上列了一份话题表。现在，她真希望自己没把这事告诉任何人。

“我得拿相机给你拍照。”几分钟后卡门走进厨房时，妈妈对她打趣道。妈妈正忙着把洗碗机里的干净盘子拿出来。

卡门的目光从拇指指甲旁的倒刺上抬起来。“如果你想我自杀、杀人或弑母，应该是叫‘弑母’吧，那就尽管拍照吧。”卡门继续毫不留情地拔着她的倒刺。

克里斯蒂娜大笑起来,手中的餐具在篮子里咣当咣当地响着。“所以我为什么不能拍照呢？”

“你想那个男孩从我们家尖叫着逃出去吗？”卡门惊恐地往下蹙了一下她那刚修过、还有点疼的眉毛，“这只是个无聊的约会，不是正式舞会什么的。”

卡门的轻描淡写只不过是自欺欺人罢了，她差不多花了一整天的时间和莉娜一起修指甲和趾甲、做面膜、脱毛、护理头发。事实上，莉娜修完趾甲后就兴趣索然了，她后来干脆躺在卡门的床上读《简·爱》。

妈妈耐心地看着卡门，摆出一副家中有青少年的母亲标准的苦笑。“我知道，宝贝，不管它无聊或有聊，这都是你的第一次约会。”

卡门睁大眼睛，惊恐地看着她母亲。“等波特来了，如果你胆敢跟他说这些——”

“好了，放心吧！”克里斯蒂娜举起手来，笑得更厉害了。

不管怎么样，这可不是她第一次约会。卡门阴沉地安慰自己道。她只是还没有过这种二十世纪五十年代式的约会，男孩子去你家接你什么的，让你在自己妈妈面前丢尽了脸。

厨房墙上死板板的钟已指向八点十六分。什么时间现身可是个讲诀窍的活儿。他们的约会定在八点。如果波特在八点十五分之前来，会显得他有点迫不及待，并给人一种他是个没人要的窝囊废的感觉。不过，如果他在八点二十五分之后才来，那可能意味着他对她的兴趣不大。

八点十六分预示着正式宽限期的到来，九分钟倒计时现在开始。

她风风火火地冲进房间拿手表。她得摆脱厨房里的钟，它太邪恶了。钟上的黑色数字大得惊人，分钟刻度丝毫不差。钟上连秒针都有，真是不留一点情面，它是家里最不宽容的一面钟。有了这面钟，卡门上学总是迟到，晚上也从没能在妈妈规定的十二点之前赶回来过。她暗暗记住，一定要在妈妈过生日时给她送一面新钟把墙上的这面换掉。最好买博物馆里那种没有任何数字或刻度的时髦钟。有了那样的钟，她偶尔便可以偷点闲了。

卡门刚回到厨房，电话就响了。她的大脑开始高速运转。是波特，他要取消约会了。或者是蒂比，打电话来叫她别穿那双会让她脚出汗的塑料凉拖。卡门盯着来电显示，等待着她命运的揭晓——是克里斯蒂娜工作的律师事务所。真见鬼！

“是跟踪狂。”卡门不耐烦地对妈妈说，但没有接电话。

克里斯蒂娜叹了一口气，匆匆从卡门身边走过。“别叫布拉托先生‘跟踪狂’，卡门。”

克里斯蒂娜换上一副稍显绷紧的办公室脸，拿起话筒。

“喂？”

他们还没开始讲，卡门就已经对妈妈的对话内容感到厌烦。布拉托先生是妈妈的老板。他手指上戴着毕业纪念戒指，说话时老把“积极主动”这个词挂在嘴边。他总是在发生十万火急的大事——比如找不到公文纸时打电话找妈妈。

“哦……是的。当然。嗨。”妈妈的脸不再绷紧，居然还泛起了红晕，“对不起，我以为你是……不。”克里斯蒂娜咯咯笑了起来。

这肯定不是布拉托先生，布拉托先生这辈子都从没说过让人咯咯笑的话，他哪有那本事？哼。卡门还在琢磨着这起神秘事件时，楼下的门铃响了。她漫不经心地扫了一眼墙上那面邪恶的钟。太阳打西边出来了，她这次运气还不赖——八点二十一分。实际上可以说是幸运至极。她按下按钮把楼下的大门打开，她可不想让波特被可怕的门铃对讲机声音吓到。

“嗨。”卡门招呼道。她可是恰当地等了几秒钟才开的门。卡门竭力装出漫不经心的样子，好像她刚才一直在打磨梳妆台，而不是在干等着他。

现在波特正站在她家里，而不是在学校走廊里，她的储物柜旁。但他的头发和表情一点没变，头发仍是顺滑的中长发，脸上依然摆着那副既警惕又想接近她的表情。她还从未见过他如此私密的一面。

他穿着灰色衬衣和帅气的牛仔裤，这表示他还是很喜欢她的，因为他没有随便穿一件 T 恤。

“嗨。”他一边招呼，一边跟着卡门进屋，“你今天真漂亮。”

“谢谢。”卡门说。她轻轻地甩了一下头发。这话很对她的胃口，先暂且不管真假。

“你……嗯……准备好了吗？”他欢快地问道。

“是的，我只用拿包就行了。”

卡门回到房间，绿松石色的毛绒包正在床上直挺挺地立着，她抓过包走出房门，本以为妈妈会在这时候突然出现。可奇怪的是，克里斯蒂娜还在厨房讲着电话。

“好了，我们可以出门了。”卡门说。她把包背在肩上，走到门口时犹豫了一下。妈妈真打算错过这次里程碑式的、令她难堪的黄金机会吗？

“妈妈，再见。”她喊道。

卡门本想无声无息地离开，但她还是忍不住折回厨房去查看。妈妈出现在厨房门口，边握着电话紧贴耳朵，边热情地对着卡门挥手。“玩得开心点。”她用口型说道。

太奇怪了。

他们并肩走在狭窄的走廊里。“我把车停在外面了。”波特告诉她。他正打量着她的牛仔裤，眉毛微微上扬。他欣赏这条裤子。

不，他是看糊涂了。

也许是她分不清欣赏和糊涂的表情，有这种可能吗？也许这不是个好兆头。

3

我有过一个完美而精彩的夜晚，但不是今晚。

——格劳乔·马克斯

布布也许会点一大碗意大利面。她不在乎是否有面条像触须一样挂在嘴边，也不会去留意那些适合约会的食物清单。

莉娜则会。她会点清爽一点的菜，也许是沙拉，清爽优雅的沙拉。

蒂比会点比较有挑战性的菜，比如章鱼。她会用章鱼来挑战她的约会对象，但她不会点既塞牙又容易让人尴尬的食物。

“煎鸡胸肉。”卡门对长了一脸黑色雀斑的服务生说，她没注意到这个服务生是蒂比陶艺班上的同学，他读高二。鸡胸肉虽然很没新意，但起码安全。她本来差点就点了墨西哥玉米饼，但怕引出难缠的种族问题。有一瞬间，她很害怕波特会点美式墨西哥菜，以此来让她有亲切的感觉。

“我要一份汉堡，三分熟，”他把菜单还给服务生，“谢谢。”

毫不废话，男人味十足。如果他点比较女孩子气的食物或者什么时髦菜式——比如玉米卷，卡门也许就会担心了。

她把手上的餐巾揉成一团，望着他微笑。波特真的很帅，又高大。事实上，他坐在她对面尤其显得高大。嗯，这是不是意味着他腿很短呢？卡门莫名地害怕短腿，因为她怀疑自己有一双小短腿。她开始胡思乱想了。如果她爱上了他，然后他们将来结婚，生了一群小短腿的孩子，那该怎么办呐？

“你还要一杯健怡可乐吗？”他彬彬有礼地问道。

卡门摇摇头。“不，谢谢。”

如果再喝一杯健怡可乐，她可就得马上起身上厕所了。她不能让波特有机会看到自己的小短腿。

“嗯，你有想过以后去哪里上大学吗？”

话音刚落，卡门就希望自己能把这个问题咽回去。这是那种她妈妈会问的问题，如果波特到她家时，她妈妈不是正在打电话的话。作为同病相怜的伙伴是不会问这种问题的！可悲哀的是，他们在点餐之前就已经把寒暄的话——比如说“你有兄弟姐妹吗？”——都说光了。

卡门的表姐加布瑞拉是情场老手，她曾教卡门如何判断约会是否成功，那就是看约会的时间是否过得很快。点餐之前就把话聊完了也许不是个好兆头。

卡门低头看了看表。她看完立刻愣住了。哦，这样是不是太没礼貌了？她赶忙抬头将目光收回来。

波特脸上没有不悦的表情。“我很可能会去马里兰州立。”他回答道。

卡门饶有兴趣地点点头。

“那你呢？”

很好，卡门围绕这个问题至少可以展开三句话。“威廉姆斯大学是我的首选，不过要进去还挺难的。”

“很不错的学校啊。”波特说。

“嗯。”她同意道。她外婆很讨厌她不直接说“是”，而老是说什么“嗯”“嗯啊”或“嗯哼”。

波特点点头。

“它是我爸爸的母校。”她的声音掩饰不住内心的自豪。她发现自己聊天时老把这话挂在嘴边。她爸爸不在身边，所以也只能依靠这些话题来自我安慰。

就在这时，凯特·巴奈特和贾德·奥伦斯坦一起走进餐厅，凯特穿了一件超短裙，这是卡门这辈子见过的最短的裙子。它是一条镶着草绿色裙边的牛仔裙，不过事实上，裙边差不多就等于是裙子了。

卡门好想大笑。可她看了一眼波特，发现他好像并不觉得这很好笑。卡门只好眯起眼睛拼命忍住笑，她在心底暗暗记下了这一幕，等回家后一定要讲给蒂比听。

今晚的约会还不错，一切都顺利。不过如果她说“凯特·巴奈特的裙子肯定是从她四岁的妹妹那里借来的”，波特也许会认为她不友善，甚至还可能会觉得她刻薄。

卡门意识到，她的约会对象有一个问题——那就是他是男孩。她不怎么了解男孩。她生活中的基本班底是妈妈、布丽吉特、蒂比和莉娜，其次是小姨、表姐和外婆。以前她和布丽吉特的弟弟佩里一起玩过，但那时他们都还是小孩子，所以不算。还有保罗，但保罗不一样。他就像那些四十岁的男人一样，既硬朗又有责任心，他处于更高级别。

事实是卡门喜欢男孩子。她喜欢他们的模样、他们的气味、他们的笑声。她看了很多杂志，熟知约会的规则和那些错综复杂的细节。可到了实战的时候，和男孩子吃饭简直就像和企鹅吃饭似的。到底该谈些什么呢？

亲爱的卡斯托斯：

你好吗？你爷爷好吗？你的足球队怎么样了？

你猜怎么着？我找到了一份工作。在离我家两公里远的一家服装店。时薪六点七五美元，加佣金。很不错，对吧？

艾菲现在是"橄榄藤"餐厅的女侍者了，我以前和你说过吗？她用她仅会的七个希腊语单词（大多数都跟调情有关），就把餐厅里的人迷得晕头转向。昨晚她洗澡时我听见她在练习"橄榄藤"餐厅为客人唱的生日歌。

替我向我爷爷奶奶问好。

自二月份她和卡斯托斯分手后，莉娜就开始写这些内容简短，像朋友间闲聊的信，大概一个月一次。她不知道自己为什么还要给他写信，真的。也许是出于女孩子那种想跟前男友保持朋友关系，好让他们不会随便散播关于自己谣言的想法（并不是说她觉得卡斯托斯真会这么做）。又或者是她不想卡斯托斯完全忘记她。

她之前的信跟这不一样——写得频繁，且过程很折磨人。她先用铅笔写，然后再用钢笔描。她把信纸举到脖子附近，好让自己的气息渗入信纸。她把信纸放入信封，但几个小时后才会封上。最后好不容易把信给封上了，却又一天都不贴邮票。她总是拿着信在邮箱前踌躇良久，打开邮箱的门之前要犹豫，关上邮箱的门之前也要犹豫，好像她的未来就悬于这之间的平衡。

莉娜以为她和卡斯托斯分手后就不会这么想念他了，以为她可以解脱。但事实并非如此。

不过，卡斯托斯倒好像解脱了，够讽刺的。显然他已不再想念她，这也无所谓。他都几个月没给她写过只言片语了。

莉娜看着信的底端，在想该怎么落款。

如果她不是真怕自己还爱着卡斯托斯，她大可以在落款上写"爱你的莉娜"，毫无问题。给完全不爱的人写信时，她都会在落款上写"爱你"。她给艾丝特娜婶婶（叔叔那爱挑剔的前妻）写感谢信时，也是署名"爱你的莉娜"。当你停下来细想，会发现这些信里的"爱"泛滥得可怕，当"爱"这个字不代表任何意义时，写起来便不费吹灰之力。

她还爱卡斯托斯吗？

就像蒂比喜欢说的那样，如果要莉娜选择 A 或 B，她永远会选 C。

她爱他吗？

A：不爱。

B：爱。

C：嗯，有这种可能，因为她还是经常想着他。不过去年夏天他们之间也许只是一时迷恋罢了。可迷恋和真爱之间的区别在哪里呢？她对卡斯托斯几乎一无所知，他们差不多九个月没见面了，而且以后很有可能不会再见面。在这种情况下，她怎么可能认为自己爱他呢？

在圣托里尼的最后几个小时里，莉娜深信自己爱卡斯托斯。可是哪个疯子会把一生寄托在几个小时上？无论如何，掺杂了太多欲望的记忆是不可信的，她明白这一点。九个月过去了，现在的卡斯托斯很可能已不是她记忆中的卡斯托斯。

她想象这两个卡斯托斯，他们就如同她九年级上生物课时看到的有丝分裂幻灯片。先开始看到的是一个细胞慢慢扩大，膨胀，拉伸，然后“噗”地撕裂成两个细胞。这两个细胞分离的时间越长（一个估计是去为大脑发育做贡献，另一个则去建造心脏），它们之间的区别就越大……

是的，莉娜肯定选 C。

莉娜在落款处写上“祝好，莉娜”，小心翼翼地将信折好放入信封。

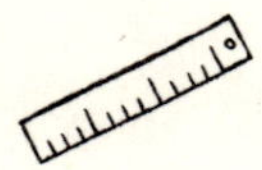

卡门和波特一起走向前厅，她开始回顾这晚的约会情况，她知道妈妈会没完没了地盘问她，她得想好答案。

“有人吗？”她打开家门轻轻问道。

现在，十六岁的卡门（马上就十七岁了）和约会男伴站在黑漆漆的家里。她在等妈妈从角落里走出来，满脸担心会不会撞见他们接吻的情景。

卡门等待着。怎么回事？妈妈是不是又看重播的《老友记》看睡着了？

“妈妈？”卡门看了看手表。十一点都过了。

“请坐，”她指着沙发招呼波特，“我去去就回。”

她去妈妈的房间查看，惊讶地发现妈妈居然不在。卡门走到厨房时开始有点担心了，她打开厨房的灯，妈妈也不在这里，但餐桌中间赫然躺着一张便条。

卡门：

我和一个工作上的朋友出去吃饭了。希望你有个美妙的夜晚。

妈妈

“工作上的朋友”？“美妙”？妈妈是不是不小心跟别人交换了身体？克里斯蒂娜从来都不会说“美妙”，她也没有任何工作上的朋友。

卡门一脸惊愕地回到客厅。“家里没人。”她说着，完全没有意识到自己话中的含义，直到她看到波特。

波特看上去不像是起了什么歪念，不过他很可能在猜测卡门的心思。毕竟卡门请他进了屋里。

在这个卡门第一次正式约会的夜晚，妈妈竟然把整个家空出来留给她？妈妈到底在想什么？

如果卡门愿意，她可以把波特带到卧室，想干什么就干什么。是的，她当然可以。

她打量着波特。他脑后的头发微微竖起，脚上的网球鞋鞋底出奇地宽阔扁平。她看向自己那敞开着门的卧室。一想到波特从沙发这里可以看到她的床，她心里便隐隐约约有些不自在。如果一个男孩看到你的床会让你难堪，这很可能说明你还没准备好和他上床。

“是这样的，”她说，“我明天得早起去教堂。”她打了一个哈欠来加强效果。刚开始的时候还是装的，可打到一半，她居然真的困了。

波特立刻起身。上帝和哈欠的组合果然起作用。“哦，好的，我也得回家了。”

他看着有些失望。不，也许他感到松了一口气。她可能会分不清失望和松一口气的区别吗？也许他不喜欢她。也许他很高兴能离开这儿。也许他觉得她短腿上的这条传说中的牛仔裤是他这辈子见过的最怪诞的东西。

他的鼻子很好看，当波特走向她时，卡门不由得暗暗感叹道。他们一起站在门口，波特站得很近，微微弯腰。“谢谢你，卡门，我今晚过得很开心。”他在她的唇上吻了一下。虽然只是蜻蜓点水的一下，但它一点都不让人失望或者松一口气。它很美好。

他真的过得很开心吗？她对着闭上的大门沉思起来，还是他只是随口说说的？他的“开心”和她的“开心”是同一个概念吗？卡门满脑子都是问号，有时连她都惊叹自己怎么会有这么多问题。别人是不是也这样呢？

一场约会成功与否全在于期望，这话一点没错。而卡门则非常擅长堆砌期望，它们多到都可以顶到天上去。

她转头看着空空荡荡的家。克里斯蒂娜到底上哪儿去了？她妈妈到底在想什么？没有妈妈在这里听她倾诉，卡门该如何将一手体验材料转化为一个引人入胜的故事呢？这到底怎么回事？

她走进厨房，心神不宁地坐在福米卡小桌旁。爸爸妈妈还没离婚的时候，他们住在一个带院子的小房子里。自爸爸离开后，她和妈妈就搬到了这套公寓。妈妈认为家里没男人修整草坪的话，就不能住带草坪的房子。她家的厨房窗户跟其他三户人家的厨房窗户正好相对。地产经纪人管中间的这块地方叫庭院，不过在一般人看来，这里就是通风井。卡门很久以前就养成了一个习惯：只要她坐在厨房里，就绝不会做像挖鼻孔这样的不雅动作。

卡门觉得很不对劲，她没法就这样上床睡觉。今晚她需要找人倾诉。她不能给远在亚拉巴马州的布丽吉特打电话。于是她试着拨了蒂比宿舍的电话，感觉就像在给另外一个时空——未来的某个时空——打电话似的。电话铃一直响啊响，似乎在那个未来时空里，人在十一点半是没法接电话的。她犹豫着要不要给莉娜打电话，但又怕会吵醒莉娜的爸爸，她爸爸脾气不好。管不了这么多了，她还是拨了莉娜的电话。

她严阵以待地听着电话铃响了漫长的两声。

“喂？”莉娜悄声应道。

“嗨。”

“嗨。”莉娜的声音满是睡意，“嗨，嗯，今晚约会怎么样？”

“还……不错。”卡门说道。

“很好，”莉娜说，“那……那你喜欢他吗？”

“喜欢他？”卡门重复着莉娜的问题，好像不明白它跟自己有什么关系。这一晚她想了很多事，唯独没想过这个问题。

“你觉得他的腿短吗？”卡门问道。

“什么？当然不。你到底在说什么呢？”

“你觉得我的腿短吗？”显然要回答这个问题更需要技巧。

“卡门，你的腿不短。”

卡门若有所思地想了一会儿。“莉娜，你和卡斯托斯有没有无话可说的时候？”

莉娜大笑。“没有，我的问题是话太多没法停下来。不过我们是在去年夏天快结束的时候才在一起的，在那之前发生了很多疯狂的事情。”

通常卡门跟莉娜说话都是畅所欲言的，就像跟自己说话一样，没有任何顾忌。但碍于某种原因，卡门此时不大好意思向莉娜承认，她那张著名的大嘴巴在真正面对男孩子的时候竟然哑了。于是她马上转移话题，开始长篇大论地谈起了她妈妈的行踪和动机。

莉娜沉默了很久，卡门开始怀疑她是不是睡着了。“莉娜？莉娜？你有什么看法？”

莉娜打了个哈欠。“我觉得你妈妈能开开心心地出去玩一晚挺好的。你应该上床睡觉了。”

“行，”卡门怄气道，“很明显需要上床睡觉的是某人。”

那之后，卡门还是睡不着，于是她给保罗发了封电子邮件。保罗一向惜字如金，给他写信差不多等同于石沉大海，但即使如此，卡门还是经常写。

之后她又决定给蒂比也写一封电子邮件。她在信的开头描写了波特的外貌，还打算描述一下他眼睛的颜色，可是等她停下来想象波特的眼睛时，她才发现大脑一片空白——她根本没认真注视过波特的眼睛。

4

换个角度，你可以看到不同的风景。

——杰克·汉迪

“塔碧莎·汤可－罗林斯。”

蒂比猛地缩了一下。沉默。她真希望能把自己的出生证明给改掉，最好还能把学校的成绩单和社保卡通通全改掉。

“嗯，只叫罗林斯就行了，蒂比·罗林斯。”蒂比对剧本创作老师巴格莉小姐说。

“那汤可是什么呢？”

“我的……中间名。”

巴格莉小姐又查看了一下她的名单。“那安娜斯塔西娅是什么呢？”

蒂比瘫倒在座位上。“打印错误？”全班哄堂大笑。

“好了，你说你叫蒂比，对吗？行，蒂比·罗林斯。”巴格莉小姐在名单上写上备注。

这是蒂比一生众多讽刺事情中的一件——她是家里五个人之中唯一仍然保留“汤可”这个傻名字的人。汤可是她母亲的娘家姓。当她的父母成了嬉皮士，主张男女平等后，妈妈便开始嘲笑那些结婚后改姓的女人。她那会儿依然叫爱丽丝·汤可。她不仅把“汤可”这个姓硬塞给蒂比，还在中间加了一个连字符。十三年后，尼奇降生，此时的妈妈决定把“汤可”这个姓给扔了。“它只会让事情复杂化。”她咕哝了几句就把自己的姓名改成了爱丽丝·罗林斯。她还含糊地假装蒂比也再没有“汤可”这个中间名。但出生证可是毫不含糊的。

蒂比花了好一会儿工夫才重拾自尊，把视线从桌子上抬起来环顾四周。她发现和她隔着两个座位的女孩是住在六楼的。还有几个孩子是她在昨晚的迎新晚宴和派对上见过面的。许多同学都是一脸的饥渴，他们巴不得立马就能交到朋友，无论是谁都可以，来者不拒。

有两个孩子没有这种饥渴的表情，其中一个是极品帅哥，他的刘海很长，随意地胡乱搭着，把眼睛都遮了一半。看那样子，好像刚刚从床上爬起来。他懒洋洋地瘫坐在椅子上，腿伸得老长。另一个是女孩，就坐在极品帅哥旁边。女孩留着一头利落的黑栗色短发，戴着粉红色的无框眼镜。她的 T 恤看着像是 6XL 的尺码。他们俩显然以前就认识。

住在 6B3 室的苏菲今天已经邀请了蒂比一起吃午饭。苏菲的室友杰西和另外一个住在 6D 某室的姑娘也很想约蒂比今晚出去玩。但蒂比感觉自己在刻意回避所有和她一样孤零零，并急切地想交朋友的人。

她盯着“蓬头哥”和“眼镜姐”。“眼镜姐”对“蓬头哥”耳语了几句，“蓬头哥”笑了起来。他看着像宿醉未醒。他将身体深埋进椅子里。蒂比的耳朵因好奇“眼镜姐”说了什么而发痒难耐。

蒂比很想认识这两个无心交友的孩子。

“好了，同学们，”巴格莉小姐终于点完了名，“我们来做一个小游戏吧，好帮助大家增进了解，也好记住彼此的姓名。”

“眼镜姐”对她的朋友挑了挑眉毛，也跟着一起懒洋洋地瘫坐在椅子上。蒂比觉得自己也跟着往下陷了一点儿。

“准备好了吗？游戏的规则是这样的，告诉我们你的名字和最爱的两样东西，姓名和两样东西的第一个字母必须是一样的。我先来。”巴格莉小姐望着天花板思忖了一会儿。蒂比猜她大约有三十来岁。她的深色眉毛极其浓密，都爬到眉心上去了，像极了墨西哥女画家弗里达·卡萝的眉毛。不知道为什么，蒂比觉得这意味着她没有丈夫。“我叫卡萝琳，嗯，我喜欢烤龙虾和……卡拉瓦乔的画。”

当一个叫肖娜的女孩告诉全班同学她喜欢香羊肉串和沙奎尔·奥尼尔时，蒂比看到“眼镜姐”凑到“蓬头哥”的耳边又嘀咕了几句。轮到“眼镜姐”发言时，她抬起头一下子慌了神。显然，她刚才完全没听到别人的发言。“噢，嗯……我叫莫拉，嗯……我应该讲两样我最喜欢的东西吗？”她问道。

巴格莉小姐点点头。

“好的，嗯，我喜欢迷你奶球和，嗯，好书。”

几个同学窃笑起来。蒂比摇了摇头。如果莫拉刚刚能像一般人那样说“名著”而不是“好书”，她就顺利完成任务了。

“蓬头哥”的名字是亚历克斯，他喜欢蚁熊和亚热带橡子。他故意把“y”这个声母拖得老长，蒂比怀疑他是存心想让老师和莫拉难堪。但他的嗓音低沉而有磁性，他还给了莫拉一个迷人的微笑。

“我也想要一个那样的笑容。”蒂比暗自想。

亚历克斯穿着彪马运动鞋，但没穿袜子，蒂比在想他会不会有脚臭。

轮到蒂比了。“我叫蒂比，我喜欢大份炸薯球和……镀金镊子。”蒂比不知道自己是被什么迷惑了心智才会给出那样的回答。她的脑袋缓缓地转过四十五度角，她看到亚历克斯的眼睛正透过刘海盯着她。他对她笑了。

话说回来，她其实知道自己是被什么迷惑了心智。或者说，是被谁。

布丽吉特举步维艰地走在这座两层砖房的前门走道上。路的一旁有一些小蚁丘。水泥地上时不时有绿草不屈不挠地冒出来。门前的地垫上写着五个硕大的字——“心安即是家”，字旁边点缀着粉红色和黄色的花。布丽吉特记得这张门垫，也记得那不知是和平鸽还是家鸽形状的黄铜门环。也许是家鸽吧。

她重重地敲了门，她不是存心的，只是不想退缩。“快啊，快开门啊。”她自言自语道。有脚步声传来，布丽吉特甩了甩手让血液流动起来。

“来吧。”布丽吉特心想，门把手转动了一下，门随即敞开。

她站在那里。

开门的老妇人和格里塔一般年纪，布丽吉特其实已经认不出外婆了。

“你好啊？”阳光太强烈，老妇人眯缝着眼，用疑问的语气打招呼。

“嗨。”布丽吉特说着，伸出手，“我叫吉尔达，几天前才来到这个镇上。请问您就是格里塔·伦道夫吗？”

老妇人点点头。嗯，谜底揭开了。

“你要进屋坐坐吗？”老妇人邀请道，但她脸上有一丝怀疑的表情。

“好的，谢谢您。”

布丽吉特跟着老妇人走进铺满白色地毯的屋里。她被屋子里的味道惊到了。那是一种很独特的气味，布丽吉特一时无法描述，又或者是因为它给她一种熟悉的感觉。她一度屏住了呼吸。

老妇人请她坐在客厅的有格子图案的沙发上。“你要喝杯冰茶吗？”

“不，现在不喝，谢谢您了。”

老妇人点点头，坐到布丽吉特对面的翼状高背椅上。

布丽吉特不知道自己到此来是要探寻什么，但肯定不是眼前这幅景象。格里塔·伦道夫体态臃肿，上半身松松垮垮。她的头发已经灰白，剪得短短的，还烫过。她一口黄牙，身上的衣服看着就像是在沃尔玛买的廉价货。

“你找我有什么事呢？”她谨慎地看着布丽吉特问道，大概是为了确保布丽吉特不会把她书架上的水晶摆饰给顺手牵羊。

“我听您的邻居说，您也许需要人帮您干些家务活，您懂的，就是杂活。我正在找工作。”布丽吉特解释说。她毫不费力地就编了一个谎言。

格里塔看着有点困惑。“哪个邻居？”

布丽吉特笃定地指向右边。她觉得撒谎并不像别人想象的那么难。这一点很关键，因为骗子利用的就是别人的信任。如果每个人都撒谎的话，那骗子就不会那么容易得逞了。

“是阿姆斯特朗家的人吗？”

布丽吉特点了点头。

老妇人怎么也想不通，她摇了摇头。“嗯，我想我们都需要一点帮助，不是吗？”

“那是当然。”布丽吉特说。

格里塔思忖了一会儿。“我的确有件事一直都很想完成。”

“是什么？”

“我想把阁楼清理一下，也许可以把它整理得像样一点，我想秋天时把它租出去赚点外快。”

布丽吉特点了点头。“我可以帮忙。”

“我得事先提醒你，那里有很多垃圾，都是一盒一盒的旧东西。我的孩子把他们所有的东西都留在我这里了。”

布丽吉特暗暗畏缩了一下。她没想到事情会进展得这么快，即使只是间接地。事实上，她坐在这里差不多都忘了格里塔是她外婆这件事。

“您告诉我该怎么做吧，我会好好工作的。”

格里塔点点头。她斜着眼睛盯着布丽吉特，看了好长时间。

“你不是镇上的人吧。”

布丽吉特活动了一下球鞋里的脚趾头。“不是的，我来这里是……是过暑假的。”

“你还在读高中吗？”

“是的。”

“你的家人呢？”

“他们……”该死，布丽吉特应该事先准备好这些问题的答案的，“他们旅游去了。我想打零工赚点零花钱，为明年上大学做准备。”

布丽吉特站起身来稍稍活动了一下腿，她希望以此避开格里塔接下来的问题。她的目光穿过走廊停在了后门廊上，布丽吉特依稀记得后院里有一棵高大的粉红色山茱萸，低矮结实的树枝很适合攀爬。

她转头看到了壁炉架上相框里的照片，是六岁时的自己和她弟弟佩里。她不由得深吸了一口气。也许站起身来活动不是个好主意。她又坐下了。

格里塔把目光从布丽吉特身上移开，低头研究起自己那歪歪扭扭的指关节。“好吧，我给你每小时五美元的酬劳。你觉得怎样？”

布丽吉特忍住没做怪相。也许伯吉斯镇的行情就是这样的吧，但在华盛顿卖汉堡的都不止拿这点钱。“嗯，没问题。”

“你什么时候可以开始工作？”

“后天可以吗？”

“好的。”

格里塔站起身来，布丽吉特跟着她走到前门。“谢谢您，伦道夫夫人。”

“叫我格里塔吧。”

“好的，格里塔。”

“我们后天见，八点钟怎么样？”

“嗯……没问题。到时候见。”布丽吉特暗暗叫苦。她早上很难起来。

“你说你的姓是什么来着？”

“哦，我姓……汤可。”这个无主的姓需要一个新主人了，即使只是暂时的。况且，她喜欢想到蒂比。

“如果不介意的话，可不可以告诉我你多大了？”

“马上就十七岁了。”布丽吉特答道。

格里塔点点头。“我外孙女和你一般大，她九月份就满十七岁了。”

布丽吉特不由一怔。“真的吗？”她的声音都发抖了。

“她住在华盛顿。你去过那里吗？”

布丽吉特摇摇头。对陌生人撒谎固然很容易，可对知道你生日的陌生人就没那么容易了。

“你是哪里人呢？”

“诺福克。”布丽吉特不知道她为什么会说这个地名。

“那你肯定走了很远的路。”

布丽吉特点点头。

“好吧，很高兴认识你，吉尔达。”她那熟悉又陌生的外婆在她背后喊道。

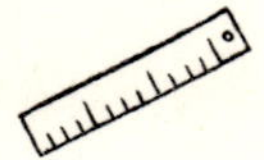

“那家餐厅很高档。我本来以为只是到附近的某个地方用餐而已，可他在‘约瑟芬’订了位子。简直难以置信。我还担心自己穿得太寒酸，可他说我看着很完美。这是他的原话：‘你看着很完美。’你能相信吗？我花了好长时间来想应该点什么菜，才不会让我的罩衫沾到蛋黄酱，或者牙齿沾到沙拉。”

克里斯蒂娜痴痴地笑着，好像只有她经历过那种窘境似的。

卡门低头看着她的全麦华夫烤饼。烤饼中间的四个格子里倒满了糖浆，而其他部分还是干的。本来应该是卡门给妈妈讲她约会的情况，可现在却完全颠倒了。这讽刺甚至还伴着一股酸味。卡门之所以找不到机会说，完全是因为妈妈在不停地讲啊讲，根本没法闭上嘴。

克里斯蒂娜夸张地瞪大双眼。“卡门，我真希望你能尝尝那里的甜点，简直好吃得要命，那甜点叫‘tarte tatin’，也就是焦糖苹果挞。”

妈妈太急于炫耀这个法语词了，可她那向上扬的波多黎各口音怎么也掩饰不住。卡门本来很想对妈妈发火，可一听到妈妈的口音，她顿时就没了脾气。

“嗯。”卡门闷闷地应道。

“他很贴心，标准的绅士。他还给我开车门呢。上次有男人帮我开车门都是什么时候的事了？”克里斯蒂娜看着卡门，好像期待卡门能真的给她一个答案。

卡门耸耸肩。“从来没有过？”

“他是斯坦福大学毕业的。我有没有告诉过你？”

卡门点点头。克里斯蒂娜的表情无比自豪，卡门的心里一阵羞愧，前一天晚上她还颇为自得地对波特说她爸爸毕业于威廉姆斯大学。

卡门小心翼翼地拿着糖浆瓶子倒糖浆，想把华夫饼的每个方块都填满。“他叫什么名字来着？”

“大卫。”克里斯蒂娜似乎很享受说这两个字的感觉，甚至比焦糖苹果挞更让她回味无穷。

“你刚才说他多少岁了？”

克里斯蒂娜有点泄气。“他三十四岁，我们也就差四岁。”

“差不多五岁了。”卡门说道。把这包装成真话来说是一件颇卑劣的事。妈妈一个月后才满三十九岁。“不过他听起来是个很好的男人。”卡门加上一句以示补偿。

这才是妈妈想听的话。“那是当然，他真是个好男人。”她继续喋喋不休地讲大卫的优点，一直到她们又吃了两块华夫饼。妈妈讲大卫有几次在办公室里给她送咖啡，还在她电脑死机的时候给她帮忙。

“我们同事三年了。”克里斯蒂娜没完没了地讲着，好像卡门很想听似的，“他大学毕业后没有直接去法学院深造。而是去了孟菲斯的一家报社工作，我想那就是他这么风趣的原因。”克里斯蒂娜重重地强调了“风趣”这个词，仿佛它只有在这时候才真正值得派上用场。

卡门给自己倒了一杯牛奶。十三岁以后，她就再也没喝过牛奶了。突然之间，她产生了科学家式的好奇，如果她一直不说话，妈妈会自顾自地说多长时间呢？

“他一直都很友善，乐于助人，但我从没想过他居然会约我出去。从来没有！”克里斯蒂娜在小小的房间里踱来踱去。她的礼拜鞋噼啪噼啪地踩在桃红色的油地毯上。

“我知道和办公室的人约会可能不太好，不过话说回来，我们不在同一个部门，甚至都不在同一个楼层。”她挥了挥手，还没反驳完这一观点就堂而皇之地接受了办公室恋情这个想法。

“我想说的是，昨晚看着你出去，我觉得自己又老又孤独，等明年你上大学了我该怎么办呢？然后好事就发生了！我认为这简直就是上帝的眷顾。”

卡门本想说上帝忙得很，要考虑的事多了去了，不过她还是忍住了。

“我不该一头栽进去。如果这段感情没有结果怎么办？如果他并不想进入严肃的恋爱关系怎么办？如果他和我对这段关系的定位完全不同可怎么办？”

首先，卡门很讨厌妈妈像个形而上学大师一样用“定位”这个词。其次，她妈妈是什么时候开始想谈恋爱的？

卡门读小学四年级之后她就再没和男人约会过了。

即使卡门一言不发也无济于事。即使她躲到洗手间里，妈妈也自顾自滔滔不绝地讲着。卡门想是不是真的得冲出家门，才能让妈妈闭嘴。

最后卡门看向了钟。这面钟从来没让她顺心过。不过今天它终于破天荒地第一次顺了卡门的意——去教堂的时间很充足。“我们得走了。”但卡门还是建议道。

妈妈点点头，一边跟着卡门走出厨房，一边还在不停地说。一路上她都没停过口，直到她们到了教堂的停车场她才闭嘴。

“那么告诉我，宝贝，”克里斯蒂娜把车钥匙放进手袋，带着卡门走进教堂，“你昨晚的约会怎么样了？”

莉娜：

我知道你和我之间只隔了几个街区，而且大约五分钟后（好吧，是十分钟），当我来接你上班的时候（不好意思，来晚了）就可以顺手把牛仔裤塞给你。不过，今年夏天不能从遥远的地方给你写信，我有那么一点点难过。然后我就想，嘿，虽然我们今年夏天可以写电子邮件，可以随时打电话和见面，但这并不意味着我就不能在离你家很近的地方给你写信，不是吗？这并不算是什么重罪，对吧？

所以，莉娜，我知道今年夏天和去年不同。你不必想念我，因为我们昨天还见了好几次面，而且昨晚我还扯着你没完没了地瞎聊，差点没把你说昏迷。虽然你等会儿又会见到我了，也许你还会因为我（又一次）迟到而大吼大叫，但我还是想借这个机会告诉你——你是这世上最好、最棒、最伟大的莉娜，我好爱你。所以，尽情享用这条牛仔裤吧，亲爱的。

激动不已的卡门

5

人常会被真理绊倒，

但大多数人总是爬起来急匆匆走开，仿佛什么也没发生过。

——温斯顿·丘吉尔

莉娜并没有尽情地享用牛仔裤。第一天她把牛仔裤留在家里，就放在房间里卡斯托斯寄给她的一堆信上面。第二天她穿着牛仔裤上班了，但挨了杜弗尔斯夫人的一顿训，不得不在午饭前把它脱了下来。她把牛仔裤放在商店后面的一把椅子上，有一位顾客看见了还想买走它。

当艾菲走进店里的时候，她的心还在为那吓人的一幕怦怦乱跳。当时是商店关门的时间，莉娜还没有收拾完试衣间。

“你猜今天谁来过电话？”艾菲问她。

“谁？”莉娜最讨厌艾菲的猜谜游戏了，尤其是在她筋疲力尽的时候。

“猜嘛。”艾菲跟着她进了试衣间。

“不猜！”

艾菲耷拉着脸。“行，不猜就不猜。”她没好气地翻着白眼，“是奶奶，我和她说话了。”

“真的？”莉娜放下手中的衣服，“奶奶和爷爷都好吗？”

“他们都很好。上个月他们还在以前的餐厅举办了一场盛大的结婚纪念日派对，镇上的人都去了。”

“哦。”莉娜可以想象那幅画面。恍惚间，她又回到了费拉，又回想起从爷爷奶奶开的那家餐馆的阳台上看到的火山景致。“真好啊。”她恍惚地说。一想到港口，她便想起了卡斯托斯。一想到卡斯托斯，她的小腹深处便开始隐隐发热。

莉娜清了清嗓子，继续低头清理衣服。“杜纳斯一家好吗？”她淡然地问道。

“很好。”

“是吗？”莉娜不想太露骨地问到卡斯托斯。

“当然。奶奶说卡斯托斯带了一个从阿莫迪来的女孩参加派对。”

莉娜竭力不让自己的脸显露出任何表情。

艾菲的眉毛耷拉了下来。“莉娜，你怎么这副表情？”

“什么意思？”

“就是……像这样的。”艾菲指着莉娜紧绷的苦脸，“是你要和他分手的。”

“我知道，”莉娜神经质地踢着镜子，“所以你想说的是？”莉娜现在非得装傻不可，不然她很可能会哭出来。

“我真是搞不懂你。如果你要这样的话，当初为什么要跟他分手呢？”艾菲责问道，根本不在乎她俩说的不是同一件事。

“我什么样？你怎么知道我是什么样？”莉娜厉声问道。她开始按尺码整理裤子。

艾菲摇摇头，好像莉娜是个无可救药的可怜笨蛋似的。“那我告诉你一件事吧，如果这能让你好受些的话。奶奶不喜欢卡斯托斯带来的那个女孩。”

莉娜努力地假装满不在乎。

“她还说，这是她的原话，‘这姑娘还没我家莉娜漂亮。’”

莉娜继续假装。

“这样你有好受点吗？”艾菲像哄孩子似的问道。

莉娜冷冰冰地耸耸肩。

“于是我就说，‘奶奶，至少那个女孩不会无缘无故地和卡斯托斯分手。’”

莉娜扔下手中衣服。“没关系，”她声明道，“我不会开车送你去上班了。”

“莉娜，你答应过我的！”艾菲说，“再说了，那不是跟你没关系吗？你以前说过不在乎的啊。”

艾菲总是最后的赢家。一直如此。

“我不在乎。”莉娜孩子气地咕哝道。

“那就送我去上班，你答应过的。”艾菲真是个天才，她总能把别人的恩惠变成义务。

天色暗了下来，犹如黑夜，莉娜实在没法相信现在还是白天。她一只手抱着牛仔裤，另一只手锁门并放下卷帘门。倾盆大雨浇在她的头发上，温热的雨水流过额头。艾菲飞快地冲向车旁，莉娜仍然不紧不慢地走着，她把牛仔裤塞到衬衫里以免淋湿。她喜欢雨。

橄榄藤餐厅离服装店不到四千米。到了餐厅门口，艾菲三步并作两步地冲了进去。

莉娜继续开车。雨点敲击着车窗，雨刷“咯吱咯吱”地响个不停。没事的时候她喜欢一个人漫无目的地开车。在过去的几个月里，她逐渐找到了一种不用有意识地去想该如何开车的驾驶状态。她不用想“信号灯、刹车、转弯”，只管驾车，任由思绪自由驰骋。

她发现自己刚刚路过以前寄信的邮筒，那时她还很在乎卡斯托斯——或者说那时她不用假装不在乎他。

她仍然紧紧地抱着牛仔裤。去年夏天最后的那些日子里，她和卡斯托斯热吻时就是穿着这条牛仔裤的。她深吸了一口气。也许这条牛仔裤上仍残留着他的气息。也许……

这个大雨的夜晚，物是人非，恍如隔世，莉娜陷入了深深的忧郁，她已失去了卡斯托斯。

事实便是如此。卡斯托斯有了新的女朋友。莉娜有一个很刻薄的妹妹和一份销售米色服装的工作。

到底谁是赢家？

起初，布丽吉特以为自己早已忘记了曾经在伯吉斯的种种。可当她在小镇里闲逛时，一些东西却让她的记忆复苏了起来。其中一个便是五金店外的花生售卖机。即使是当时只有六岁的她，也觉得用这种糖果机来卖花生实在是太怪异和老土了。可看看现在，花生售卖机仍在这里。她强烈地怀疑里面的花生是不是仍然是她小时候看到的花生。

另外一样东西则是立在县政府大楼前面草地上的，内战时留下来的黑色大炮，都生锈了。

它的基座上还有一堆码成金字塔形状的炮弹。她记得自己曾傻乎乎地把脑袋钻进大炮里假扮动画片里的人物，当时还逗得佩里哈哈大笑。

她还记得自己曾爬到银行旁的高墙上，外婆扯着嗓门喊她下来。她小时候像猴子一样顽皮。她是社区里最会爬树的孩子，连男孩和大孩子都望尘莫及。那时的她身轻如燕，身体极有韧性，比现在强多了。

布丽吉特让她的双脚带着她走，因为它们似乎比她的大脑记得更清楚。她沿着市集大街一直往前走，直到景色变得开阔起来。这里的每栋房子前都开满了绣球花，硕大的紫色花球随处可见。

走过卫理公会后，眼前是一大片绿油油的草地，青翠欲滴。它一直延伸到三个街区之外，草地边上有巨大而古老的橡树和精致的铁椅。她留意到草地的尽头竖立着足球门，形成了一片美丽的天然绿茵场。布丽吉特看着它激动得喘不过气来。尘封多年的记忆之门在咯吱咯吱地慢慢打开。

她坐在铁椅上，闭上双眼。她记得自己曾在草地上奔跑，还有一只足球。然后，大段大段的回忆迅速涌入脑海。她记得外公教她和佩里踢足球，那时他们才不过三四岁而已。佩里讨厌踢足球，他总是摔跤，但布丽吉特却非常喜爱。她记得那时的自己把手背在身后，不断地提醒自己足球只可以用脚踢。

她记得自己曾经运球过了外公，外公在她身后骄傲地大喊：“大家快来看啊，一个足球天才诞生了！”虽然那时足球场上并没有其他人。

她五岁那年的夏天，外公把她弄进了石灰岩县少年足球联会，这引起了其他长辈的强烈不满。布丽吉特记得她逼着外婆帮她把头发剪短，像男孩儿那样。她还记得暑假结束回家时，妈妈看到布丽吉特的样子居然哭了。布丽吉特连续两个夏天带领伯吉斯“小蜜蜂”队夺冠，那些长辈就闭嘴不再抱怨了。

天啊，她怎么直到这一刻才记起“小蜜蜂”队呢。那时“小蜜蜂”队对她来说意义非凡——她的小名正好跟球队名一样。“她是小蜜蜂！她是最棒的[1]！”外公以前常在场外这样高呼，觉得自己很幽默。她的爸爸从来不关心这些，但外公是个运动狂人。

外公去世的时候，爸爸知道吗？

布丽吉特任由自己的思绪飞扬。她从未停下来思考自己是怎么开始踢足球的，但这一刻她知道了。这里就是一切的起源。

她的记忆有些奇怪，她之前就察觉到了。她十一岁时妈妈自杀后，她的大脑便开始执行类似自我清除的程序。当时的或以前发生的所有事情她要么就是忘得一干二净，要么就觉得和自己完全无关。妈妈去世后，爸爸带她看过几个月的心理医生，医生说她的大脑形成了疤痕组织，一想到那幅画面，她就不寒而栗。

布丽吉特将她的疤痕脑袋靠在椅背上，一直在那里坐了很

---

1 原文Bee's Knees，意为蜜蜂膝盖，美国俚语，形容人或事物出类拔萃，很棒的意思。

长时间。迷迷糊糊之际，她听见有脚步声和叫喊声，然后听到她最爱的脚踢到足球时发出的“砰”声。她睁开眼睛吃惊地看到球场被一群男孩子给占领了。他们大约有十五到二十人，和她年龄相仿，也许比她大一点。

当其中一个男孩经过她时，她忍不住招手示意他停下。“你们是足球队的吗？”她问。

男孩点点头。“伯吉斯独行者队。”他答道。

“现在还有夏季联赛吗？”她又问。

“当然。”他手里拿着足球。布丽吉特九个多月没摸过足球了，她眼巴巴地盯着他手中的足球。

“你们现在是在训练吗？”她问。

“周二和周四晚上训练。”他用鼻音浓重的亚拉巴马腔回答道，这里的人说话似乎都喜欢把尾音拖得老长。

她记得自己曾经很爱这种口音。到了八月中旬的时候，这些腔调便不知不觉地进入到她的语音系统里。等她开学回到北方后，朋友们一听她的口音都会咯咯直笑。不过到了十月，她的亚拉巴马口音又会再次消失。

男孩时不时地回头看球场上正在开始的训练。他是出于礼貌才还站在这儿，但他已经想结束和她的谈话了。

“你们周六比赛吗？”她问。

“是的，整个夏天都会有。我得走了。”

“好的，谢谢。”她对着男孩的背影说道，男孩迅速回到球场，加入朋友们，一起开始训练。

布丽吉特对于现在的自己给周围的人的感觉还是不太习惯。

如果是一年前，这个男孩只需看一眼她的头发便会非常乐意回答她提出的一切问题。他还会炫耀般地大声说话，好让朋友们看见他在和她说话。

在十三岁至十六岁之间，布丽吉特收到的口哨声、电话号码，还有粗俗的搭讪词，多到她自己都数不清。这并不是因为她曾经是美女。真正的大美女是莉娜，她的美是独一无二的。莉娜走过男孩身边时，他们通常显得害怕。而布丽吉特吸引男孩的原因是她身材苗条，引人注目，对人热情，最重要的是，她有一头金发。

她看着他们踢球，做操练，当他们开始进行争球练习时，布丽吉特向球场边走近了一些。那里已经有几个女孩子了，很可能是球员的女朋友。布丽吉特盯着球员们的脸，其中有几个突然变得很面熟。他们不是陌生人，他们正是她多年前的队友。这真是太神奇了。有一个老霸着足球的男孩她绝对是认识的，他叫什么名字来着？好像是科里之类的。还有一个红头发的中场队员，他的模样和球技跟他七岁时相差无几。布丽吉特也很确定她认识其中一个守门员，然后还有……哦，天啊，布丽吉特紧紧握住胸前的双手。男孩的名字一下子从她的脑海里冒了出来——比利·克莱恩。哦，我的天啊！他是以前球队里第二棒的球员，也是她球场外的好朋友。她现在什么都想起来了。她家里现在很可能还有一两封比利给她写的信。

简直不可思议。

布丽吉特禁不住注意到，比利现在长成了一个大帅哥。他瘦长结实而不失肌肉，正是她最喜欢的类型。比利的头发颜色比以前深，也比以前卷，但那张脸还是一点没变。布丽吉特小时候就很喜欢他的脸。

她望着他，心狂跳起来，太多太多的回忆一起涌上心头。他家就在离河不远的地方。他们以前总一起在河边捡石头，一捡就是几个小时。他们深信每块石头都是古代的箭镞，可以把石头卖给佛罗伦萨市中心的印第安土石堆博物馆大赚一笔。

比利从场外把球扔进球场。布丽吉特迅速躲到一边。他看了她一眼，视线便穿过了她。

她不担心比利会认出她来。小时候的布丽吉特是个瘦骨伶仃的黄毛丫头，那时的她很快乐。可现在的她一身肥肉，顶着一头灰不溜秋的头发，还满面愁容。她也许已经是一个完全不一样的人了。

从某种程度上来说，这也是一种宽慰。有时候做隐形人更让人轻松。

上电影拍摄课时，蒂比坐在一群孩子的外围，满眼都是深色衣服和笨重的鞋子，还有一些人的鼻环、耳环在阳光下闪闪发光。他们在电影研讨会开始前吃完了午餐，这些人邀请蒂比跟他们坐在一起。蒂比知道他们邀请她主要是因为她穿了鼻环。这几乎跟她因为鼻环被人排挤时一样讨厌。

一个叫凯蒂的女孩在蒂比无精打采地吃着意面沙拉时抱怨

她的室友。这沙拉吃起来就跟袖子没什么区别。她嚼两口，点点头，然后再嚼两口，再继续点点头。蒂比觉得自己一出生就有好友真是幸事一桩，因为她实在不会交朋友。

几分钟后，蒂比跟着这群孩子前往艺术大楼，上楼后他们走进教室。她故意坐在边缘，这样旁边就会有空位置。一部分原因是她想躲开这群孩子，不过重要原因是她想等亚历克斯。

当亚历克斯和莫拉走进教室并坐在她旁边时，蒂比的心跳开始加速。莫拉坐在亚历克斯的另一边。当然了，这是教室里仅存的两个连在一起的空位置。

指导员拉塞尔先生整理了一下他的文件。“好了，同学们。”他摊开双手，“你们知道，这是项目讨论课。所以你们主要不是来听课的，而是要动起来。”

亚历克斯正在活页本上记笔记。蒂比忍不住瞥了一眼。

“动”起来的课。

他在开玩笑吗？他瞥了蒂比一眼。是的，他是在开玩笑。“这个夏天，你们每个人都要拍一部电影，这堂课的时间基本上都是留给你们拍电影的。你们大部分时候会在课堂之外，在室内的时间将会很少。”

亚历克斯现在画起画来了。他画的是拉塞尔先生，只是画上的拉塞尔先生脑袋只有一丁点儿，手却大得像扇子。这画画得很好。亚历克斯知道蒂比在偷看吗？他会在意吗？

“我们的任务是制作一部传记体电影，”拉塞尔先生继续说道，“电影的主题是介绍某位在你生命中扮演重要角色的人。你可以用剧本和演员进行拍摄，也可以拍成纪录片。决定权在你。”

蒂比一下子就有了主意。灵感乍现，她脑海中浮现出贝莉的影子。去年夏天，她的好友贝莉坐在蒂比卧室的飘窗上，倚着百叶窗，阳光透过来，照在她十二岁的身体上，那是她生命中的最后一个月。蒂比的眼睛隐隐作痛，她望向她的左边。

“决定权在你。”亚历克斯在拉塞尔先生的画像下龙飞凤舞地写下这几个字。

蒂比揉了揉眼睛。不，她不想拍贝莉。她不能这样做，她甚至不允许自己让这个想法在头脑里成形。她让这主意从哪儿来，就回哪儿去。

在这堂课剩下的时间里，蒂比沉浸在无限的伤感中，虽然她已经赶走了这个想法，但它仍然阴魂不散。她忘记了亚历克斯和他的笔记。她眼神迷离，似乎只能看到眼前几厘米的地方。

蒂比完全忘记了亚历克斯的存在，直到他俯在她耳边说话。蒂比花了好一会儿工夫才意识到亚历克斯正对着她的耳朵说话。或者说是对她说话。

“你想去喝咖啡吗？”他似乎是在问她。

莫拉也在期待般地望着她。

“噢……”当蒂比完全理解了亚历克斯的话后，她发现自己很高兴。“现在吗？”

“当然。”莫拉积极地主张道，“你还要上其他的课吗？”

蒂比耸耸肩。她有吗？有又如何？她站起身来，把背包甩在肩膀上。

他们坐在学生活动中心咖啡馆的角落里。原来亚历克斯和莫拉都来自纽约，蒂比其实已经猜到。莫拉还和蒂比同住一栋宿舍楼，她就住在七楼。而且莫拉对宿舍管理员凡妮莎非常有兴趣。

“你见过她的房间吗？”

蒂比此时的注意力已经转到亚历克斯身上去了。但莫拉穷追不舍。

“说真的，你见过吗？”

“没有。”蒂比答道。

“她房间里堆满了玩具和毛绒动物玩偶。我敢向上帝发誓，她绝对是个怪咖。”

蒂比点了点头。她对此并不怀疑，但她更有兴趣听亚历克斯谈他的电影计划。“纯粹的虚无主义。想想卡夫卡吧，但更具冲击力。”他解释道。

蒂比报以欣赏的笑容，虽然她对虚无主义一无所知，而且她也不知道卡夫卡写过什么。他是个作家吧，应该是的。

亚历克斯苦笑着说：“卡夫卡遇上年轻时的施瓦辛格，事件地点就在必胜客。”

他真有才华，蒂比暗暗想道。“但这怎么拍成传记呢？”她问他。

亚历克斯耸了耸肩，嘴角轻轻上扬。“不知道。”他满不在乎地说。

“那你准备拍什么呢？有计划了吗？”莫拉问她。

虽然贝莉的影子还在她脑海里挥之不去，但蒂比绝不允许自己再回头去想。“我不知道……我想我可能会……”

蒂比不知道该如何把这句话说完。她低头盯着亚历克斯的彪马鞋。她想拍一部有趣的影片，她想看到亚历克斯的笑容，就像上次她在巴格莉小姐的课上看到的一样。

她想起了今年夏天拍的那些东西。她捕捉到了一个妈妈在厨房里忙活时的有趣画面：尼奇的棒棒糖粘在妈妈脑后的头发上，而妈妈竟浑然不觉。虽然这只是个无聊的恶作剧，但很有趣。

“我想我可能会拍一个关于我妈妈的……有趣的影片。”

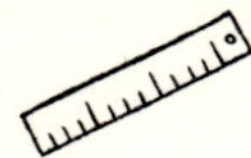

卡门真希望去莫根家的路程还能更长一点，她的牢骚还没发够。不过她知道莉娜已经嫌这段路够远的了。

“我理解，我真的理解。”莉娜善解人意地说，但她的耐心正在慢慢减少。莉娜把车停在一栋高大的白色隔板房前。“我要说的是，你妈妈很多年都没约过会了。所以她才会这么兴奋。”

莉娜望了一眼卡门的苦瓜脸。“不过话又说回来，她不是我的妈妈。如果她是的话，或许我也会和你一样反应。”

卡门狐疑地盯着她。“不，你不会。”

莉娜耸耸肩。“我觉得我妈没吻过我爸之外的男人，所以我很难想象，”她圆滑地辩解道，“但是，如果她真的——”

“你会宽容对待。”卡门替她说完。

“没有人会宽容对待自己的母亲。”

“你啊。”卡门指控道。

“噢，不，我不会。”莉娜凭直觉说道。

“或许你会心烦，甚至愤怒，莉娜，但你不会明目张胆地蛮不讲理。”

“心烦和愤怒有时候比蛮不讲理更糟糕。”莉娜争辩道。

锃亮的红色前门打开了，杰西·莫根站在楼梯上对她们招手。

“我得走了，”卡门说道，“你等会儿可以来接我吗？明天我开车。”

“明天你还是别开车了。不然你又会害我迟到。”莉娜说。

“不会的，真的，我会早点起床的，我保证。”

卡门的保证是家常便饭，但从没兑现过。

“哦，好吧。”莉娜总会给她一次机会。这是她俩之间的默契。

“嗨，杰西。”卡门一边招呼，一边匆匆走上楼梯。她进门的时候，顺手把杰西夹在腋下也拎进去了。杰西四岁，他喜欢目不转睛地盯着昆西大街上来往的行人。他也喜欢从他二楼卧室的窗户对着人行道上的行人喊些莫名其妙的话。

卡门径直走到厨房，莫根夫人正一只手清理地上的脆米花，另一只手抱着九个月大的乔。

卡门已经知道了不能给孩子脆米花，因为这种东西比奇克斯的玉米球难清理多了。毕竟旁观者清，她一下子就能弄明白，但妈妈们却永远想不到。毫无疑问，地上被踩得稀烂、湿乎乎的脆米花是莫根夫人心中永远的痛。

“嗨，大家好。”卡门说道。她伸手准备抱乔，但他却往妈妈的怀里躲。乔是喜欢卡门的，但只有在他妈妈不在家的时候。

“嗨，卡门，你好吗？”莫根夫人从冰箱里拿出一些用保鲜膜包着的东西，将它们一股脑儿都扔进了垃圾桶，“我今天得出去办些事，中午会回来。有事你可以打我的手机。”

尽管乔很清楚妈妈要出门了，他无法阻止，但他还是继续倚在妈妈的肩上打量着卡门，能多待一会儿是一会儿。这让卡门想起莉娜说的话：没人会对自己的母亲宽容。但乔就对他的妈妈很好，他非常喜欢妈妈。卡门小时候有对妈妈这么好吗？也许人只有在年幼时或年迈时才会变得宽容友爱。

她从莫根夫人的手中接过哭闹不休的乔。

她刚把乔放在地上让他玩折叠桶，乔就把袜子脱下来放进嘴里咬。袜底有一些井字格图案的橡胶。卡门估计这是防滑用的。

“不要这样，乔，不要吃袜子。”

杰西站在前门边，透过一小块和他的脸差不多高的玻璃盯着门外来往的车。“嘿，杰西，你看到什么了？”

杰西没有回答。虽然成年人对于无聊的问题或话语总觉得非得回应不可，可孩子们一般都懒得理会，卡门很喜欢这一点。

“我要去尿尿。”半晌后杰西冒出一句。卡门抱起乔跟着杰西一起上楼。不知道为什么，杰西只用楼上的洗手间。她准备趁她在楼上的这会儿工夫把乔的尿布给换了。卡门把乔放在尿布垫上，乔抓起一管药膏就咬了起来。如果吞了氧化锌会中毒吗？

卡门打开柜子最上面的抽屉。里面的袜子摆放得井井有条，叠得整整齐齐，全是红黄蓝三原色，袜底都有井字格图案。莫根夫人应该是个高智商女人，怎么会花如此多心机在袜子这种事情上。她不是上过法学院吗？叠袜子这活儿是不是太屈才了？

卡门想起了她妈妈有一次坐在以前老房子的餐桌前，用叉子在她崭新的生日派对鞋的鞋底上随手划几道划痕，免得卡门在莉娜家锃亮的地板上滑倒。

下楼后，卡门给还在上班的妈妈打电话。“嗨。”她听到妈妈接起电话后说道。其实她真的就只想说这么一个字。

“宝贝，我很高兴你打电话过来。”克里斯蒂娜上气不接下气，“我今晚会和大卫出去吃晚饭。如果你不反对的话，嗯，冰箱里有意式肉酱千层面。”妈妈心不在焉地说着，她不像是因为找订书机而心不在焉，听她那口气简直是魂不守舍。

“不是吧？又出去吃饭？”卡门停顿了一会儿，希望妈妈能听出她语气里的不满。

“我不会很晚回来，”妈妈信誓旦旦，“这星期简直忙疯了。”

“好吧。”卡门的声音软了下来，“回头见。”

曾经有段时间，或许就在前天之前，卡门恨不得晚上能一个人独占整个屋子。可现在，她一点儿也不喜欢这主意。

差不多一个小时后，卡门检查她的电话留言。有一条来自保罗，是回她之前给他打的电话。另外一条来自波特。这就是臭名昭著的约会后来电。如果男生在约会后的三天内给你电话，这说明他喜欢你。如果他等了一个星期才来电话，说明他找不到更好的姑娘，很可能只是找你碰碰运气。如果他完全没来电话，嗯，那还用说吗？你懂的。

波特的电话刚刚好归在三天内。要是在一个小时前，卡门肯定会欣喜若狂，可现在已经不重要了。

蒂比：

嗯，牛仔裤给你。我得承认，裤子在我这儿没引起什么效应。我因它被老板责备，还看着它差点被一个五十多岁的时髦阿姨买走。我希望你的运气会好一点。

还有，我不知道卡门对你说了些什么，不过我对卡斯托斯有新女朋友这件事完全无所谓。毕竟是我跟他提的分手，不是吗？

好好享受这条裤子吧。想你。如果你今晚不和你那帮酷而时髦的电影制作同好们一起出去耍酷的话，就给我打电话吧。

爱你的莉娜

6

虽然你只能看到车灯照射到的地方，

但却能够以这种方式走完全程。

——E.L. 多克托罗

莉娜喜欢卡门家的厨房。坐在里面感觉安全而从容，和她家张牙舞爪的装修风格完全不同，莉娜讨厌家里闪闪发光的白色和银色不锈钢，还有那亮得让人睁不开眼睛的卤素灯泡。莉娜喜欢卡门家厨房里的食物，有鳄梨、低脂薯条和花茶——都是女孩子们喜欢的东西。不像她家，冰箱里塞满了笨重的一打瓶装啤酒和永远都吃不完的猪排。两口之家不像四口之家那样需要那么多的妥协。

“亲爱的，要来杯冰茶吗？”

莉娜打量着卡门的妈妈。她正在整理橱柜下面一格的锅碗瓢盆。她把头发在脑后挽成一个马尾辫，看起来就像是个二十岁左右的年轻姑娘。克里斯蒂娜一直都很漂亮，但今天的她尤其快乐活泼，莉娜从没见过她这么迷人。

“好啊。”莉娜说。

卡门正在看报纸上介绍电影的版块。“我也要一杯。”她眼睛抬都没抬起来。

“你妈妈好吗？”水池里的水哗啦啦地响着，克里斯蒂娜问莉娜。她总是会带着些许内疚地问莉娜这个问题，那表情简直就像取干洗的衣服时没有小票似的。

“她很好。”

“你男朋友呢？他叫什么名字？”

“卡斯托斯，”莉娜勉强答道，她从来就不喜欢谈她的感情生活，“不过，现在他不是我男朋友了。我们分手了。”

“哦，真对不起，是因为异地恋很难维持吗？”

莉娜喜欢这种解释。简洁明了，又不会让人觉得她是个神经病。“是啊，正是如此。”

克里斯蒂娜从冰箱里拿出了一满壶冰茶。“这让我想起了你的母亲。她肯定了解你的痛苦。”

莉娜听愣了。“我和妈妈从没谈过这个。”

克里斯蒂娜似乎并未意识到不是所有的母亲都和女儿无话不谈。

“反正我觉得她对异地恋也一无所知。”莉娜说。

克里斯蒂娜并排放下三个杯子。“她当然懂。她和尤金至少有过四五年的异地恋经验。”

莉娜一脸狐疑地看着克里斯蒂娜。

克里斯蒂娜和莉娜的母亲已经很久没来往了。她的记忆似乎是混乱了，也许是拜她自己的新恋情所致。

“尤金是谁？”

卡门现在已经扔下了报纸，她的目光在莉娜和克里斯蒂娜脸上扫来扫去。

“尤金是谁？”克里斯蒂娜重复着莉娜的问题。她脸上的表情慢慢从惊讶到狐疑，最后到焦虑。

“呃……”她转过身背对着卡门和莉娜，然后倒茶。

“妈妈？嘿？你听到我说话吗？”

克里斯蒂娜用了很长时间来搅拌茶中的糖。她再次转过身时，表情变得不再坦率。“当我没说吧。我可能是记错了。都是很久以前的事了。”

克里斯蒂娜是个惹人喜爱、心胸开阔、亲切友善的女人，但她不善于演戏，撒谎的技术也超烂。莉娜之前还相信她是记错事情了，但现在她敢肯定克里斯蒂娜并没有记错。

卡门眯起眼睛，眼神锐利犹如激光一般打在妈妈脸上。“当你没说？当我们没听到？你开玩笑吗？”

克里斯蒂娜向门口投去渴望的目光。“我得给你外婆打电话了，宝贝。已经是下午了。”

“你不准备告诉我们？”卡门看起来像快要爆炸似的。

克里斯蒂娜的目光慌张地四处游走。“没什么可说的。我记错了。我当时想的是另外一个朋友。这都不重要啦。”她闭上嘴，逃跑般离开了厨房。谁都知道卡门不好惹，她会打破砂锅问到底。对这一点，妈妈再清楚不过了。

“这都不重要？”莉娜喃喃地重复着克里斯蒂娜的话。

卡门心领神会地看着莉娜。“那恰恰说明这件事很重要。”

“尤金是谁？”莉娜不动声色地抛出这个问题。此时家人已吃完晚餐，正准备吃甜点。妈妈把盘子放进洗碗机，而莉娜正在清理餐桌。厨房里只有她们两人。艾菲在朋友家，爸爸在餐厅看报纸。

“什么？”阿里转过身来。

“尤金是谁？”

莉娜马上意识到自己捅了马蜂窝了。

“你为什么问我这个？”妈妈一手拿着一只盘子质问她。

“我只是……想知道。”

“谁跟你提到他的？”

“没谁。”莉娜答道。如果妈妈不打算跟她说实话，她也会以其人之道还治其人之身。而且，她也不想出卖卡门的妈妈。

阿里一脸受挫的表情，神情黯淡。她似乎在飞快地想着对策。“我根本不知道你在说什么。”

“那你为什么要低声说话？”

莉娜并不想折磨妈妈，但要对付阿里就得这样来。

“我没有。”妈妈辩解道，依然在压低着声音说话。

莉娜停止了发问。事态开始有点失控了。她非常想知道答案。妈妈越不肯说，越说明这事很重要。但另一方面，妈妈脸上的表情也让她有点害怕。

莉娜爸爸踱步走进厨房。“来点芝士蛋糕怎么样？”他惬意地问道。

妈妈瞪了莉娜一眼，那眼神再明白不过了：闭上你的嘴，不然我让你禁足一辈子。

“我上楼去了。”莉娜看着花岗岩台面说。

“不吃甜点了吗？”爸爸问道。甜点是他们的共同爱好。

“今晚不吃。”她说。

过了一会儿后，艾菲出现在莉娜房间时，莉娜问道：“你觉得妈妈在认识爸爸之前有男朋友吗？”

“我不觉得她有，反正都是些无足轻重的人。”

“你为什么这么肯定呢？”莉娜问。

“因为如果有的话，她会告诉我们的。”艾菲自信地说道。

“不一定，妈妈可不是什么事都跟我们说的。”

艾菲白了莉娜一眼。“妈妈的生活很无趣，也许没什么值得说的。”

莉娜沉思了半晌。“我觉得妈妈曾经有过一个叫尤金的男朋友。我猜，那会儿妈妈在美国，他在希腊。我觉得妈妈可能爱他爱得很深。”

艾菲扬起眉毛。“你真这么想？”

莉娜点点头。

“哼，我觉得你还是继续琢磨你自己的爱情悲剧吧。”

“大卫想请我们两个人一起去吃晚餐。”当天晚上克里斯蒂娜郑重地宣布道，那语气好像是艾德·麦克马洪[1]捧着一张硕大的百万美元支票站在她们家门口似的。

---

1 美国《今夜秀》金牌主持人，常捧着特大号百万美元支票按响幸运中奖者的门铃。

“为什么？”

“卡门！”克里斯蒂娜心情很好，她可没工夫和卡门发火，“因为他想见你！”

克里斯蒂娜在厨房台面上放着一本瘦身食谱，锅里的洋葱嗞嗞作响。

“什么时候？”

“明晚好吗？”克里斯蒂娜建议道。

“明晚我要和莉娜去看电影。”

“星期四呢？”

“我要去做保姆。”

“星期五？”

卡门不耐烦地打量着妈妈。一般人被拒三次后就应该心里有数了。“我……要和波特约会。”她对自己的这个回答满意至极，虽然是她瞎编的。她得让妈妈明白这世上并不是只有她一个人有男朋友。

克里斯蒂娜的眼神从失望一下子变为喜悦。“带上他！我们四个人一起出去！”

“大卫想请我们吃饭。”一小时后卡门在电话里说道，她的语气和她妈妈的截然不同。

蒂比倒吸了一口凉气。“感觉事情变得正式起来。你懂的，见父母就意味着关系变得正式。只不过这次角色转换过来，是见孩子罢了。”

“我跟她说我约了波特，她居然要邀请他一起去。”

“跟你妈四人约会？”这件事太荒谬了，蒂比觉得既吃惊又好笑。

“我知道，”卡门叹道，“但这样可能更好些。我可以不用整晚只对着他俩。也许大卫和波特还能谈谈轮胎撬棍之类的话题。”

“也许吧。”蒂比对此深表怀疑。

“问题是，我并没有真的和波特约好要一起出去。我瞎编的。”

“哦，卡门。”

“我知道，所以现在我不得不真的约他了。”

蒂比大笑起来，但卡门知道这笑声意味着赞赏。“你喜欢他吗？”蒂比问。

“谁？”

“波特！”

“噢！呃，应该喜欢吧。”

“应该喜欢？”

“他真的很帅。你不觉得吗？”

“长得还行。”蒂比有点不耐烦了，“但是卡门，如果你不喜欢他，就不应该约他。这会让他产生误会。”

“谁说我不喜欢他？也许我真的喜欢他。”卡门抢白道。

“天啊，你这话说得真有情调啊。”

卡门笑起来，啃着拇指指甲旁边的倒刺。“我有没有告诉你，我妈妈现在要我跟着她一起吃瘦身餐？”

“你没说！”

“是真的。”

“你真可怜。”

“不过我去巨人超市买了三种不同口味的‘本杰瑞’冰淇淋。”

蒂比又大笑起来。“好样的，姑娘。”

嘿，布布！

我是一个没用的胖妞，不过这你已经知道了。猜猜你不知道什么？我的社交日程上即将发生一件大事，我和妈妈要带各自的男友一起约会。我可是说真的。

想知道这是怎么回事吗？一个星期以前，对我妈妈来说重要的事情就只是预约牙医之类的，可现在，她隔天就和大卫出去约会。

不许说你为我妈妈感到高兴。上次你就这样说过了。毕竟，只能啃冰冻比萨的人不是你。

昨晚她约会时穿了一件短衬衣，我发誓你都可以看到她的肚脐眼了。辣眼睛啊，布布。

今天早上我打电话到她办公室，问她我能不能看十点场的电影，她说：“你自己看着办吧。”我就不理解了，在大卫出现之前，她怎么从来不让我自己看着办呢？

我是不是个自私的小屁孩？老实告诉我。

不过也别太老实。

快给我写信，我想知道吉尔达·汤可在那边发生的所有事情。我想死你了。

爱你的自私鬼卡门·洛威尔

“如果你愿意的话明天跟我们一起去吃早餐吧，”晚上电梯门快关的时候，莫拉对她说，“我们会沿高速公路走到松饼店。”

“好。”蒂比在电梯里回道。身为纽约人，莫拉和亚历克斯喜欢嘲笑其他城市，说它们没有人行道，只有高速公路。虽然蒂比是正宗乡下人，但她也跟着点头，好像她也是纽约人似的。

笔记本电脑的休眠灯闪烁着，似乎在问候她。“嗨。”蒂比对电脑说道。

“嗨。”电脑回答道。

蒂比吓了一跳，觉得全身的血液顿时沸腾起来。

电脑大笑起来，是布莱恩的声音。蒂比开了灯。

“哦，我的天！布莱恩！你吓死我了。”

布莱恩走到她身边，拉起她的手臂。“嘿，蒂比。”他笑得异常灿烂。

蒂比不假思索地也回了他一个灿烂的笑容。她想念他。“你怎么到这里来了？”

“我想你了。”

“我也想你。”她脱口而出。

“而且，我想带你回家。”

“你指的是周末吗？”

“是的。”他说。

“还有三天才到周末。”

“没错，”他耸耸肩，“我想你了。”

“你怎么进房间的？”

“楼下有个人放我进来的，”他指了指她的房门，“而这个锁随便拿什么一撬就开了。”

“不是吧？这真让人放心啊。”一想到撬锁这活儿她就想起了布丽吉特。

“我可不可以……”他指着地上卷成筒状的深绿色睡袋。

“睡在这里？”她问道。

他点点头。

“当然可以。我是说，你难道还有其他地方可以睡吗？”

他似乎有点怀疑。“你确定没问题吗？”

当蒂比停下来考虑这个问题时，她意识到让男孩子在自己的房间里过夜是件伴随着复杂暗示的事。这是大学会遇到的问题。

不过话又说回来，布莱恩不是男孩。哦，技术上来说，他的确是个男孩。但对蒂比来说，跟布莱恩一起，和跟其他男孩子一起的感觉完全不一样，她也不会像对待其他男孩子那样对待布莱恩。虽然她很喜欢他，但布莱恩的男性魅力对她来说就如一双圆筒袜。

蒂比打量了他一会儿。有趣的是从他们初次见面到现在，布莱恩变了很多。他长高了很多（部分归功于他每个星期都到她家去吃两三次晚饭），有时还会洗头（蒂比经常洗澡，她想，这就是榜样的力量），还学会了系皮带（哦，也许是因为她给他买过一条），但他仍然是那个布莱恩。

“如果宿舍管理员或其他人看见你，”蒂比说，“我会很麻烦就是了。”

布莱恩一脸严肃地点点头。“我也在想这个问题。我会确保没人看见我。”

“好吧。”蒂比知道爸爸妈妈不会对这种事生气，那不是问题的所在。

他坐在床头柜上。

“我昨天见了尼奇和凯瑟琳。”他告诉她。

“是吗？”

“凯瑟琳从台阶上摔下来了，她想你给她看看。”

“我吗？”

“是啊。”

蒂比顿时觉得脸上热乎乎的。大多数时候，她都在和那两个小家伙刻意地保持距离。她知道爸爸妈妈总希望她能和弟弟妹妹多相处。可每次蒂比让凯瑟琳爬到自己的腿上时，她都觉得妈妈在伺机行动，妈妈就是想拿她当免费保姆使。兔八哥在荒岛上望着达菲鸭时，它看到的只是一只肥美多汁的烤鸭。当爱丽丝望着蒂比时，她看到的是一位能带孩子的小保姆。

“我还和尼奇玩了《龙圣》。”

“他肯定爱死了。”布莱恩想把尼奇培养成超低龄的电子游戏发烧友。

蒂比没想到自己不在家的时候，布莱恩还会去她家，她觉得有点别扭。他真正喜欢的人到底是蒂比还是他们家那两个小屁孩？

“你在这里过得怎么样？”布莱恩问她。他看到了桌上散落的草稿和笔记。

“很好。”

“你的电影怎么样了？你想好主题了吗？”

自从准备拍电影以来，蒂比已经和布莱恩聊过多次相关话题。不过不知道为什么，她并没有告诉他电影的主题。蒂比把草稿整理成一堆。“应该是想好了。”

“是什么？”

“也许会拍关于我妈妈的。”她并不想进一步详谈。

布莱恩一下子来了劲。“真的吗？这个主意很棒啊。”

布莱恩对爱丽丝很有好感，蒂比讨厌这一点。

“是啊。”

“你的朋友们怎么样？”布莱恩问道，“我指的是你的新朋友。”他紧锁眉头，真诚地表示关心。

“他们……”她想说“还不错”，但这个词不合适。“很棒”似乎也会误导人。所以她只好说：“还好。”

“我希望明天能见见他们。”布莱恩开始打开睡袋。

“当然可以。”她说道，虽然她并不确定。

布莱恩的牙膏牙刷都放在一个皱巴巴的渥曼超市塑料袋里。她的浴室用品则放在一个厚实的、带拉链的蓝色透明塑料包中。“你可以先去。”蒂比说。她往门外窥探了一下。浴室就在走廊几米以外的地方。“快去呀。”她催促道。

在等布莱恩回来的空当，蒂比决定从衣物架上拿出她那条多余的毯子，让布莱恩垫着硬地板睡，这样会舒服一点。毯子找到了，一只牛皮纸气泡袋也随之掉落，上面赫然是莉娜的笔迹。

信封似乎在批评般地盯着她。她知道牛仔裤就在里面，但她一直都没打开。为什么不呢？

事实上，她知道是为什么。如果她拿出牛仔裤，就会想起去年夏天，还有贝莉和咪咪，所有的记忆都会一齐涌上心头。她会看到那个绣在牛仔裤左膝侧面的歪歪扭扭的红心。她会记起在贝莉的葬礼后，她一个人坐在屋后的门廊上没完没了地绣着那颗红心。那段日子太痛苦了，简直不堪回首。也许她还没有心理准备。

过了一会儿，房间的灯灭了。蒂比和布莱恩都仰躺着盯着天花板。这是她第一次和男孩子一起过夜。

"你辞了'旅游地带'店的工作吗？"

"是啊。"

布莱恩经常换工作。他是个熟手网管员，全能技术宅。不管他在哪里工作，拿二十美元的时薪都不成问题。

他们两人都没说话。蒂比听着他的呼吸声。她听得出来他还没睡着。她感觉喉咙发紧刺痛。

在他们友谊开始的前几个月，有时两个人会很安静，冷场很长时间。这时布莱恩就会提起贝莉，蒂比每每听到都会心痛不已。一段时间后，她让布莱恩不要再这么做。她说当他们俩都不说话的时候，就该知道彼此都在想着谁了。

今晚，在这个陌生的地方，在这间小小的宿舍里，一切尽在不言中。

7

沐浴爱河中的人自带光芒。

——E.E. 卡明斯

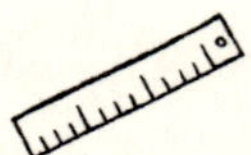

大卫没有任何明显的身体缺陷。他的牙齿一颗不缺，甚至还有头发。卡门迅速打量了一下大卫的衣着。还行。他没有穿《星际迷航》的 T 恤或类似的傻乎乎的衣服。她挑剔地盯着他的脚，想看看他有没有穿矫形鞋。

“这是波特，”卡门说道，“波特，这是我妈妈克里斯蒂娜。”接着，她转头向波特介绍大卫：“这是大卫。”

卡门看着波特和大卫握手，他们都在竭力假装这不是他们一生中最诡异的一次约会。

“波特明年就读高三了。”克里斯蒂娜对大卫说道，好像她和波特是亲密的老友似的。“他和卡门是同学。”卡门暗暗地畏缩了一下。克里斯蒂娜好像觉得她有必要跟大卫说明情况。

领位员把他们带到座位上。这是一个包厢。卡门真希望他们能不在包厢里吃饭。克里斯蒂娜和大卫坐一边，卡门和波特坐另一边。大卫靠近克里斯蒂娜，用手臂轻轻地搂着她的腰。卡门看得背都僵了。

卡门凝视着妈妈，她真想不通这个没有残疾的男人究竟看上她妈妈的哪点了。难道他不知道克里斯蒂娜是个老女人了吗？她妈妈游泳时都穿连体泳衣而不是比基尼，还经常不成调地跟着音乐唱卡朋特乐队的歌，这些他都不知道吗？难道他有什么癖好，对拉丁裔的律所秘书情有独钟？

看着妈妈那张充满生机的脸，卡门意识到克里斯蒂娜其实很漂亮。她有一头浓密的鬈发，披在肩头风情十足。她甚至不需要染发。虽然她不是超模，但也不臃肿。她的笑声动人，咯咯地笑起来极富感染力。而且她经常笑。尤其是在大卫开口说话时。

“卡门？”

波特正期待地看着她，也许他刚刚问了她一个问题，甚至有可能问过几遍了。

卡门张开口。“呃。”

“要吗？”他礼貌地提醒她。

“嗯？”

现在他们三个人都一脸期待地盯着她。

卡门清了清嗓子。“不好意思，你说什么？”

“你要不要分一点前菜——芝麻面——尝尝？”波特问她，可能他已经对这个主意感到后悔了，毕竟他不得不问了那么多遍。

“嗯，当然要。”她尴尬地答道。两对恋人吃同一个盘子里的食物，这场面像极了那些滑稽漫画。可波特已经问过她好几次她都没听见，这时如果说“不”就太不厚道了。

“可以再给我们一个盘子吗？”卡门在他们点菜时问女侍者，她觉得自己就像蒂比家八十一岁的老祖母露易丝一样保守。

当她用叉子把面条割断给自己分一小份时，她觉得自己的浪漫指数也和老祖母露易丝有得一拼。

可她妈妈和老祖母露易丝截然不同。她正靠在大卫身上，大卫估计说了什么把她逗得咯咯直笑。妈妈的脸颊一片绯红。她还毫无愧色地吃了大卫盘子里的一个饺子。

“看吧，很好吃，对不对？”大卫问她。无论是他的声音还是眼神都在询问着克里斯蒂娜，而且只有克里斯蒂娜一个人。他也许还会问她爱不爱他，她也许会答“当然”。他们的眼神纠缠在一起，难舍难分。要不是他们这么旁若无人，别人看了肯定会难堪死。

他们才是滑稽漫画里的主角。“你们的幸福没什么了不起。”卡门小气地想道。

“卡门？”

波特又是那副表情。“对不起，”卡门说，“你问我什么？”

他们之间的关系还不够熟络，波特不太好意思把她从神游状态拉回现实，更不用说拿这来取笑她了。所以，他显得不知所措，表情颇像老祖母露易丝的丈夫，最后那一任。

“没什么，不是什么大不了的问题。”

卡门又开始切面条，她觉得自己更像是这顿饭的旁观者而不是当事人，这种感觉颇为微妙。

晚餐进行到某个时刻时，她突然发现嗡嗡的谈话声停了下来。大卫正注视着她。

“你妈妈说你这个暑假在莫根家做保姆？”

大卫直视着她的眼睛。一副坚定直率的“我是出于善意”

的眼神。卡门避开他的目光，四处打量着餐厅。

“嗯，是呀，你认识他们吗？”

“杰克·莫根是公司的合伙人。他家的孩子很可爱，对吧？那个小男孩，他叫什么名字？”

卡门耸耸肩。“杰西？”

“对，杰西。那小子是个人才。”大卫大笑起来，“在公司的野餐会上，他把所有的冰块都数了个遍。”

克里斯蒂娜和波特一齐大笑。卡门忘了笑。

“昨天我去接卡门，他趴在卧室的窗边喊我‘羚羊’。” 克里斯蒂娜笑得像一朵花似的，卡门暗忖，被人叫“羚羊”还这么开心。卡门在约会对象面前可没脸说出这种糗事。

大卫亲吻克里斯蒂娜的头发时，卡门看傻了眼。然后波特似乎说了什么，但卡门已经听不见了。

最后终于到了埋单的时刻，大卫果断地付了账，但没有一丝炫耀的意味。“下次吧。”波特摸索着找钱包时，大卫谦恭地对他说道。

大卫殷勤地起身从挂钩上取下克里斯蒂娜的外套。卡门偷偷地看了一下他的腿。他可不是小短腿。

莉娜起床放露辛达·威廉姆斯的 CD，这张 CD 是卡斯托斯在一月份的时候寄给她的。蒂比不在，布布不在，卡门又出去

参加让她抓狂的四人约会了。音乐勾起了她曾在圣托里尼收获的，而现在已经失去的感情。她并没有真正拥有它。也许她只是匆匆瞥见了它而已，她无法给那段感情定性。它粗糙、苦涩、危险，却让人心醉神迷，恍若置身云端。

莉娜知道她大半生都是处于消极的畏惧状态，她总是在等待悲剧发生。抱着这样悲观的心态生活，安心和释怀是她所能得到的最接近幸福的感觉了。

莉娜思忖她的恐惧。它从何而来？她到底在怕什么？她从没遇过可怕的事情。难道这种恐惧来自前世？不然的话，她还太年轻，无法给出合理的解释。除非她的寿命跟狗狗一样。她真的拥有狗狗一般的寿命吗？她到底有没有在活着？

她走到衣柜，取出旧鞋袋，然后把鞋袋里的信全倒在床上。她一直控制着自己不要经常这样做——尤其在得知卡斯托斯有女朋友之后，但今晚她无法控制自己。

她以前有事没事就读卡斯托斯的信，字里行间的每一丝感情、每一点细微差别、每一种含义她都能看得出来。信里的那些内容早被她全部吸收了，她都奇怪这些信居然没化成灰。她记得自己收到信时是多么快乐，没有读过的信意味着无限的可能。她记得当时的自己一想到有那么多从未体验过的新鲜感觉在等着她，手中的信便会变得沉甸甸的。

她盘腿坐着，鬼使神差般地挨个把信打开。起先，她总会被卡斯托斯拘谨的措辞打击到，它们总是在不断地提醒着莉娜——他不是美国人，也不是懵懂无知的青少年。后来，这种感觉才慢慢消失，信慢慢地变得文如其人了。

第一封信是去年九月初写的，就在她告别卡斯托斯和圣托里尼岛回家后不久。

记忆是如此历历在目，我仍然觉得你无处不在。我清楚地知道记忆终将渐行渐远，那时我会无限伤感。我将记不清你在阿莫迪画画，将颜料滴在岩石上的样子；记不清你脱了鞋子，脚搭在瓦莉娅家花园的墙上晒太阳的模样。现在我看得到那些画面。以后我会想起那些画面。再过一段时间，我会记着去想起那些画面。我不想跟你分离哪怕再多几个小时。今晚我得收拾行装准备去伦敦，真不想离开这里，因为这里有我们在一起的记忆。

第二封信是九月中下旬写的，上面盖的是英国的邮戳，那时的卡斯托斯已经在伦敦经济学院读书了。

公寓里有三间卧室，住了五个人。卡尔来自挪威，尤瑟夫来自约旦，还有两个是来自英国北部的，他们几乎没怎么住宿舍。伦敦是个繁华喧嚣的城市，让人兴奋不已。虽然我等待这一天很久了，不过来到这里还是让人惊叹不已。星期二开始上课，昨晚我和尤瑟夫在我们街上的一家酒吧喝了几品脱的酒（这里一律称为“几”，不管喝多少都用这个词）。我忍不住跟他谈到了你。他很能理解。他在家乡也有一个女朋友。

第三封信是十月份写的。她记得当时看到希腊邮戳时还吃了一惊。卡斯托斯的爷爷心脏病发了，孝顺的卡斯托斯回到了圣托里尼，他一回家便写了这封信。后来他没有回学校继续跟随世界知名的教授们学习宏观经济，而是留在家族老旧的锻造店里打造渔船配件。这就是卡斯托斯的为人。

莉娜，请不要为我担心。是我自己选择回来的，真的。况且我并没有失去伦敦经济学院的学籍。我暂缓入学的申请已经被批准了。再找个人住我的宿舍也是易如反掌的事，我一点都不觉得遗憾。爷爷现在恢复得很快。今天他还坐在店里陪我干活。他说到圣诞节的时候，他就能完全恢复工作，那时我就可以回学校过新年了，但我不需要急着回去。我会先打理好爷爷的生意。

我回来的那天晚上去了我们的橄榄树林游泳。当时我恍恍惚惚，好像又看到了你。

其实他最初写的是“当时我恍恍惚惚，好像在和你做爱”，可后来却拼命地划掉了。不过只要莉娜对着充足的光从信纸背后看，她便能看出那些删改掉的字。每每读到它们，她总会怦然心动。每个字都像烟花一般在她的脑海里炸开。让她既渴望，又纠结；既快乐，又痛苦。

他和新女友做爱了吗？这个想法像滚烫的煤炭一般灼烧着她的大脑，她迅速将它扔出脑海。

莉娜从信堆中抽出的下一封信写于十二月。时至今日，看到这一时期的信，莉娜仍然惭愧不已。她只能庆幸手头上没有自己写给卡斯托斯的信。

你上一封信的语气颇为冷淡，莉娜。我星期一试着给你打了电话。你收到留言了吗？你现在还好吗？你的朋友们怎么样了？布布好吗？

我告诉自己，也许你写信那天的心情不好。你什么事都没有，我们也什么事都没有。但愿如此。

然后就到了致命的一月。去年八月燃起的激情终究在寒冷的冬天里萎谢了。她又变成了那个浑身长刺拒人于千里之外的莉娜。她写了一封懦弱的信，然后他回复了。

也许是因为距离太远了。九月的时候大西洋还显得那么小。可现在，即使是我眼前的火山也似乎大得无法跨越。我做了许多梦，在梦里，我拼命向前游，一直游啊游，可最后总是无法游离这个岛屿。也许我们分离得太久了。

后来她和卡斯托斯彻底分手，她承诺自己说她很快就会重拾心情，再次变得完整。可是她并没有，她仍然想念他。

我当然理解，莉娜。我知道这种事会发生。如果我还在伦敦的学校里拼命读书，我的感觉也许会截然不同。但现在我在这座小岛上，一心向往着别处……

我会想念你的。

几个月以来，长夜漫漫无眠时，她都想象卡斯托斯在思念她。她沉溺于想象，脑海里一遍又一遍地缓缓播放着两个疯狂思念对方的人最终重聚的画面，这种画面让她心醉神迷，有时画面还是限制级的。虽然莉娜感到难为情，她懵懂无知，还是个处女。但她还是可以做梦的。

可现在卡斯托斯有女朋友了。他忘记她了。他们永远不会再见了。

如果梦无法实现，那做梦还有什么乐趣可言呢？

第二天早上，蒂比醒来时发现布莱恩已经穿好了衣服，正耐心地坐在她的书桌旁等着。

蒂比知道自己刚起床时头发都乱得像鸡窝似的，于是她慌忙用手把头发抚平。

“你饿吗？”他友好地问她。

蒂比记起了早餐的事，记起了松饼店，还有沿着“高速公路”走过去的事。她本想告诉布莱恩并邀他一起去，她真的有这么打算，但她没说出来。

“我有早课。”她说。

“哦。”布莱恩毫不掩饰他的失望之情。他失望的时候都会表现出来，从来不玩那种装作满不在乎的把戏。

“我们可以一起吃午餐吗？”她问道，“我可以从餐厅里带一些三明治出来，我们一起在池塘边吃吧。”

他喜欢这个建议。蒂比穿衣服的时候，他去了洗手间洗漱。他们一起走出宿舍。蒂比想着如何摆脱布莱恩。其实也不用费什么心机。布莱恩从来都不怀疑蒂比，他根本想不到蒂比会这么狡诈。

蒂比指着马路对面的学生活动中心。“那里的地下室有《龙圣》游戏。”

“真的吗？”布莱恩比以往任何时候都更显得对大学感兴趣。

“是的。我中午去那里找你。”她知道布莱恩只用一美元就能玩好几个小时。

她忙不迭地逃到马斯特斯大楼。亚历克斯的宿舍在一楼，他们经常在那里碰头。亚历克斯正戴着耳机坐在电脑前，而莫拉则躺在床上看着嘻哈音乐杂志。他们都没有抬头看，也没说话。

蒂比在门口游荡，她知道他们准备好了就会出来。她很得意自己能够摸清他们的相处之道。

她猜亚历克斯这会儿正在做混音。他的书桌上有一大堆CD，大多数都是翻录的，还有一些鲜为人知的专辑，她只能装作听说过的样子。亚历克斯把耳机取下来让她和莫拉听结尾的部分，只听见尖厉刺耳的声音伴着扰人的混响和低沉嘶哑的背景音。她不确定这是否能称之为音乐。但亚历克斯似乎很满意，蒂比点点头，希望她能理解这种音乐。

“呦，汤可，你精神可真足啊。”亚历克斯一边说一边起身领着她们出门。蒂比怀疑他可能一晚上都没睡。

他们应该在离开校园时做登记的，但蒂比不会再提出来了。

他们在路边走了差不多两公里，汽车和卡车从他们身边呼啸而过。

当一个灰白头发、戴遮阳帽的女服务员给蒂比端来一大盘薄烤饼时，蒂比有点难过。布莱恩也很爱吃薄烤饼。

亚历克斯正在大讲特讲他隔壁宿舍里学象棋的男孩，那孩子长了一脸的青春痘，亚历克斯最喜欢嘲笑他。

蒂比想起曾经的布莱恩，穿着他那件印有《龙圣》图案的T恤，鼻子上架着笨重的金属镜框眼镜，厚厚的镜片上满是污迹。

亚历克斯不知说了些什么，她附和着也笑了起来。笑声之虚假，连她自己都骗不过。

她在想自己为什么不带布莱恩来。是怕他在亚历克斯和莫拉面前丢自己的脸？还是怕自己在布莱恩面前丢脸？

布布：

我穿这条裤子运气并不怎么好，所以我想着还是把它寄给你。

嗯，我经常想起你。昨晚你给我打电话我好开心。你这么快就找到格里塔，让我相信你的好事就要来了。

希望你在亚拉巴马一切顺利，布布，记住我们都很爱你。

蒂比

8

生活本就是不公平的。

它只比死亡公平那么一点，仅此而已。

——威廉·戈德曼

布丽吉特在格里塔家阁楼上工作的前几天完全是做体力活，把堆得像山一样高的纸箱卸下来，将一件件家具和数不清的书往地下室搬。

在第五天的早上，云游四海的牛仔裤出现在了布丽吉特在邮局开设的邮箱中。她起初挺高兴的，因为阁楼整理工作的重活儿马上要开始了，她需要这条裤子。但等她回到房间后，焦虑的心情又开始蔓延。

她一边在地毯上慢吞吞地踱着步子，一边把包裹打开。她屏住呼吸，连大气都不敢出，开始把裤子往身上拉。拉到大腿处时，裤子卡住了。她只好停下。她不能用蛮力继续拉。万一把裤子撑破了怎么办？那简直太可怕了。

她喘着粗气，飞快地脱下牛仔裤换上自己的短裤。

她不敢想太多。这并不意味着什么。她只需减几斤赘肉就行了。她坐到床上，头倚着墙，强忍住泪水。

她仍然抱着牛仔裤，她不能把它扔在这里视而不见。也许这条裤子不一定非得穿在身上才能发挥魔力，是这样的对吗？也许是吧？

布丽吉特木然地抱着牛仔裤走出房间，把裤子一路带到了格里塔的家，按照格里塔的吩咐从侧门进了屋。格里塔正在厨房里用针扎手指取血样。布丽吉特飞快地移开视线。她早就怀疑格里塔有糖尿病了。她在屋子里看到过熟悉的设备。布丽吉特了解糖尿病，因为她妈妈在去世前的最后几年得过这病。

“早上好，格里塔。”她问候道，目光始终保持向下。

“早，”格里塔回道，“你要吃早餐吗？”

“不了，谢谢。”布丽吉特答道。

“喝橙汁吗？”

“不用了，我只要带点水上楼就行了，如果没问题的话。”她走到冰箱前拿水。

格里塔斜眼看着她手上的牛仔裤。“这是你的吗？”她问。

布丽吉特点点头。

“要我帮你洗一下吗？只要一点点漂白剂，就能把那片污迹洗掉。”

布丽吉特一下子被吓呆了。“不！不！谢谢您。”她紧紧地搂着牛仔裤，“我就喜欢它现在的样子。”

格里塔哭笑不得，只好摇了摇头。“人各有志，无法强求啊。”她喃喃自语道。

你是不会有魔力的，布丽吉特在心里默默说道。

屋子里闷热不堪，阁楼上的温度至少还要高八九摄氏度。布丽吉特爬到楼上时衣服都已经湿透了。

她把一堆标有“玛丽”黑色字样的纸箱留在角落里。这就是这份工作的微妙之处，因为它们就是她既想知道又害怕触及的部分。她把裤子放在书架上便开始干活了。布丽吉特把手放在第一个纸箱上，她没有让自己想太多，直接打开了纸箱。

她战战兢兢地取出了几本写作指导书，都是小学生用的。布丽吉特看到妈妈认真仔细的手写体字迹，心里不禁隐隐作痛。纸箱里还有《社会学》《英语》《代数》，这些书的下面有一只装满了照片的信封，里面有生日派对的照片、在冰淇淋店吃冰淇淋的照片和学校活动的照片等。在每张照片上，她妈妈都是那么醒目。闪闪发亮的头发，脸上挂着生动的表情。布丽吉特一直都知道她的头发是遗传妈妈的。

纸箱里还有许多画作，大多数都画在纸盘上或皱巴巴的美工纸上。布丽吉特把能保留的都放到一边，然后把剩下的通通扔进大垃圾袋。

第二个纸箱似乎是高中时的物品。布丽吉特翻出了一大堆的课本和笔记本，最后才发现一些照片。玛丽在跳舞；在啦啦队里喝彩；穿着泳装摆性感姿势；跟男孩子调情；和一个又一个自鸣得意的男伴参加一连串的派对。纸箱里有四本年鉴，每一本都贴满了同样类型的照片。每本年鉴里的她都是那么高调张扬。还有十四本泛黄的《亨茨维尔时报》，上面都有玛丽的照片。此外，纸箱里还有几十张从当地周报上剪下来的玛丽的照片。玛丽美得让人怦然心动。照片上的她就像电影明星，微笑着、大笑着、喊叫着，意气风发。布丽吉特的自豪感油然而生。不单单是因为她的美丽。布丽吉特虽然觉得妈妈是个大美女，但更让人心动的是她在每个镜头里散发出的热切和活力。

布丽吉特被这个女孩深深打动，但她觉得自己并不了解她。这个玛丽和她所认识的妈妈没有半点关联。就在那一刹那，布丽吉特回想起了妈妈躺在床上的画面，那时的她躲在黑漆漆的房间里，日复一日，度过了生命中最后的时光。

“吉尔达！”

十二点了，格里塔在喊她下楼吃午饭。

布丽吉特木然地下楼。她看着格里塔往桌上摆放红肠三明治和薯条，她那患有关节炎的、歪歪扭扭的手指，花了半天时间才叠好一张餐巾纸。

她怎么生得出玛丽那样漂亮的女儿？布丽吉特忍不住疑惑起来。

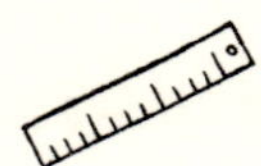

卡门整个下午都待在莉娜家做布朗尼蛋糕和M&M巧克力豆曲奇，她把点心仔细地包装好，准备送给布丽吉特和蒂比。现在到了吃晚饭的时候了，她很高兴自己在莉娜家。其实她并不怎么喜欢莉娜爸爸的厨艺，也不喜欢她家餐桌上方亮得过分的卤素灯泡，而且艾菲涂的快干指甲油的味道几乎要把她熏晕。但至少她不用一连三个晚上待在自己那个空荡荡的家里，这已经够让她高兴的了。

今晚她妈妈和大卫去看棒球赛。妈妈扎了马尾辫，还戴了一顶金莺队的球帽，卡门觉得那让人非常难堪。

“菜很美味，卡利加瑞先生。”卡门一边说，一边用叉子拨过一堆含有菠菜的食物。

“谢谢。”莉娜的爸爸点头说道。

“嘿，卡门，”艾菲小心翼翼地拿起叉子，她怕把指甲油弄花了，“我听说你妈妈陷入热恋了。”

卡门艰难地咽下一口菜。“差不多是那样吧。”她恶狠狠地瞪着莉娜，在她脸上寻找任何背叛友谊的羞愧。

“不是莉娜告诉我的，”艾菲感觉到了她们之间的氛围，连忙解释说，“我听梅兰妮·福斯特说的。你知道她吗？她在红宝石烧烤屋做女招待，她看见你妈妈和男友在餐桌前热吻。”

“你为什么非要说这些呢？”莉娜问她。

卡门一阵恶心，胃里的菠菜几乎要奔涌而出。

“你不喜欢那个男人吗？”艾菲问道。

“他还好。”卡门简短地说。

卡利加瑞夫人似乎很感兴趣，但同时又觉得尴尬和震惊。“你妈妈能找到她喜欢的人，这是好事。”

“也许是吧。”卡门沉默了半晌后说道，然后板起了脸。

艾菲并不傻，她知趣地闭嘴了。

卡门看了看手表。“我倒想起来了……妈妈几分钟后就会来接我了。”她看了看周围，以确保大家都差不多吃完饭了，“我得去拿包了。”她把盘子里的食物清掉，说：“不好意思……我吃了就走。”

“没事儿，亲爱的。”卡利加瑞夫人说，“我很抱歉我们这么晚才吃饭。”

卡利加瑞家总是很晚才吃饭。卡门猜这可能是希腊人的生活习惯。

在接下来的五十五分钟里，莉娜一直陪着卡门坐在客厅里等克里斯蒂娜。

“她至少应该打个电话。”卡门抱怨道，这话她已经说了好几遍了。她突然意识到妈妈以前就是这样说她的。

莉娜哈欠连天。“她一时半会儿是走不出体育场的。我想她肯定是堵在停车场或什么地方了。”

“她这把年纪本来就不该去看棒球赛。”卡门咕哝道。

卡利加瑞夫人穿着浴袍下楼去厨房里拿东西。屋子里所有的灯几乎都关了。“卡门，你知道，如果你愿意的话，我们是很欢迎你在这里过夜的。”

卡门点点头，她感觉快哭了。

十点四十四分，一辆车停在了门外。那是大卫的车。

一向早睡早起的莉娜已经在沙发上睡着了。她醒过来，在卡门冲向大门之际，拍了拍她的手肘。“别冲动。”莉娜温柔地说。

“宝贝，体育馆太疯狂了，”卡门刚一打开车门，克里斯蒂娜就大发感慨，“真对不起。”

克里斯蒂娜的脸既兴奋又喜悦，没有半点抱歉的样子，也不见得有多在乎卡门的感受。

“卡门，对不起，我得向你道歉。”大卫诚恳地说。

那你们为什么还笑得像花似的？卡门真想问问他们。

她摔上车门，一言不发地坐着。

当车停在公寓楼前时，克里斯蒂娜和大卫对彼此窃窃私语说了些话，卡门毫不费力就能听得一清二楚。她直接跳下车，省得看他们吻别。

卡门没有按住电梯门等她妈妈的意思，所以克里斯蒂娜得跑起来才及时赶上电梯。在狭窄的电梯间里，卡门察觉到了妈妈嘴里的啤酒味，这又让她一阵反感。

“宝贝，真对不起，”克里斯蒂娜说，“我知道我们迟到了，但如果你能看到当时的路况……门票都卖光了，而且……你从来不介意在莉娜家多待一会儿的啊……”

她的眼睛闪闪发光，似乎微微有些醉。她非常希望卡门能放过此事，好让她能继续沉醉在她的幸福世界里。

卡门比妈妈抢先一步，走在前面用自己的钥匙打开家门。她不打算就这样放过此事。

“我恨你。”她满是耻辱和绝望地对妈妈吼道，然后冲进房间上床睡觉去了。

那晚，蒂比和布莱恩一起留在房间里。她本可以将布莱恩偷偷带进餐厅的，但她没有那么做。相反，他们叫了比萨饼外卖到房间里。

吃完饭后，两人都躺在堆满了笔和纸的地板上。布莱恩打开收音机调到一个古典音乐频道。

“那是什么？”布莱恩看到蒂比正在两张大纸上画着一串的方框，他不禁问道。

“这是类似于……分镜的东西。”

他饶有兴趣地点了点头。

布莱恩也没闲着。蒂比猜他在画漫画。他画的人都是大脑袋大眼睛，其实并不怎么好看。它们让蒂比想到那俗气的画，眼睛闪亮的孩子可怜巴巴地盯着你看。他聚精会神的时候会情不自禁地咬着双颊。他一边用铅笔涂阴影，一边把嘴唇扭来扭去。

蒂比思考故事框架的时候注意到了音乐，听着像是交响乐。蒂比还发现布莱恩吹起了口哨。最不可思议的是，他是跟着音乐吹的口哨。上百个音符，他居然能吹得分毫不差。

蒂比停下来看着他。他仍浑然不觉，还在忘我地一边涂阴影一边吹着口哨。

音乐很动人，虽然蒂比对它一无所知。布莱恩怎么会这么熟悉这些音乐呢？他怎么每一个音符都知道得这么清楚呢？蒂比从纸上抬起手，托着下巴。他一直以来吹口哨都是这么合调子的吗？

她不想说话，怕自己一开口，布莱恩就会停下来。她还想继续听。

她躺在地板上，缓缓地闭上双眼，头皮突然一阵发麻，莫名地想哭。她也不知道为什么会这样。地上的纸被她的脸压皱了。

布莱恩仍在涂阴影、吹口哨。小提琴声悠扬嘹亮，大提琴沉厚的声响让蒂比腹部紧缩。紧接着是重重的钢琴敲击声，没有任何伴奏，只有布莱恩的口哨声在和着。

然后音乐终了。蒂比毫无缘由地哀伤起来。她感觉自己一度住在温暖欢乐的音乐世界里，可现在却被赶了出来。这里只余冰冷。

她凝视着布莱恩。他仍在静静地画着画，连眼睛都没抬一下。

“那是什么？”她终于开口问道。

“什么？”

“那首曲子？”

“呃……应该是贝多芬的吧。”

“你知道它的名字吗？”

“是一首钢琴协奏曲，可能是《第五钢琴协奏曲》。”

“一共有多少首？”

布莱恩抬头看着她，蒂比的强烈兴趣让他感到一点意外。“钢琴协奏曲吗？你指的是贝多芬写的？呃，这个我也不清楚，可能就只有五首。”

“你是怎么知道的？”

他耸耸肩。“我就只是听过几次。收音机里时不时会放。”

蒂比继续用热切的眼神盯着他，布莱恩知道她想要更多讯息。

“我爸爸过去曾经弹过。”

蒂比猛地吞咽了一下，她垂下了眼睛，但布莱恩仍然看着她。

“我父亲过去是个音乐家，钢琴家。你知道吗？他去世了。”

蒂比吃惊地张大了嘴。不，她一直都不知道。她对布莱恩的生活一无所知，而且从这个话题开始谈起也实在不好。她又吞咽了一下，用指尖抵着铅笔的一头。“是吗？我的意思是，他真的是个钢琴家吗？”

“是的。”布莱恩摘下眼镜，她这才发现他的眼窝深陷得厉害，不觉惊了一下。布莱恩用 T 恤的下摆擦拭镜片，动作中满是悲痛。

“他弹过那首曲子？”

“是啊。”

“哦。”

蒂比狠狠地咬着双颊内侧。她算是什么朋友？这么大的事情，她居然一无所知！她知道布莱恩一直过着孤单、不如意的生活。她早就知道，可她却从来不曾费心去想背后的原因。她一直视而不见，避而不谈，就像她对待其他事情一样。

蒂比知道——人在这种时候就是有直觉——贝莉肯定知道这事。贝莉肯定知道布莱恩的父亲是音乐家，知道他已经过世。贝莉很可能还知道他是怎么去世的，甚至很可能刚认识布莱恩不到一小时就知道了。

可蒂比呢？她和布莱恩在一起上千个小时，只为享受那不知情的舒坦。

9

有些事只有相信了才看得见。

——拉尔夫·霍奇森

“拉斯蒂那边没人防守。”

比利·克莱恩转过身来，向布丽吉特的方向走了两步。“什么？”

“那边的拉斯蒂，他是你的队友吧？他比你想的要跑得快。”布丽吉特在足球场上总是管不住自己的嘴。

比利摇了摇头，仿佛想弄清楚状况：这个坐在场边的奇怪女孩是在教他怎么踢球吗？

布丽吉特耸耸肩。她坐在阳光里，嘴里嚼着一根青草，小时候坐在这里时她就经常这样做。她已经忘记了自己有多么喜欢看球，就算在场上的只是一群外行人。“只是我的想法而已。”

比利板着脸的样子太可爱了。“我认识你吗？”

他的嗓音变成熟了，说话的口音也让布丽吉特忍俊不禁。她又耸耸肩。“我不知道，你认识我吗？”

她的态度和举止似乎让比利一下子乱了阵脚。“我好像在这里看到过你几次。”

“因为我是球迷嘛。”她说。

比利对她点点头，他大概把她当作一个跟踪狂了，然后他转身回到了球场。

如果她是以前的布丽吉特，比利便会明白她是在和他调情，他很可能已经开口约她出去了。可事实是，他没有。

在最后几分钟的争球中，拉斯蒂再一次成功突破对方防守。比利犹豫了一秒，然后将球传给拉斯蒂。在无人防守的情况下，拉斯蒂成功射门。

布丽吉特在场外大声欢呼。比利看向她，忍不住也笑了起来。

Carmabella：嗨，莉娜，我终于跟蒂比通上话了。我告诉她，等她七点左右到家时，我们都会在她家等着。布莱恩去看她了，他开车跟她一起回家。

Lennyk162：我也和她通电话了。那家伙真傻，居然还不知道布莱恩喜欢她。

Carmabella：你真觉得布莱恩对她是恋爱意义上的喜欢吗？

Lennyk162：我觉得他在任何意义上都喜欢她。

“蒂比，麻烦你关掉好吗？”

“行。我去拍别人。”蒂比说。

莉娜见到蒂比固然高兴，但见到蒂比的摄像机却是另一回事。莉娜在镜头前总会感到无比尴尬。

“要再剥十几个玉米吗？还是说今天到此为止？”蒂比的妈妈抱着装满了玉米的棕色纸袋问道，“由你们决定。”

莉娜看了看手表，离上班时间还有半个小时。“我来吧。”她主动提出。她其实挺喜欢剥玉米的。她坐在罗林斯家厨房的圆桌旁，蒂比的妈妈正在为明天七月四日国庆节派对准备沙拉，而他们家的保姆洛蕾塔正看着尼奇和凯瑟琳在屋外草地上的充气水池里相互泼水嬉戏。

莉娜从袋中拿出一根玉米，小心翼翼地剥去上面的壳。你永远不知道里面会不会冒出一条黄色的大肥虫，或是令人恶心的黑洞，里面密密麻麻地爬满虫。不过这根看上去是好玉米。她喜欢玉米须，因为它们让她想起布丽吉特的头发，或者说是布丽吉特以前的头发。

“嘿，莉娜，你的男朋友好吗？”蒂比的妈妈问道。她挑动眉毛，好像在暗示这是很棒的事，而她深知当中奥妙。

莉娜尽量掩饰住内心的反感，她讨厌“男朋友”这个词，即使在她还有男朋友的时候。而且她讨厌大家都知道她的隐私。

“我们分手了，”她轻描淡写地说道，“你知道，异地恋不可能长久。”

“太可惜了。”爱丽丝说。

“是啊。”莉娜附和道。她怀疑妈妈们都很渴望跟女儿谈论男朋友的话题，好像只有有了男朋友，生活才算真正开始似的。莉娜最恨这种想法。她沉默了一会儿，等这个话题彻底过去后，她才开始一个新的话题。

“嗯……爱丽丝？”小时候她们刚学会说话，蒂比的妈妈就坚持要她们叫她的名字。

“怎么了？”

莉娜几天以前就有了这个想法。一开始的时候，她觉得这个想法太过邪恶，所以就一直没有付诸行动。而且这也不符合她的性格。不过现在正是绝佳的时机，她觉得问问也无妨，好像不会伤害任何人。

莉娜深吸一口气。她得确保自己表现得漫不经心，只是随口问问而已。“我妈妈有跟你谈到过尤金吗？”她问道。

爱丽丝拿着土豆的手停了下来。屋子里满是阳光，莉娜可以看到爱丽丝脸上的雀斑，跟蒂比一样的满脸雀斑，不过颜色要淡一点。“尤金？”她的眼神变得有点呆滞，似乎在回忆着什么，“当然，就是你妈妈当年爱疯了的那个希腊男孩，对吧？”

莉娜倒吸了一口凉气，想不到她这么快就刺探成功了。“就是他。”她装出一副很了解的样子，这让她感觉自己很不正直。

爱丽丝脸上仍挂着一副若有所思的表情，很有距离感。“他把她的心伤透了，不是吗？”

莉娜看着玉米，血液顿时上涌，她的脸都红了。她没料到会听到那样的回答。“是的，我想是这样的。”

爱丽丝放下餐刀，直勾勾地盯着天花板。她似乎很享受回忆的过程。“老天，我记得你还是婴儿的时候他来过这里，”她望着莉娜，“你妈妈肯定跟你说过这事吧。”

莉娜咬着双颊内侧。“呃……她可能讲过。”她开始感到不自在。这次的收获大大出乎她的意料。收获太多反而显得不宝贵了。

莉娜忍不住盯着爱丽丝看。她觉得爱丽丝的嘴巴不够严实，对保守别人秘密这件事不够在乎。

“嗯，我相信她迟早会告诉你的。”爱丽丝安静地说。她似乎也意识到自己说得太多了。于是，她又继续削土豆。“你为什么会问起尤金呢？”

问得好。莉娜飞快地想着，试图给出一个合理的解释。

幸好此时凯瑟琳跌跌撞撞地走进来，一边大哭，一边解释着尼奇把她的玩具小桶怎么样了。凯瑟琳身后的厨房地板上满是她走过时留下的水、泥土还有草渣。莉娜很感激尼奇和凯瑟琳，因为爱丽丝马上把凯瑟琳赶出厨房并开始清理地面，完全把负心汉尤金的事给忘得一干二净。

布丽吉特醒来时身上汗涔涔的。天气太热，这是一个原因，不过另外一个原因是她做梦了。白天她翻看妈妈的遗物，夜晚她会梦到这些东西。梦永远都是支离破碎的，就如同阁楼纸箱中的东西一样凌乱不堪。她的脑海中有成千上万个生动的片段，可就是没法把它们跟本人串起来。

去年布丽吉特开始喜欢上了慢悠悠地淋浴，可在这座曾经的皇家大街旅店的三楼，她得和两个灰白头发的民工共用一间浴室，所以她洗得飞快。布丽吉特安慰自己说流进下水道的水之所以是褐色的，是因为她染过的头发掉色了。但她还是感到很不爽，用清洗剂都比这洗得干净。

格里塔已经做好早饭等她。果汁、涂了黄油和果酱的全麦吐司，都是布丽吉特喜欢的。她前几天偶尔提到过，格里塔第二天就为她都准备了。

布丽吉特吃得飞快。她不想和格里塔聊天，只想尽快地回到妈妈身边。

到了楼上，布丽吉特无意中在一个纸箱里发现了一张“谢泼德山”的入住表格，时间正好是玛丽高中毕业后的那一年。起初，布丽吉特还以为谢泼德山是一所暑期学校或啦啦队夏令营什么的，可它不是。布丽吉特发现那是一家精神病院，她的心狂跳起来。从文件来看，玛丽在那里待了差不多三个月，医生给她开了一种叫做锂盐的药。有一位医生在报告中写道玛丽曾提到过自杀。布丽吉特的泪水汹涌而出，眼前的黑色铅字瞬间被泪水模糊。

她放下文件，坐在窗台上，呆呆地看着邮车从街上缓缓开过。她估计今天是没办法继续干活了。

布丽吉特一度被玛丽年轻时的形象所震撼，被这个小镇最美的女孩深深打动，她几乎让自己忘记了玛丽最后的悲惨结局。

格里塔喊她下楼吃午饭时，布丽吉特松了一口气。昨天她提到过最近没怎么吃蔬菜，今天她的盘子里就摆放了精心削过皮的胡萝卜，她不禁有些感动。

“谢谢您，格里塔。”布丽吉特说。

“哦，别客气，亲爱的。”

自第一个星期开始，格里塔就没再喊她“吉尔达”，而是开始喊她“亲爱的”。

她们静静地吃着三明治，但吃完饭后，格里塔并没起身。她今天好像很想和布丽吉特聊天，并不急着要布丽吉特干活。

“我有两个孩子，你知道吗？你大概已经从楼上的那些杂物中猜出来了吧。”

布丽吉特点点头。和格里塔聊天是另一件她既想做又害怕的事情。

“我女儿六年半前去世了。”

布丽吉特点点头，低头盯着自己的手。“我很抱歉你失去了她。”

格里塔也点点头，慢慢地，她整个身体也跟着动起来。“我女儿长得很漂亮。她叫玛琳，不过大家都叫她玛丽。”

布丽吉特不敢抬头。

“她像你这么大的时候在石灰岩县这里很有名气。人们都说如果她参加亚拉巴马小姐选美，夺冠绝对不成问题。”

“真的吗？”这话的荒谬程度让布丽吉特听了之后情绪稍微振作起来。

“当然，”格里塔微微一笑，“但她整天忙着和男孩子们约会，她可没心思学习棒操或选美的姑娘们应该学的那些东西。”

布丽吉特也笑了。

“她高三和高四时还连续两年被选为返校节女王[1]。我得告诉你，那可是空前绝后的。”

布丽吉特点了点头，尽量装出钦佩的样子，以满足格里塔的自豪感。

“你还要喝点冰茶吗？”格里塔问她。

“不，不用了，多谢，”布丽吉特站起身来，“我应该上楼干活了。”

格里塔大手一挥。“楼上热得要命，还是多坐一会儿吧。”

“好的。”布丽吉特说。

格里塔又给她们两人倒了一些冰茶。虽然布丽吉特说了她不要，可事实证明她还是想喝的。

“亲爱的？”

“怎么了？”

“你父母知道你在这里吗？”

布丽吉特的脸温热起来。“知道。”她可没说谎。虽然只有父亲知道。

“如果你需要，可以用我的电话。”

“好的，谢谢。”

“你之前说过他们在旅行？”

布丽吉特点点头，只敢低头看着冰茶。她不想格里塔再问下去了。撒谎固然轻而易举，但布丽吉特不再喜欢那样了。她希望

1 返校节是美国许多高中每年秋天所举行的庆祝活动，在一些小镇上尤为盛行。其中最为引人注目的项目是给由学生选出的返校节女王加冕。

在她受够说谎这件事后，此前那些谎言都能蒸发消失掉。

布丽吉特清了清嗓子。“玛丽后来上了附近的大学吗？”

格里塔似乎很喜欢谈她的女儿。“她去了塔斯卡卢萨大学。她爸爸以前也是在那里上的大学。”

“她喜欢那里吗？”

“呃……”格里塔沉吟了半晌。布丽吉特知道她会说实话，虽然她还没开口。“她在那遇到点麻烦。”

布丽吉特啜了一小口冰茶。

“玛丽的情绪复杂多变。有时一整个星期都兴奋得像腾云驾雾似的，可下一个星期却悲伤得下不了床。”

布丽吉特又点点头，她坐正了，双脚平踩在厨房地板上。听到这话让她很难过，这样的玛丽她再熟悉不过了。

“在大学的第一年，她的情绪极度低落——我不太清楚具体原因。医生诊断说她有精神疾病，让她在医院住了几个月。我觉得治疗对她有帮助，虽然她那时恨透了医院。”

布丽吉特知道她谈的就是谢泼德山医院。

“在学校的第二年，她爱上了她的历史教授，一个从欧洲来的小伙子。对一个十九岁的女孩来说那实在是太疯狂的举动，但不用说，她最后当然是嫁给了他。”

布丽吉特很惊讶。她知道爸爸以前在亚拉巴马教过书，也知道爸爸妈妈是在那里相遇的，但她从来没想到他们是这样认识的。

“他们很惨，真的。弗朗兹，也就是她的丈夫，因为和学生恋爱被学校解雇了。”

布丽吉特点点头。这就解释了爸爸为什么会从大学教授变成私立高中老师。

“他在华盛顿找到了一份工作，所以他们都去了那边。”

“哦。”

格里塔慈爱地端详着布丽吉特。“亲爱的，你看起来累坏了。去客房浴室洗个热水澡，然后躺下来睡一会儿吧。”

布丽吉特站起身来，她内心充满感激，真恨不得去吻格里塔的额头。因为此时此刻，她最需要的正是睡觉和洗澡。

布布：

我真希望能给你打电话。我恨不得一天能给你写五十封电邮或打五十通电话。我对写信总是没有耐心，不过我会坚持写，因为我想要感觉自己还是在你身边。

我喜欢听你讲外婆还有比利的事，虽然你说你外婆还不知道你的真实身份（我是听蒂比说的）。你打算什么时候告诉她？不让她知道又有什么好处呢？

我最近对妈妈做了很过分的事，和波特的感情也一团糟，我不想让你心烦，还是下次再说吧。这个星期你得给我打电话，不然休想吃布朗尼蛋糕，听明白了吗？

爱你的卡门

10

时间就是阻止所有事情同时发生的东西。

——涂鸦墙题词

一切都颠倒过来了，现在轮到莉娜想方设法地找时间与妈妈共处。几天以来，她一直在热切地等待着与妈妈外出的机会，等待着她妈妈什么时候去还录像带什么的，然后让她坐在车里等着。可现在她终于意识到，妈妈在躲着她。

不然会是什么呢？她想道。尤金在她心里到底有多重要？为什么她需要隐藏得这么深呢？

这个晚上下班时莉娜又动起了邪恶的心思，她打电话叫妈妈过来接她。事实是，她真的没有车，当时真的在下雨。而且店里的确有一件相当漂亮的罩衫，当然是妈妈最爱的米色，莉娜估计妈妈也许想看一看。

当她们终于一起坐上车，开在回家路上时，莉娜发起了进攻。

“嘿，妈妈？”

“怎么了？”

“我知道你不喜欢我问这个问题肯定是有原因的，但可不可以请你告诉我尤金是谁？我不是外人啊。我不会到处宣扬，比如说在《六十分钟》电视节目[1]里告诉全世界什么的。如果你要我保密的话，我绝对不会对任何人说半个字，甚至对爸爸也只字不提。”

妈妈紧闭双唇。这不是一个好兆头。

“莉娜。”她似乎极力地想表现得有耐心，但这并不容易。

“嗯。”莉娜胆怯地应道。

“我不想谈这个。我想我已经说得很清楚了。”

“可为什么呀？”莉娜知道她在妈妈面前只能发牢骚到这种程度。此时此刻，她可不想在车里和妈妈谈卡斯托斯或他的新女友。

“因为我不想。这是我的私事，我不想拿出来说。明白吗？”

“明白。”莉娜说道，默默被打败。她还能说什么呢？

“我不希望你以后再跟我提这事。”

“好。”

雨水如瓢泼般浇在挡风玻璃上，闪电划过天空，一场巨大的夏日闪电风暴正在酝酿之中。莉娜喜欢风暴。

“那我以后也有不想告诉你的事怎么办？”莉娜问道。她忍不住要多问这么一句，可不能两手空空地就被妈妈打发掉。

阿里叹了一口气。“那要看是什么事了。不过有一点你得明白，我是妈妈，你是女儿。”

“我知道。”莉娜不满地咕哝道。

“没有总是平等的事。”

---

1 《六十分钟》：美国 CBS 电视台的新闻节目。

从来就不平等，莉娜很想这么说，但这次她总算闭上了嘴。

妈妈把车开到家门口的车道上。她关掉引擎，但迟迟没有下车。

“莉娜，我能问你一个问题吗？”

“问吧。”莉娜说道，她暗暗祈祷，希望妈妈突然之间能回心转意。

“谁告诉你尤金的？”

这不是她希望听到的。她捏着双手，清了清嗓子。“我不想告诉你。”

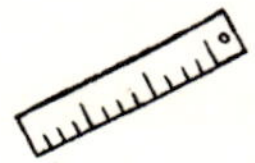

婴儿乔正坐在地上玩他的玩具车，杰西则在看电视，屏幕上的猫咪说着中国口音的英语。卡门感到有些内疚，她几乎没做什么就白拿工资。不过杰西很喜欢那个电视节目，而且这是教育频道的节目，所以对他是有好处的，不是吗？

再说了，她有好多需要操心的事，只有孩子们安静下来时她才有心思去想。她想给布丽吉特打电话，因为她有八天都没听到布布的声音了，可是她没法和布布联系。所以她就给正在上班的莉娜打了电话。

“我的工作可没你的那么闲。”莉娜接起电话指责道。

“那你就大错特错了。你有跟四岁的男孩相处过吗？”卡门反问道，这只是她们没完没了的争论中的一部分。

“你工作要真那么不容易，怎么老有时间给我打电话呢？”

“因为我关心你嘛。”

莉娜笑了。“说正经的，经理正盯得我心里发毛。我不能和你多聊。”

“你有布布的消息吗？”卡门问道。

“没有。”

突然，屋子里响起一声哭号，接着是两声更凄厉的吼叫。杰西在抢乔的玩具汽车。“看？不容易吧我。”卡门洋洋得意地对莉娜说，然后挂了电话。

“杰西！”卡门介入道，“让乔玩他的汽车！”

“不！这是我——的！”

“别这样，杰西，把车还给乔吧。你不想他安静一点好让你看电视吗？”卡门觉得自己真邪恶，就好像她给杰西递了一根香烟似的。

“不！”杰西大吼。他从乔肉嘟嘟的小手中一把抢过小汽车。乔的哭喊撕心裂肺，他都发不出声音了，整张脸涨得发紫，除了鼻子和前额的褶皱，因为那里已经被挤得发青了。

“杰西，你就不能分享一下吗？”卡门哀求道。

当乔的啜泣终于化为哭喊时，几乎把房顶都给掀翻了。

卡门把乔从地上抱起来，抱着他满屋子跑。“想不想玩我的手机？”她绝望地问他。

那是乔最喜欢但又不被允许的娱乐项目。有一次，他还无意中给正在上班的卡门爸爸拨了通电话。

她把手机塞给乔，眼睁睁看着他打开了她的快速拨号菜单。

乔的脸立马就恢复了正常的颜色。“注意点，宝贝，我的免费通话时间已经用光了。”乔乱按一通时她恳求道。

杰西气鼓鼓地走过来，伸出一只手。“我要手机。”他说。

卡门叹了一口气，现在她深陷泥泞，束手无策。她哪里懂什么分享？她是独生女，从来没和人分享过任何东西。她没上过这门课。

正当卡门绝望之际，乔忽然大方地把手机递给了杰西。杰西一看乔不玩了，他也不想玩了，顺手把手机往地上一扔。然后杰西友好地把黄色小汽车给了乔，他自己玩那辆蓝色的。

五分钟后，两个男孩在地上欢快地爬来爬去，一个人手上拿着一辆汽车。卡门坐在沙发上看着孩子们玩耍，她不禁觉得，也许她错过的分享教育确实是一门宝贵的课程。

“他不会拦左边。”布丽吉特对比利说。

比利仍然有点怕她，但他已经渐渐开始习惯她了。

这是伯吉斯队这个赛季的第三场比赛，他们仍然一场未赢。这是布丽吉特第一次看伯吉斯队的正式比赛，她看得目不转睛，像是在看世界杯似的。

比利跑到离她不远的地方，深绿色球服和他的眼睛很配。

布丽吉特靠近他，压低声音说：“穆尔斯维尔队的守门员不会拦左边。”

她知道比利想无视她，但他无法完全做到。

两次控球后，比利朝着守门员的左侧狠狠地一脚远射。球轻而易举地飞入球网。

场外的观众沸腾了。比利转身向布丽吉特做了一个胜利的手势。这个手势虽然傻气，但布丽吉特还是对比利笑了。

伯吉斯1比0赢了比赛。球员和他们的朋友，还有美女球迷们一起出去庆祝胜利了，布丽吉特独自回到小旅馆。但她依然激动不已，在房间里怎么也待不住。她从箱子最底下找出跑鞋。她已有几个月没穿过这双鞋了。布丽吉特穿上跑鞋夺门而出。

她沿着市集大街一直跑到河边。她记得那里有一条杂草丛生的小路，景致十分迷人。箭镞石就是在那里找的。在河岸远处，她看到了一片暮气沉沉的老橡树，在它们的庇护下，顽强的水草四处疯长。橡树的残枝给攀缘植物提供了广阔的空间。

布丽吉特以前经常跑步，她的身体似乎很欢迎这种运动。可是，在七月的热浪里才刚跑了一公里多的样子，她的身体就开始吃不消了。臀部、肩部和手臂上的赘肉让她倍感吃力，它们令她步伐艰难，呼吸吃力。

她的思绪飞到魔法牛仔裤上。她今天早上把裤子寄出去了，连一次都没穿过。她对自己感到生气，在愤怒的驱使下，她越跑越快，越跑越远。跑步的时间越长，布丽吉特越发意识到身上的负重，她迫不及待地想摆脱它们。

莉娜一直没法忘记上一次国庆日在蒂比家吃烧烤的情形，因为那次她在红白方格桌布上吐得一塌糊涂。她一直都觉得是西瓜惹的祸，不过她也无法确定。那年夏天她们才十岁。

自她们还是婴儿起，国庆日烧烤派对便是她们每年的传统活动，但她们十一岁那年，这个传统中断了。虽然没人提及，但莉娜知道这是因为布丽吉特的妈妈。自那之后，妈妈们之间的友谊便开始淡漠了。

莉娜不太清楚为什么六年后的今天，烧烤活动又恢复了。有一瞬间她还害怕是因为布布这个夏天去了亚拉巴马的缘故，可她发现蒂比的妈妈在布布冲动地离开之前就已经发出了邀请。

莉娜继而又产生了另一个不安的想法：这次聚会是迫使布布离开的原因吗？

但她并不真的这么认为。布布曾自愿地执意参加比这更难堪的聚会。五月的时候，她还莫名其妙地硬要参加球队一年一度的母女晚宴，不管她们怎么帮她安排其他的活动都无济于事。

当车停在罗林斯家漂亮整洁的花园洋房门前时，莉娜暗自许诺道：难得卡利加瑞家集体出动参加家庭聚会，尽量少吃西瓜。

“看，这些漂亮的玉米是谁剥的啊？”当莉娜和家人一起走到后院时，蒂比的妈妈迎上来招呼道。莉娜可以看到蓝色大浅盘里堆成金字塔形状的，闪着深浅不一黄色的玉米。

“是我。”她谦虚地说。

她看着妈妈们拥抱亲吻，拍肩吻脸。莉娜发现她妈妈的动作格外僵硬。爸爸们握手寒暄，说话声音比平时在家里的要低沉。

莉娜发现卡门站在离她妈妈几米远的地方。她今天穿了一件白色背心和一条毛边牛仔短裙，长发束在脑后，上面扎了一条红色的丝巾。莉娜总是很佩服卡门的打扮技能，她今天就完美地将性感和爱国元素融合在一起。

蒂比拿着摄像机偷偷摸摸地在院子的外围转悠。她穿着一件有褪色斑点的军绿色衬衫和一条邋遢的卡其色短裤，她看上去既不性感也不显得爱国。

三个姑娘很快就发现了对方，她们像散落的水银一般，在甲板的一边重新聚成一团。她们看着克里斯蒂娜和阿里僵硬地重复着拥抱和亲吻的动作。

“你妈妈是怎么回事？”卡门问莉娜。

“她看上去好像不高兴，是不是？”莉娜点出。

“她是不是还在气你问尤金的事？”卡门问。

“我想是吧，”莉娜说，“她最近一直怪怪的。”

卡门望着天空。“我想布布了。”

“我也想她。”蒂比说。

莉娜一阵难过。她一手抓过蒂比的手，另外一只抓卡门的。她们互相捏了一下对方的手，然后在大家变得伤感起来之前赶紧松开。当她们其中一人不在时，大家有时会像这样手拉手。

“她还有牛仔裤呢。”卡门若有所思。

“希望她没事吧。”莉娜附和道。

静静地，大家都在想有牛仔裤魔法加持的布布，会在亚拉巴马怎样横冲直撞。

“我得走了，”蒂比举起摄像机，“我这个周末得摄像。”

“我们今晚还去广场的那个活动吗？”

“当然。”莉娜漠然地说。每年七月四日，他们高中的一群孩子都会聚集在倒影池[1]边看焰火边听音乐。莉娜觉得自己身为青少年必须得去，但她不喜欢人群，也不喜欢派对。

艾菲端着两个汉堡、一盘堆得像山一样高的土豆沙拉，还有两根玉米走了过来。

“你是饿坏了吗？”莉娜问道。

艾菲无视她。“我想要那条裙子。”她对卡门说。

“我可以借给你。”卡门大方地说。身为独生女的她还挺喜欢艾菲给她带来的新奇感觉。

莉娜打量着整个派对。在以前，罗林斯家的派对总是充斥着各种反主流文化的人。蒂比的爸妈曾是一对既年轻又酷的父母。那时总有人会抓起一把吉他弹民歌，或是齐柏林飞艇乐队[2]的那些古怪曲子，而莉娜的父母是希腊人，对这些都不怎么熟悉。等后来长大了，莉娜开始怀疑当时大人们是不是趁着孩子们在草坪上互相追逐疯闹的当儿，躲在装修好的地下室里聚众吸烟。六年之后，罗林斯家的朋友们不再像以前那么不修边幅了，他们大多数人都有了小孩子和宝宝。

忽然间，莉娜明白为什么罗林斯家会再次举办派对了。她

---

1 倒影池坐落于华盛顿林肯纪念堂前。在林肯纪念堂前东望，倒影池正好倒映出长长的华盛顿纪念碑。

2 齐柏林飞艇乐队（Led Zeppelin），英国摇滚乐队。

们这群九月出生的孩子和她们的父母是罗林斯家养育孩子第一阶段的旧友，蒂比的妈妈只是看在往日的情分上才邀请他们的。现在，派对的真正客人是他们第二阶段的朋友——尼奇和凯瑟琳的朋友以及他们的父母。事实上，莉娜强烈怀疑今晚派对还没结束，她就会被人盯上，被邀请去当小保姆。

她不觉悲从中来，也更能明白蒂比的感受。如果她现在还在和卡斯托斯写信，她将会如何描述此时此刻的心情呢？莉娜陷入了沉思。也许这只是因时间流逝而来的伤感，又或是生活的普遍苦恼。

莉娜、艾菲和卡门坐在草地上一边吃东西，一边看着小孩子们跑来跑去。上甜点的时候，莉娜忧心忡忡地看着小孩子们狼吞虎咽地吃西瓜，粉红色的汁液染湿了他们胸前的衣服。

太阳还没开始下山，莉娜的妈妈就心情不爽地出现在莉娜身边。“莉娜，我们准备走了。如果等会有人能开车送你回家，你可以留下来继续玩。”

莉娜惊讶地抬头看妈妈。“你现在就要走了吗？时间还早呢。”

阿里摆出一副“我不想解释”的表情。这表情莉娜最近看得可多了。

“我也走。”莉娜说道。只要一参加派对，莉娜就总盼望着能回家躲在自己的房间里。就连艾菲都决定和他们一起离开，莉娜估计这是因为派对上的单身男士年龄都在四岁以下。

莉娜无意中用余光瞥见卡门的妈妈正挥手示意，叫卡门过去。克里斯蒂娜脸上挂着和阿里一样的表情。这到底是怎么了？

阿里径直走到车前，没有和任何人挥手告别。莉娜迅速闪到卡门身边。“发生什么事了？”她低声问道。

“我不知道。”卡门也是一头雾水。

她们俩冲向正一个人在厨房里的蒂比。“发生什么事了？”她们问蒂比。

“老天，我不知道啊。”蒂比看着有点恐慌，“她们三个人关起门躲在餐厅里。你妈妈认为我妈妈和卡门的妈妈把什么关于尤金的大秘密告诉你了。她们说话的声音很小，但听得出来她们在生气。”

莉娜呻吟了一声。她听到屋外响起了汽车发动的声音。“我稍后给你们打电话。我妈妈要走了。”她们三人迅速地拥抱了一下，这是朋友之间的告别。而她们的妈妈却在怒气中分开。

回家路上，莉娜坐在车后座里，感到一轮新的忧伤向她袭来。她曾对此次聚会抱有某种难以名状的期望。她还幻想着，妈妈们能记起她们对女儿的爱，记起她们对彼此的爱，从而能不计前嫌，重拾旧日友情。

现在，莉娜似乎懂得了卡门在父母离异后的感受。人总是希望自己所爱的人能彼此相爱。

莉娜从后视镜里可以看到妈妈一直板着脸。艾菲向莉娜投来疑惑的目光。爸爸显然浑然不觉，他把从罗林斯家带出来的西瓜吃完了。至少，这次莉娜没有吐。

卡门：

别担心我，好吗？虽然你昨天在电话里没有明说，但我听得出来。所以别担心了，我很好。我需要待在这里，而且不用多久，我甚至还能弄明白个中原因。我和你提过比利吗？哦，我应该提过。大约有十五次了吧。

那么现在，我又把裤子给你寄回去了。这次裤子的传递速度似乎比去年快，还是说只是我快而已？我不能告诉你裤子在我这里时发生的事。我现在没办法说出来，你得等到夏末，到那时我会有大事要宣布。我有预感。

嘿，希望你们在罗林斯家的豪宅里玩得开心。替我挠尼奇和凯瑟琳的痒痒。还有告诉莉娜，不要吃那么多西瓜。

爱你，爱你，爱你，一直爱你，卡门可人儿。

布布

11

有时你得添点乱。

——罗林斯家的保姆洛蕾塔

亚历克斯凑过来时，蒂比可以感觉到他的体温，他的下巴离她的肩很可能不到十五厘米。

“我喜欢这个。”他说。

不，是我喜欢这个，蒂比暗暗想道。

这是一个快速剪辑系列，主题是蒂比的妈妈总是太忙。这其实是一个圈套，真的。蒂比跟妈妈说她要做个采访，爱丽丝几乎整个周末都在躲着她。先开始的时候，她用毛巾包着头等脚趾甲油风干。“亲爱的，能不能等会儿再采访？”然后，她从浴室里探出半个脑袋。“宝贝，我现在没时间。”再后来，她又忙着做野餐会的汉堡，手肘上沾满了粉红色的碎牛肉，一脸沮丧。“你能不能等我把汉堡做完？”

蒂比剪辑的时候，把每个片段都弄得又短又快。然后慢慢加快视频的速度，使得片中妈妈的声音越来越尖，动作越来越滑稽可笑。

“你为什么不把这一段放进去？”他问道。这是一个特写，融化了的红色的冰棒汁，流满尼奇的前臂。

“为什么？”她问。

“因为这个镜头很酷，而且，你也不想别人一眼看穿这部片子吧。”

蒂比微微别过脸，这样她可以更清楚地看到他的样子。她心中充满敬畏的同时也感到愧疚，他在这方面真专业，而她对影片的构思却太容易预测。

他巧妙地将她的片子从刚开始的纯闹剧式幽默风格转变成了阴暗的混乱影像。蒂比知道这更尖刻，但同时也更具挑衅意味。

为了让片子更完美，蒂比随意加入了一些出现在她家绿意盎然的后院里的枯草地镜头。

“这点子真绝妙。”亚历克斯点头赞许。

他是个好老师，而蒂比是个一点就通的好学生。想不到亚历克斯对她的影片这么感兴趣，而莫拉几乎还没开拍呢。一想到此，蒂比便有点坏心眼地得意起来。

蒂比迈着轻快的脚步回宿舍，一路上都在回味着“绝妙”这个词。

当她走进宿舍，布莱恩已经在那里了。

“嗨。”她有点意外地说。

“我又回来了。没问题吧？”

她不是很确定地点了点头。

“我想看看你的片子拍得怎么样了。”

“谢谢。”她说。蒂比知道布莱恩上次来的时候就让附近一家电脑网络老出故障的复印店变得离不开他。至少这期间他还有工作。

她打量着布莱恩不考究的衣着。他的家到底是什么样的？为什么他会有家不归呢？蒂比好奇却从来没有问他原因，不是吗？多少年来，他生活的重心一直都是 7-11 便利店前的游戏机。而现在，他的生活重心似乎变成了蒂比。

"我有很多工作要做。"她说，"星期天得交初剪版，家长日那天我们要办一个小型电影节。"她解释道。

"没关系，我也有事要做。"布莱恩拿着一堆笔记本和铅笔坐到地上，以显示他的忙碌。

蒂比将电脑放在桌上。今晚她得给片子配乐。本来她心中已有歌单，不过现在看了亚历克斯的作品后，她开始担心自己的选择会……太没新意。她想起亚历克斯那些手写 CD 盒。他很可能还认识那些音乐家，这让她觉得自己就像个只会去山姆·古迪店买 CD 的跟风歌迷。

她决定从不知名乐队那儿找出一些不知名的歌曲。她可以做一个歌曲串烧，再把速度变换一下，这样改头换面一番，就差不多没人能听出原曲了。

蒂比开始播放她和亚历克斯之前做的片段。她重复了一遍，然后把挑选好的歌曲调出来，快放成忽起忽停的不规则声音。她太投入了，过了好久才发现布莱恩正站在她身后看。她转过身去，试图用她的头挡住屏幕。

"怎么了？"

"就是这个吗？"

"只是一部分。"她有点戒备地说。

布莱恩显得有点担忧。“你觉得把你妈妈在浴室里用毛巾包着头的样子拍出来给人看，她会不会不高兴？”他是很认真地在问她，语气中并无指责之意。

蒂比望着他，似乎觉得这问题很白痴。“这是影片。她的感觉无关紧要，因为影片就像是……艺术。你懂吧？”

布莱恩才不管什么艺术不艺术，他没有就此罢休。“但如果她看到了，可能会伤心。”他的逻辑很简单。

“首先，她不会看到这部影片。你真以为我妈妈会在家长日那天来吗？她连看我成绩单的时间都没有。”

“影片的主角是她，可你居然不让她看，你不觉得这不公平吗？”

“我没说我不让她看！”蒂比抢白道，“她完全可以看，没有任何问题。我不在乎。我只是说，她那天根本不会来，所以这无关紧要。”

布莱恩没有再说什么，也没有再看蒂比的影片。蒂比继续变换速度一遍又一遍地放刺耳的音乐，他则一言不发地画画。那一晚他没有吹口哨。

“我猜她还在生气。不过我也不清楚。她完全不理我。”莉娜用肩夹住电话说，两只手正忙着挂衬衫。

店里总是有这么多的衣服要放回原位。一般的顾客每试完二十件衣服才会买一件。如果莉娜帮顾客试衣服的话，顾客一件都不会买。莉娜对销售一窍不通。

“那次烧烤聚会太诡异了，不过至少我得到了不少影片的素材。”蒂比说。

莉娜留意到电话那头传来的闹哄哄的音乐。蒂比太激进，她不可能喜欢正常的音乐。

“你把她们吵架的画面拍下来了吗？”莉娜沉重地问道。自从妈妈们上次吵过架之后，她一直深感不安。她也说不清这是为什么。好吧，她知道是为什么，是因为这全是她的错。

“只拍了部分。不过我不小心把后面一点给删了。那段被我拍的另一段录像覆盖了，是我妈妈在屋子里瞎忙活的样子，她脚后跟上粘了一张婴儿擦屁屁用的湿纸巾都不知道。”

莉娜生硬地笑了笑。“哦。”

“我妈妈是个怪人。我离开的时候，她还在没完没了地说你妈妈应该对你更坦诚。可她自己呢，甚至不愿花十秒钟跟我说话。”

莉娜把一大把衣架夹在腋下，心不在焉地应着：“是啊。”

电话那头没有了声音。

莉娜突然意识到自己违反了一条基本原则。你可以说你妈妈的坏话。你也可以耐心地听你朋友说她妈妈的坏话。但是，你绝不能说你朋友妈妈的坏话，或者赞同你朋友对她妈妈的责备。

莉娜并不是故意的，但现在为时已晚。

“她也并不是唯一的怪人。”蒂比小声嘀咕着。

“是啊，不，我的意思是，她不是。”莉娜正在将一件滑溜的罩衫往衣架上挂。她从来都不擅长一心二用。

“或者你是不是不应该套我妈妈说出关于那个人的事情？”

“蒂比，我没套她的话。”莉娜打住了，事实上，她是套话了，“我的意思是，如果我误导了她，我很抱歉。不过，她也没必要——”莉娜的脸不小心碰到一个数字按钮，电话里响起了“哔”的一声。

“她没必要什么？”蒂比凶巴巴地抢白道，“没必要告诉你那些你想套的话吗？”

“不，我的意思是……”

“打扰一下，呃，你好？”一个女人在试衣间里对莉娜挥手。莉娜可以听见她的声音，也可以看见她的手势。

慌乱之中，莉娜的手一松，衬衫“嗖”的一声跌落在地。她脚踩到了一只袖子上。“蒂比，我……我不能……”

“可悲的是，我妈妈只是想跟你当好朋友。”

莉娜沮丧至极，一下子爆发了。

“蒂比！批评你妈妈的人不是我！是你！是你将她粘着湿纸巾满屋子跑的画面放进电影里！”

蒂比沉默不语。莉娜觉得自己过分了。“蒂比，对不起。”她柔声说道。

“我得挂了。再见。”蒂比说完便挂断了电话。

她们四个人有过约定，谁都不许突然挂对方的电话，无论当时有多生气。蒂比刚才那动作几乎是擦边球。

“打扰一下！”那位顾客又喊她了。

莉娜好想哭。她强迫自己走到试衣间。“你好，需要我帮忙吗？”

“请问这个有没有大一码的？”女人挥舞着一条裤子问道。

莉娜抓过裤子向衣架那边走去。唉，这些女人啊，她们似乎总喜欢拿她们期望的码数到更衣室去试，也不看看自己的实际尺码。莉娜拿起一条十二码的裤子。

“给。”她说。

片刻之后，那个女人穿着十二码的裤子出来了。她肤色苍白，一头已褪色的红发。“你觉得怎样？”她问莉娜，眼神里充满期待。

莉娜的心思完全不在这上面。她仍然盯着电话，好像电话刚才掐了她一把似的。“呃，我觉得有点紧。”莉娜一向喜欢实话实说，虚假安慰那一套她做不来。

“哦，也许你说得对。”那女人迅速从镜子前走开。

“我觉得你也许应该穿十四号。”莉娜建议道。

那似乎不在女人的考虑范围内。几分钟后，她就走了，什么也没有买。这种人宁愿什么都不买，也不愿正视自己穿十四码裤子的人生，因为她们总以为自己可以穿十码。

莉娜唯一的顾客夺门而出时，她手里仍然握着电话。莉娜总是挣不到佣金，也许原因就在于此吧。

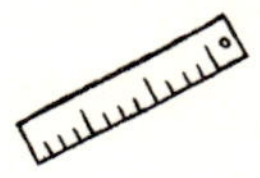

卡门在手机上按下妈妈的手机号码。咖啡馆里太吵了，卡门只得用一根手指堵住另一只没有贴着电话的耳朵，以屏蔽外面的声音。

电话打不通，克里斯蒂娜关机了。简直难以置信！万一卡门出事了怎么办？万一她倒在路边血流了一地怎么办？她真希望自己现在倒在路边，血流了一地。

“你没事吧？”波特问。

卡门发现自己无意间摆出了一副倒在路边血流成河的表情。

“没事，”她连忙收回表情，“我只是找不到我妈妈。”

“是急事吗？我们可以……”

不是急事，卡门真想厉声对波特说。我没什么话要对她说，我只是想骚扰她，让她约会不得安宁。

波特的嘴唇在动着，他似乎在建议着某种可行的方案，但卡门一个字都没听进去。

她摆摆手。“没关系，我没什么事。”然后便冷冰冰地盯着她的粉红色奶昔。

“好吧，呃……”波特把他的奶昔杯推到一旁。值得称赞的是，他并没有“呼哧呼哧”地猛吸吸管，企图把杯子里的奶昔吸到一滴不剩。波特掏出钱包。“电影十五分钟后就开始了。我们现在得走了。”

卡门茫然地点点头，她在出神地想别的问题。妈妈今天在家里忙活了一整天，手脚麻利至极，活像服了兴奋剂的家政女王玛莎·斯图尔特。

她把橱柜重新用纸裱了，又在客厅的壁炉架上摆了郁金香。卡门本以为克里斯蒂娜只是在向全世界晒幸福晒美丽而已，可现在她起了疑心。如果克里斯蒂娜同意卡门去看十点二十分的电影是因为她暗地里打算带大卫回家怎么办？如果他们打算……

好了，就此打住，卡门没必要想那个。

但说真的，妈妈真觉得可以随便把男人往家里带吗？那也是卡门的家，而且——而且——

卡门几乎要疯了。这样不行。

她用手捂住头。“呃，波特？”

波特看着她一头雾水，手里还拿着账单。“怎么了？”

“我鼻窦炎发作了，”她本可以说头疼，但鼻窦炎显得更像回事，“我想我今晚可能不能去看电影了。”

“噢，那太糟糕了。”他一脸的失望。然后有史以来第一次，他似乎明白了卡门在耍他。

“对不起。”卡门说。她真的是很抱歉，她并不是存心要耍他的。

“我送你回家吧。”他起身咕哝道。

“我可以走回去。”卡门含糊地小声回道。

“你要是病了，我可不能让你自己走回去。”波特说。他的眼神闪过一丝对卡门的挑战，他看透了她的心思。

几分钟后，卡门回到了家，她故意弄出很大的动静。她本想静悄悄地进门，可如果不给他们提个醒，天知道等一下会看到什么。她“砰”的一声摔上门，把钥匙串摇晃得“哗啦”作响。卡门大步走进客厅，又晃起她的钥匙串。

一片死寂。

他们不在厨房，也不在客厅。那很可能就在克里斯蒂娜的卧室了，这种情况最恶心了。卡门屏住呼吸，小心地朝妈妈的卧室走去，她脑中一片空白，完全不知道接下来该怎么办。

她的心“怦怦”狂跳。她走进通往卧室的短短的走道。一步、两步。

卡门停住了。卧室的门是开着的，她现在可以看得一清二楚。克里斯蒂娜的床没有动过，和她走的时候一模一样。她约会前试的一大堆衣服仍堆在床上。

“有人在吗？”卡门在屋子里大声叫唤。她声音沙哑，听着怪可怜。

没有人在家。她本应感到高兴，可实际上却是难过。

卡门僵硬地坐在厨房里。良久之后，她才意识到自己仍抓着手袋和钥匙。

12

恐惧是滋生负面思想的小黑屋。

——米歇尔·普里查德

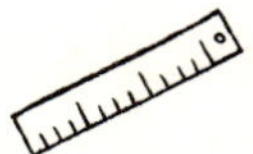

厨房的钟停了，它坏了。对，肯定是坏了。它停在了十二点四十二分，或者是……十二点四十三分。

现在太晚了，不可能给别人打电话了。卡门不想给保罗写电子邮件。她不想用手指敲出愤怒的文字。如果她把心里的想法转化成文字，并真的敲出来，保罗肯定会用他无声的方式评判她。他很可能会把邮件保存到硬盘里，也许他还会不小心把邮件转发给地址簿里的所有人。

她有了一个主意。她可以把牛仔裤包好寄给蒂比，那可是一件有益身心的事。其实她今天一天都想着这么做来着。她可以放上一封信，给包裹写上地址什么的。

卡门恍恍惚惚地回到自己的房间，在成堆的衣物中漫无目的地翻动着。她忘了自己要找什么，直到最后才想起来。她拼命地找，强迫自己着眼于手头的任务——找魔法牛仔裤。对，牛仔裤。那是件圣物，可不能弄丢。

她机械地在抽屉里乱翻一通。抽屉里没有，床边一大堆衣物里也没有。

突然，她想到了厨房。是的，她今晚约会前把裤子拿到厨房了。她有气无力地回到厨房，环视那小小的空间。

厨房里也没有。

卡门既担心妈妈，又担心牛仔裤弄丢了，双重忧虑交织在一起。她还查看了洗衣机，生怕由于某些可怕的意外，牛仔裤被放到洗衣机里去了，这可是万万不能发生的。她全身的肌肉和骨头都开始高效运转。她又到浴室的篮子里翻找。现在，她对牛仔裤的担心已经胜过了对妈妈的担心。

正当卡门绝望地冲向放床上用品的衣柜时，大门开了，她的双重忧虑顿时一扫而空。

一看到妈妈，卡门便像卡通人物一样立刻刹住脚步，嘴一张一合。

“嗨，宝贝，你怎么还没睡觉？”妈妈有些躲闪，不敢直视卡门。

卡门倒吸一口凉气，她像鱼一般呼吸着，肺活量小得不能再小。她指着妈妈。

“怎么了？”克里斯蒂娜的脸总是红扑扑的。有时是因为兴奋，有时是因为羞愧。此时此刻，她脸红是因为羞愧。

卡门的手指停在空中，气得说不出话来，她不知道该如何表达她的愤怒。

“你……你……！那条……！”

克里斯蒂娜一头雾水。她仍然沉浸在约会的快乐中，一颗心还留在车上跟大卫在一起。她还没有完全意识到卡门即将成为她回家后的噩梦。

“我的裤子！”卡门像野兽一般咆哮起来，“你偷了我的裤子！”

克里斯蒂娜迷惑不解地低头看牛仔裤。“我没有偷。你把它放在厨房里……我以为——”

“你以为什么？”卡门怒吼道。

克里斯蒂娜畏缩了一下，似乎被吓到了。她指了指裤子，可怜巴巴地望着卡门。“我以为你也许想让我穿，作为……”

卡门冷冰冰地瞪着她。

“作为……”克里斯蒂娜艰难地说着，“作为友好的表示，大概。”她的声音越来越弱。

如果卡门是个友善的人，她现在就会收手。这只是一个让人恼火的无心之失而已。

“你以为我希望你穿这条魔法牛仔裤？你真这么以为？”卡门的怒火越烧越旺，连她自己都感到害怕，“开什么玩笑？我放在这里是准备要寄给蒂比的。我绝不会，绝不可能——”

“卡门，够了，”克里斯蒂娜举起双手，“我明白了。我搞错了。”

“现在就给我脱下来！现在，马上！”

克里斯蒂娜转过身。她双颊通红，眼里隐约有泪光闪动。

卡门羞愧得无以复加。

最可恨的是，克里斯蒂娜穿这条裤子漂亮极了，衬得她苗条又年轻。这条裤子她穿着很合身。这条裤子爱她，信任她，就如同去年夏天它爱卡门一样，那时卡门值得被爱。可这个夏天，魔法牛仔裤躲开了卡门，转而选择了她的妈妈。

片刻之前，克里斯蒂娜出现在门口时，还是一副神采飞扬、喜不自胜的模样，卡门从没见她这么快乐过。她似乎行走在一种卡门无法获得的魔法之上。那一刻，卡门恨透了妈妈。

克里斯蒂娜伸出一只手，卡门拒绝碰它。克里斯蒂娜只好转而握住自己的手。“亲爱的，我知道你很生气，但是……但是……”她双手紧握，泪眼盈盈，“我……跟大卫的交往，不会改变任何事情。”

卡门咬紧牙关。她可是过来人。当父母准备毁掉你的生活时，他们就会说这句台词。

她妈妈说这话也许是出自真心，她甚至可能对此深信不疑。但事实并不是那样的，它会改变一切。事实上，改变已经发生了。

蒂比：

你并没有比我差劲，是我比你差劲，真的。我们可以等你回来后再争个高下。

牛仔裤在包裹里。本来应该轮到莉娜的，但我们两人都觉得应该给你，它会让你在影片首映上大放异彩。等你出尽风头后再把它给莉娜吧，亲爱的。

爱你，来自你一个不再值得拥有快乐或美好事物的朋友。

卡门

在步行去格里塔家之前，布丽吉特对着桌上的镜子照了又照。还好，除了脸她看不到自己的其他部位，她不禁松了一口气。她凑近镜子仔细查看头顶的头发，发根长出来了几厘米，显得颇为刺眼。就连以前染过的头发也有几块地方褪色了，她现在的发色看起来很怪异，就跟臭鼬的毛色一样。

她已不再沉迷于棕色头发了，但也不想冒露馅儿的风险，所以她只得从一堆脏衣服中翻出一顶棒球帽往头上一扣。大功告成！戴帽子可不是为了赶时髦。“原谅我，卡门。”她心底默默念着，随即走出大门。

阁楼开始变得像模像样了。布丽吉特苦干了好几天，好不容易才把一大堆的书、外套还有杂志整理好，她把所有的东西都搬到了地下室——除了最后两箱玛丽的私人物品。现在东西都搬得差不多了，她可以好好看清这个地方。这是一间典型的老式阁楼，屋顶呈人字形，狭窄逼仄，但别有一番浪漫的风情。天花板的中间高高拱起，然后向下倾斜，离窗户的距离有一米左右。不过这里有很多窗户，房间有四面墙，每一面都有三扇窗，明媚的阳光可以肆无忌惮地洒进来。

布丽吉特环视四周，她觉得这里必须得粉刷一下。

现在她准备看另一箱玛丽的物品，她估计在那里可以找到爸爸的痕迹。箱子里有两份玛丽上爸爸的课写的论文（成绩分别是 A- 和 B+。爸爸在第二份论文上写了评语——“见解独到，望再接再厉”）。还有无数张她和朋友们的合影，照片中的她明艳照人，兴高采烈。这里没有她窝在床上的照片，也没有她在谢泼德山的照片。

接下来就是结婚的照片，大多数都是在镇上浸礼会教堂的楼梯上拍的。布丽吉特仔细研究这些相片，好奇为什么它们都透出一种鬼鬼祟祟的感觉。她爸爸看上去像是被爱冲昏了头脑，但他老是缩在照片的角落里，姿势颇为僵硬。照片里没有爸爸的家人，布丽吉特也看不出有他的同事或朋友。这是一场婚礼，却跟她想象的完全不同——这不像是如果参加选美，肯定可以夺得“亚拉巴马小姐”桂冠的玛丽·伦道夫该有的婚礼。

布丽吉特可以肯定，当时妈妈没有怀孕，但即使如此，她还是让她的新郎蒙羞了。她害得他名誉扫地。爸爸为了和她结婚牺牲了一切，但布丽吉特怀疑玛丽是否因此而瞧不起爸爸。也许爸爸对她来说只是战利品而已，一旦到手便会弃之如敝履。

放在纸箱最底层的是一件婚纱。布丽吉特缓缓将它抽出，顿时感到有好几升的血液一齐涌向她的大脑和心脏。婚纱已经褪色，皱得不成样子，早已不复当初的华丽。布丽吉特把婚纱举到面前，上面是否还残留着妈妈的气味呢？

现在，她准备下楼了。她戴上棒球帽，即使天气很热，根本不适合戴帽子。她可以想象格里塔正在准备中饭，这让她深感欣慰。

“真高兴看到你提前下楼。”格里塔兴冲冲地说。

布丽吉特一屁股坐在餐椅上。“我明天准备粉刷一下阁楼，如果可以的话。”

“你要粉刷阁楼？你自己吗？你以前做过吗？”

布丽吉特摇摇头。“但是我会摸索出来的。别担心，这能有多难？”

格里塔笑眯眯地望着她。“你是个勤劳的好孩子。”

布丽吉特险些张口说“谢谢外婆”，她被自己吓了一跳。

她安静平和地看着格里塔把午餐摆开。她的午饭随着夏天的展开变得越来越丰盛。现在每天都有胡萝卜，有时还有浓味切达奶酪或用火鸡代替红肠。布丽吉特知道格里塔仔细地观察过她，在心里记住了她的饮食偏好和情绪变化。虽然菜式变了，但午饭的时间还是没变，盘子也没变，摆的还是黄色的餐巾纸。布丽吉特估计这也是格里塔一贯的生活方式，也许多年以前这间房子里的人都是这样生活的。

“我的玛丽有两个孩子，你知道吗？”格里塔看着布丽吉特吃完三明治时说道。

布丽吉特使劲地咽下食物。“你以前说过，你有一个外孙女。”

“是的，玛丽的女儿。玛丽生了一对龙凤胎，一个女孩和一个男孩。”

布丽吉特拉扯着短裤边上的线，她不想装作吃惊的样子。

“我猜他们是在结婚大约两年半后才生的孩子。”

布丽吉特点点头，目光始终向下。

“玛丽怀孕的时候状态很好。那时的她很快乐。可是，我的老天，等孩子出生时，”格里塔一边回忆，一边摇头，“是两个孩子啊，你能想象到吗？一个孩子吵着要吃，另一个又吵着要睡。一个要在家里待着，另一个又要出去玩。孩子出生后，我搬到玛丽家和他们住了半年。”

布丽吉特终于抬头了。“真的吗？”

“当然。”格里塔说道，她似乎陷入了沉思，“只是现在回头再看，我真希望我当时能够授人以渔，而不是授人以鱼。我走后，玛丽带孩子带得很辛苦。”

无论之后如何，布丽吉特觉得，既然她初到人间的头半年有格里塔在，那她当时肯定过得相当舒坦。

“我可喜欢那两个孩子了。”格里塔说着，又摇起了头。她的眼中有泪光闪烁，布丽吉特真怕自己也忍不住流泪。“尤其是那个女孩，我跟你说，她一出生就很有主见。”

布丽吉特深感内疚，她觉得坐在这里听外婆讲自己是一种欺骗。但她突然很想听下去，这种感觉太美妙了。

“她那张小脸让人没法拒绝，”格里塔说，然后她似乎觉得这样形容不太妥当，“她的个性也很风风火火，倔强独立，只要她想，无论什么东西都一学就会。我的老天，她外公觉得地球都在围着她转，每天的日出日落都是为了她。”

布丽吉特只是默默听着，没有点头，也没有抬起眼睛，她希望外婆不会介意。这正是她想要的，是她来这里的目的——远远地从旁观者的角度去了解。只是现在距离变得不再遥远。

“我想那个小男孩有时可能会不好受。他安静谨慎，和样样都出色、风风火火的布布在一起，他可能会有点不知所措。”

布丽吉特听到自己的名字不由得有些心虚，也为佩里感到难过。她知道佩里和她在一起压力很大。

格里塔看了看厨房墙壁上的挂钟。“哦，老天，我只顾着没完没了地说。你很可能想上楼干活了吧，对吗？”

布丽吉特根本不想上楼，她还想坐在这里听格里塔继续说下去。但她还是逼自己站了起来。“对，天啊，现在都好晚了。”

布丽吉特在走道里停住了。她现在不想回到楼上。“我得去买点油漆。”她说。

格里塔的眼睛亮了起来。“对啊！我开车送你去沃尔玛，怎么样？”

布丽吉特喜欢这主意。“正合我意。”她说。

蒂比看见宿舍大堂里她的邮件格里有一张黄色便条，上面说她有两个包裹在宿管助理那里。蒂比不喜欢找凡妮莎，不想看到她脸上的痣和满屋子的毛绒玩具。莫拉最喜欢嘲笑凡妮莎的房间。不过，作为一名电影制作者，好奇心在所难免，至少蒂比想见识一下她的房间。

“进来。”蒂比敲门时凡妮莎应道。

蒂比慢慢地打开门。凡妮莎从书桌椅上起身走到门前。

“嗨，呃……你叫蒂比，对吧？你是来拿包裹的吗？”

“是的。”蒂比说，她试图越过凡妮莎看她的房间。

凡妮莎似乎感觉到了她的心思。“你想进来吗？”她彬彬有礼地问。

凡妮莎身穿一件威廉斯顿大学的 T 恤和一条老年款的高腰

牛仔裤。蒂比进她的房间时，她似乎很紧张。蒂比真不明白，这样一个不善交际的人怎么会去做宿管助理呢？

凡妮莎找包裹时，蒂比四处打量。房间里的光线一般，所以屋内陈设并没有立刻映入眼帘。这里的确有一大堆毛绒动物玩偶，架子上、床上到处都是。不过当蒂比走近仔细查看时，她发现这些并不是傻里傻气的普通泰迪熊和豆豆娃。它们和她以前见过的任何毛绒动物玩偶都不一样。蒂比不由自主地走近一只伏在书架上的犰狳。

“我可以看看这个吗？”蒂比问。

“当然。”凡妮莎说。

“我的天。它有……好多层。”蒂比吃惊地说道，这只犰狳光是壳的部分就用了好几层厚厚的卵石花纹布料，

“我知道，我费了好长时间才做好。”

蒂比转过头，难以置信地盯着她。“你做的？”

凡妮莎点了点头。她的脸腾地红了，她把包裹递给蒂比。

蒂比心不在焉地接过包裹，把它们放在床上。“这是你缝的？”

凡妮莎又点点头。

蒂比惊讶地环视着房间里其他的动物玩偶——色彩艳丽的巨嘴鸟、考拉熊，挂在衣柜门上的两趾树懒。“这些全是你做的？”她轻声问道。

凡妮莎点头。

“真的吗？”

凡妮莎耸耸肩，她似乎还搞不清楚蒂比到底是觉得她厉害还是觉得她是神经病。

“这真是……难以置信，”蒂比真诚地说道，“我的意思是，它们很棒，非常漂亮。”

凡妮莎笑了，虽然她的双臂仍然保护性地抱着自己的腰腹。

蒂比拿起一只带有黑点的亮黄色青蛙，脱口而出：“天哪，我弟弟会很喜欢这个，他要看见会疯了。”

凡妮莎松开双臂，笑了一下。“真的吗？他多大了？”

“他快三岁半了。”蒂比答道，然后她想起自己到这里来是拿包裹的。她把犰狳和青蛙放回原位，从床上拿起包裹。

“谢谢。”她一边说一边向门口走去，胃里突然一阵翻江倒海，感觉很不舒服。

“哦，不用客气。”凡妮莎说，蒂比的称赞让她放下了戒备。

“呃，蒂比。”凡妮莎在蒂比背后喊道。

蒂比扭头看着她。“什么？”

“抱歉我一直没去你的房间，也没帮你做过什么。我……不是个称职的宿舍管理员。”

蒂比转过身来，她望着凡妮莎真诚的脸和身上那件忠心耿耿的 T 恤，突然有一种想哭的冲动。她不想让凡妮莎觉得自己是个糟糕的宿舍管理员——虽然她的确糟糕。“不，你一点都不糟糕。说真的，你很棒。”蒂比说谎了，“如果我有任何问题，都知道我能找你帮忙。”她笨拙地加了一句。

凡妮莎从蒂比的表情可以看出她言不由衷，但她很感激蒂比的好意。“这份工作可以抵消我的部分学费。”凡妮莎解释道。

“我非常喜欢你的动物玩偶，真的。”蒂比边说边走出门口。

顺着大厅往回走时，蒂比回忆起莫拉对凡妮莎那些玩具的嘲弄和讽刺，她肋骨下方一阵空荡荡的感觉。莫拉，所谓的创新艺术家，连剧本都没写完。可凡妮莎，所谓的无用之人，却仅仅用布就创造了一个动物世界。而蒂比竟然千方百计地想与莫拉做朋友。

回到房间后，蒂比想起她的包裹，其中一个装的是魔法牛仔裤。蒂比现在羞愧难当，一时无法直视它。另一个是家里寄来的。她打开后发现是一大包用锡纸包裹的布朗尼蛋糕和三张画。第一张是署了凯瑟琳名字的涂鸦画，第二张是尼奇的，第三张是她妈妈用蜡笔画的幼稚自画像，画上的她皱着眉头，脸颊上有一滴蓝色的眼泪。“我们都很想你！”画上这样写道。

我也想你们，蒂比在心底里默默念道。她的嘴唇颤抖着，一滴眼泪流下来，正好和画上的相匹配。

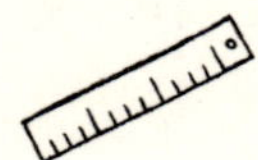

保罗曾经跟卡门讲过爱喝之人和酒鬼的区别，那就是他们懂得适可而止，可酒鬼不懂。

卡门是个酒鬼。她本可以收手，但愤怒让她选择了自毁。正常人知道适可而止，可她却停不下来。

昨晚她的怒火烧得太旺，差点没把自己给烧死。今天早上她醒来时“宿醉”难受，满身愧疚的汗水。她躺在床上听到妈妈煮咖啡的声音，就像每个星期天的早上一样。她听见妈妈轻手轻脚地出了门。克里斯蒂娜会去街角买一份《纽约时报》，这是她一直以来的习惯。

门“咔哒”一声关上后，电话响了。卡门穿着T恤和内裤摇摇晃晃地往厨房走。电话铃响第二声时答录机就自动接了。卡门本来准备拿起听筒的，可是一听到答录机里传来的声音便呆住了。

“蒂娜……如果你在家请接电话……”

卡门吓得后退了几步。

“蒂娜？看来你不在家。听着，我是希望一点钟来接你去迈克和金家。如果你想远足的话，我们之后还可以去大瀑布。你今天有空就给我打电话，好吗？回家就立刻打给我。”

大卫停顿了一会儿。他发出古怪的咕哝声，然后压低嗓子说道:“我爱你。我昨晚爱死你了。蒂娜，我无时无刻不在想你。”他自嘲似的大笑起来，“我有好几个小时没说‘我爱你’了，”他清了清喉咙，“给我打电话，再见。”

卡门感觉肋骨下方似乎被抽空了一般，好像她心中仅存的一点点善正被抽走，取而代之的是敌意和恐惧。这条留言包含了太多让人不安和惧怕的信息，她心中的魔鬼一时不知该从哪里开始着手。

迈克和金？似乎是一对夫妻。人以群分，快乐的情侣也要找幸福的夫妻做朋友。妈妈以前从来没有和什么夫妻做朋友。她只有姐妹、亲戚、母亲，还有一两个单身母亲朋友。大多数时候她只有卡门。

卡门从不视妈妈以前的生活为一种退而求其次的安慰奖，可突然之间，她发现事实似乎就是如此。现在，克里斯蒂娜有了男朋友，还和别的夫妻做了朋友。现在，她时来运转了。

一直以来，卡门都以为妈妈心甘情愿地选择那样的生活。那是她想要的。难道她一直都期盼着别的什么吗？难道她以前一直得不到她想要的？难道卡门在她的生活里只是第二重要？

我还以为我们在一起是很快乐的，卡门在心里想道。

如果她有兄弟姐妹，如果爸爸在她身边，也许她就不会这么痛苦了。但事实是，她和妈妈一直相依为命，她们之间有着某种深层次的，未曾言说的纽带关系。爱和忠诚使她们相互依靠，但在这背后却隐藏着恐惧和孤独，不是吗？卡门总是回家吃饭，她表现得好像那是出于自然和习惯，但其实她只是不想让妈妈一个人吃饭。克里斯蒂娜又是怎么想卡门的呢？她对卡门是爱吗？还是责任感？还是说那是她没有更好选择的无奈之举？

卡门有朋友，她依赖她们，但她从来没忘记朋友们有她们真正的兄弟姐妹。在内心深处，卡门缺乏安全感，她常提醒自己，如果发生火灾，朋友们肯定会先救自己的兄弟姐妹。真正能冲入火海救自己的只有妈妈，反之亦然。虽然卡门和妈妈能假装她们的世界是广阔且形形色色的，但她们都知道，归根到底她们的世界只有彼此。

卡门的思绪回到六月末的那个晚上，也就是一个月以前，所有这些麻烦开始的那一晚。那天晚上她第一次和波特约会。卡门喜欢虚张声势，结果自作自受。她只是佯装要破坏她和妈妈之间的约定，一个她没有意识到它一直存在，她从无心要打破的约定。

卡门不喜欢变化，她当然更不喜欢结束。她总把花放到枯萎，甚至直到花瓶里的水长出青苔来。

“我不想要男朋友，”她很想大喊，“我想时光倒流，让一切重来。”

站在不断闪烁的留言机前，卡门用拇指按下播放键。大卫的感情固然率真，但随着留言在机器里干巴巴地重放，卡门开始恨透了大卫。他难道忘记了克里斯蒂娜是和她女儿住在一起吗？他难道不知道卡门万一听了这种肉麻、几乎是限制级的留言会恶心难堪吗？是不是卡门无关紧要，所以大卫完全忘记了她的存在？难道克里斯蒂娜也忘记她了吗？

她踉踉跄跄地走回房间扑倒在床上，把脸深深地埋在一片狼藉中。电话又响了。她一动也不动。答录机“咔哒”一声自动接了电话。“呃……克里斯蒂娜？我是布鲁斯·布拉托。我今天在办公室遇到了一个小麻烦。如果方便的话，请给我回电。”停顿良久后响起“哔”的一声。

几分钟后，她听见妈妈开门的声音。克里斯蒂娜径直走到答录机前按下播放键。答录机播放的是布鲁斯·布拉托的留言，只有这一条。卡门的心“怦怦”直跳。她本可以纠正错误，告诉妈妈实情，但她没有，而是又沉沉睡去了。

不久之后，卡门做了一个阴暗而毫无玄妙的梦。在梦里，她们家失火了，火光冲天。大卫奋勇地救出了克里斯蒂娜，而卡门则被火烧焦，成了一片烤薯片。

13

皮里托斯邀请人头马怪兽参加自己的婚宴，
这种怪兽虽然兽性未泯、无法无天，但它们毕竟是他的远亲。
——《多莱尔的希腊神话书》

星期天的下午，蒂比换上魔法牛仔裤，然后步行到艺术中心的礼堂。布莱恩不在那里，她不禁松了一口气。她打算试映结束后和莫拉、亚历克斯一起出去庆祝一下。本来她还纠结是要请布莱恩一起庆祝，还是找借口甩掉他，现在正好解决了。

她穿牛仔裤的时候没有允许自己看太仔细或想太多。毕竟，这是魔法牛仔裤呢。今天是她第一次公开展示自己的电影，能穿上这条牛仔裤真幸运。如果事情顺利的话，她便会时来运转。她站在长长的镜子前，欣赏着裤子的服帖，忽略掉裤子上的题字。更神奇的是，她穿上这条裤子后头发都变得柔顺有光泽了。甚至连胸都变大了一点——至少能看出它们的存在。

当她看到礼堂的人群时，心不禁狂跳起来。大多数孩子都和父母坐在一起。蒂比在后排找了一个位置，旁边还有两个空位。她看到亚历克斯和莫拉出现在走道上时，招手示意他们过来。她没给布莱恩留位子，有一点内疚。于是她一直把头低着，也许这样布莱恩就看不到她了。

首先是摄影课的负责人格雷夫斯教授向所有人致欢迎辞，然后试映会便开始了。最先放映的六部影片包括三部家庭短剧、一部采访长片（采访的是拍摄者的祖母）、一部冒险片（外景地明显是在学校，却佯装是荒野）和一部傻乎乎的爱情片。

亚历克斯看得不耐烦，一边看一边挖苦。蒂比一开始还被他的评论逗笑，可后来她发现坐在另一边的莫拉也在笑，她就没再笑了。她觉得莫拉就是个唯唯诺诺的女孩。无论她戴不戴那副粉红色的眼镜，都只会盲目跟风，她就是个无足轻重的人。而蒂比感到自己的言行活像莫拉。

这次的电影一共分三轮放映，蒂比的电影分在了第二轮。此时灯亮了，蒂比知道马上就要轮到她了。

“蒂比！”她听见有人压低声音喊她。

她慌乱地四处张望。

“蒂比！”

声音源自礼堂左边的中间一排，没错，那是她妈妈的声音。

蒂比仿佛胸口被人打了一闷棍，连呼吸都忘记了。

妈妈正热烈地向她招手，脸笑成了一朵花。显然她很兴奋能来这里，也很高兴她成功地给蒂比制造了一个惊喜。

这真是个大惊喜！蒂比挤出一丝笑容，也向妈妈招手。“那是我的……”她木然地开口，却逐渐收了声。她觉得她应该走到妈妈旁边坐下，于是她站起身来，可妈妈旁边没有空位。灯光暗了下来，下一轮电影要开播了。

就在那一刻，蒂比的目光落到了布莱恩身上，他坐在礼堂的右边，他离她也相当远。他淡然地看着蒂比，好像早就知道她坐在那里似的。他是不是知道蒂比的妈妈也来了?

她曾跟布莱恩说她不怕妈妈看到这部电影，她才不在乎。但从她胃里翻江倒海的感觉来看，她似乎还是非常在乎的。

毕竟妈妈大老远地过来给她一个惊喜。预感到世界末日即将降临，蒂比默默地等待着下一个惊吓的到来。

蒂比的影片前面有两部影片，但她一点都没看进去。

她的影片慢慢开始了，开头是一个天真无邪的樱桃红棒棒糖特写。然后音乐响起，棒棒糖开始变得邪恶。随着镜头拉远，观众们可以看到它原来是粘在一头梳理整齐的棕色头发上。他们一下子爆笑起来，这正是蒂比之前想要的效果。但在这一刻，笑声就像碎玻璃渣，劈头盖脸地朝她砸来。

片段一个接着一个，每一个都让观众深深着迷，这正是任何一个电影制作者所梦寐以求的。当镜头跟着一双高雅的浅口高跟鞋满屋子走来走去，而鞋跟上粘着一张婴儿擦屁股用的湿巾时，全场笑声达到高潮。

直到影片结束，蒂比都不敢转头朝妈妈的方向看。新的影片开始了，蒂比暗暗祈祷，希望观众们能转换心情，忘掉她的电影。她只敢盯着前方，觉得自己真是个彻头彻尾的胆小鬼。

她可以移开目光，但她无法堵住自己的耳朵。她听到左边有人吸了一下鼻子，暗暗希望这只是幻觉。蒂比紧闭双眼。如果她拥有瞬间移动的超能力，她会用在这一刻。

她将脑袋微微地朝左边转动，然后转动眼珠向左张望。她必须偷偷看一眼妈妈，但她不敢面对妈妈，即使周围一片漆黑。她竭力将眼珠转至最左侧，看到妈妈正低着头。

蒂比不禁捂住了脸。她都做了些什么啊？

亚历克斯对屏幕上的什么冷笑起来。蒂比则完全迷失在另一个世界中。她不敢再抬头，直到灯亮了，一半观众都离开了。

“蒂比？”亚历克斯望着她。

“嗯？”

“你来吗？”她面对着亚历克斯，却完全看不到他。

她转头看了看右边，布莱恩正站在她这一排的尽头等着她。然后她又看了看左边，妈妈已经走了。

克里斯蒂娜几乎寸步不离地守着电话。事实上，她连上厕所都随时带着。等到下午两点时，她的自尊心终于消耗殆尽，她问卡门她早上出门的时候有没有人来过电话。

卡门耸耸肩，不敢直视妈妈的眼睛。“答录机不都自动接了嘛。”她说道。这话倒不假。

“只有布拉托先生的那条留言吗？”克里斯蒂娜问。

卡门又耸耸肩。

克里斯蒂娜点点头，她脆弱的希望顿时灰飞烟灭。

卡门看到妈妈这可怜巴巴的模样，胸中的怒火顿时又再次燃烧起来。“你是在等某人的电话吗？”卡门问道。

克里斯蒂娜把脸别过去。“呃，我以为大卫会……”

她的声音软弱无力，话还没说完就没了声音。

恶毒的话一下子涌向卡门的嘴边。理智告诉她此时应该回房间关门冷静，但她还是开口了。

“你是不是一天没有大卫就活不下去了？”她呵斥道。

克里斯蒂娜的脸红了。“当然不是，只是——”

“你树立了一个极坏的榜样，你知道吗。你把一整颗心都扑在男人身上，整天守在电话旁，等他给你打电话。”

“卡门，这样说不公平。我没有——”

“你就是这样！”卡门一口咬定，她才刚尝到这诱人的第一口酒，不会现在就收手，“你每晚都出去，还打扮得像个十七八岁的小姑娘似的。你还穿我的衣服！在餐厅里调情！简直丢脸极了。你这是在丢人现眼，你知道吗？”

几天来，克里斯蒂娜一直快乐地飘在空中，她宽容、耐心地对待卡门的愤怒。现在，卡门可以感觉到妈妈终于落地了，这正如她所愿。

克里斯蒂娜的双颊不再是害羞的粉红色，涨成了斑驳的红色。她的双唇冷酷地抿成一直线。“你这样说太恶毒了，卡门。而且都不是事实。”

“是事实！梅兰妮·福斯特看见你们在红宝石烧烤屋卿卿我我！她把这事到处宣扬！你知道我听了是什么感觉吗？”

“我们没有卿卿我我。”克里斯蒂娜怒不可遏地辩解道。

“你们有！你以为我不知道你和他睡过觉？教堂里不都说得结婚后才能有这种行为吗？你不是总这样教我的吗？”

本来这只是猜测而已，可一看到克里斯蒂娜痛苦的脸，卡门就知道她猜对了。她没想到这一切居然是真的，这无异于扔下了一颗氢弹，让她猝不及防。她一边盯着克里斯蒂娜一边感到恶心。她多希望妈妈能断然否定，可她没有。

克里斯蒂娜低头看着地板，捏着双手。“我不觉得这跟你有任何关系。”她粗暴地低声说。

“怎么没关系？你应该是我妈妈吧？”卡门不依不饶。现在妈妈既生她的气，也生自己的气。

“我确实是你妈妈。”克里斯蒂娜还击道。

卡门的眼中溢满泪水。她还没准备好在妈妈面前流露出她的脆弱。所以，她带着溢满了万千情绪的心躲进房间关上门，她得好好想想她这颗心里都装了些什么。

“嘿。”布莱恩说，他站在离蒂比不远处的走道里，一脸的伤感。他盯着蒂比的眼睛，似乎在揣测她的心思。

蒂比垂下眼睛。她不想让布莱恩瞧出任何蛛丝马迹。

布莱恩站在那里，他当然是在等她。亚历克斯和莫拉都在看着他，很明显，他们是在疑惑这个穿星球大战 T 恤、戴着廉价眼镜的窝囊废是谁。

蒂比深吸一口气。她得说点什么。

“呃，这是布莱恩。”她轻描淡写地介绍道。她的声音仿佛来自另一个身体。

她指了指亚历克斯。“这是亚历克斯。”她又指了指莫拉，“这是莫拉。”

布莱恩似乎对亚历克斯和莫拉没什么兴趣。他仍然用他那双深褐色的眼睛一本正经地盯着蒂比。蒂比真希望他能走开。

“你好。”亚历克斯对布莱恩飞快地招呼道，话音还没落，他就立刻转过身去跟蒂比说：“我们走吧。”

蒂比木然地点点头，开始跟着亚历克斯和莫拉走出礼堂，脑子一片空白。不消说，布莱恩肯定跟在她身后。

四个人最后走进了两个街区外的一家墨西哥餐厅。亚历克斯因为没甩掉布莱恩而一脸不悦，莫拉则肆无忌惮地翻着白眼。

此刻本该是解释的最佳机会，蒂比可以告诉他们说布莱恩不是什么跟踪她的神经病，他其实是她最好的朋友之一，他不仅总往她家里跑，而且现在还住在她的宿舍里。可是她什么也没说。她连看都不敢看布莱恩一眼，更不用说提他的名字了。

他们尴尬地站在闹哄哄的吧台处。亚历克斯用假身份证成功地点了三瓶墨西哥啤酒。他靠近蒂比并和她碰了碰酒瓶。

“拍得好，汤可。今天你出尽风头了。”

蒂比知道他是想祝贺她，而不是想让她难过。

“影片很棒。”莫拉也附和道。

“一点也不棒，”布莱恩紧靠蒂比身边说道，“她妈妈在观众席里。”布莱恩似乎觉得他们身为蒂比的朋友有必要知道这一点。他用手碰了碰蒂比的手肘，他对她深表同情。

亚历克斯灌下一大瓶啤酒，压根没留意布莱恩说的蒂比妈妈也在。“你说她的电影不好？她的电影明明那么好笑。”

布莱恩摇摇头。“不好。”毕竟他是个实话实说的人。

亚历克斯白了他一眼。“你怎么回事啊你？”

布莱恩看都不看亚历克斯一眼。“我担心蒂比。”

“你担心蒂比？”空气中嘲笑的味道浓到蒂比都可以真的闻出来。“天啊，真够讲义气的。你还是去别的地方担心她吧！”

布莱恩看着蒂比。他的表情仿佛在说：“来吧，蒂比，回到我身边来。我们是朋友，不是吗？”

可蒂比只是愣在那里，好像有人拿刀架在她的脖子上似的。

亚历克斯走近几步。他的傲慢和自大变得膨胀起来，他还摆出打架的架势。“你听不懂这是在叫你走开吗？”

布莱恩痛苦地看了蒂比最后一眼，然后转身走了。

眼泪模糊了蒂比的双眼。她都做了些什么啊？她把手扣在大腿上，指尖抚摸魔法牛仔裤的纹理，上面还有她去年夏末小心翼翼地绣的图案。她低下头，用食指缓缓描摹那颗她用红线绣的心。她眼里满是泪水，都看不清红心下面绣的字了。去年夏末暑热难耐，她坐在后门廊不停地刺绣，一绣就是几个小时，坐得腰酸背疼腿发麻。她虽然笨拙，但依然顽固地绣着——针头扎进去，抽出来，千针万线，密密麻麻。好不容易她才绣出来一颗拙劣的红心和几个歪歪扭扭的小字——“贝莉曾在这里”。

贝莉一直在这里吗？她在吗？有什么证据可以证明她在？

就在刚刚，蒂比的心感觉失去了贝莉。

她用双手捧住脸。她得固定住自己的脑袋。

亚历克斯仍对着布莱恩的背影高声叫骂。他余怒未消，回头看着蒂比。

“那么，蒂比。”他的声音尖酸刻薄，“这裤子是怎么回事？”

14

如果你在地上撒了刺，就不要光脚走路。

——意大利谚语

蒂比开着“伯爵”——她最爱的庞蒂克车——向北边驶去。停靠在弗莱特罗亚尔加油时，她掏出了地址簿。她从未去过布莱恩的家，虽然这很奇怪，不过她确实有他的地址。因为尼奇过三岁生日时，硬要给布莱恩寄一张牛仔派对的邀请函。

蒂比到了贝塞斯达时，已经差不多晚上十点半了。布莱恩住的小区离她家不到两公里，这边的房子虽然新一些，但都比较小。她转悠了一会儿才找到布莱恩的家。这是一栋红砖平房。蒂比以前一直都很讨厌她家修剪得一丝不苟的矮树丛和窗台上花里胡哨的鲜花盆栽，但这栋朴素简陋的房子似乎也好不到哪儿去。屋子里黑漆漆的，只有房子的一侧有电视发出的一丝蓝光。

蒂比战战兢兢地敲了门。现在夜已深，而且对于这个家庭来说，她还是个陌生人。她等了几分钟，又接着敲。

一个男人打开了门。他是个身材魁梧的秃子，看着半梦半醒。“你找谁？”

“呃，布莱恩在吗？”

男人不耐烦地说：“不在。”

“你知道他在哪里吗？”

“不知道，布莱恩几天都没回家了。”

蒂比估计这男人是布莱恩的继父。“你觉得……他妈妈会知道他的去向吗？”

男人终于失去了耐心。“我觉得她也不知道，再说了，她也不在这儿。”

“好吧，”蒂比说道，“对不起，打扰您了。”

她坐在车里颓然地伏在方向盘上。布莱恩太可怜了，蒂比感到千头万绪涌上心头，一时不知该怎么做了。

她慢慢地把车开到布莱恩以前常去的地方——罗杰大道上的 7-11 便利店。店快关门了，布莱恩不在里面。她又驶过一个街区，来到一个小公园。以前他们玩了一下午的《龙圣》后，有时会到这里来闲逛。

她看到野餐桌上坐着一个黑影子，正是他。他身边还放着背包和睡袋。

她小心翼翼地驶近。很不幸，“伯爵”今晚心情不好，声音很大。布莱恩抬头看到车和车里的她，拿起背包和睡袋转身便走。

蒂比没法回家。她没脸见妈妈。现在这么晚，她也不好意思去打扰莉娜或卡门。而且，她也没脸见她们。

牛仔裤上绣的红心似乎在斥责着蒂比，她泪如泉涌，甚至无法直视这条裤子了。她脱下牛仔裤开车到莉娜家。很好，莉娜家一片漆黑，悄无声息。她尽可能把裤子折叠平整塞进邮箱，然后转身上车，穿着内裤、带着惭愧回到了威廉斯顿大学。

莉娜躺在房间的木地板上自怨自怜，她痛恨身边的一切事和人。

如果她能强迫自己画画，她早就这么做了。画画总能让她的心安定下来。不过人有些时候，会想让沮丧的自己振作起来；而另一些时候，却只想一直沉浸在悲伤中。总之，这世界一点都不美好。

天气太热了，好像只有七月末的华盛顿才会这么热。莉娜的爸爸不信任中央空调，因为他是希腊人。而她妈妈讨厌窗式空调，因为它们噪音很大。莉娜只好把衣服脱得只剩一件魔术文胸（这是卡门给她的，卡门总是把尺寸买小）和一条白色短裤。她把落地扇调好方向，直接对着脑袋猛吹。

莉娜喜欢激怒妈妈，喜欢挑衅她、惹恼她，却讨厌真的跟妈妈吵起来。她讨厌自己对蒂比发火。她讨厌妈妈、克里斯蒂娜和爱丽丝三人之间的紧张关系。她讨厌卡斯托斯和他的新女友。她恨艾菲把卡斯托斯有新女友的事告诉自己（不过她喜欢奶奶，因为奶奶也讨厌卡斯托斯的新女友）。

莉娜不喜欢吵架，不喜欢大吼大叫、挂对方电话。她情愿冷处理，但不能超过三天。

莉娜为人一板一眼。在这过去的三百零七天里，她天天都拿花生酱抹全麦面包当午餐。她可不喜欢新鲜刺激。

她听见了门铃声，却不愿去开门，让艾菲去开吧。

她静静听着。当然，艾菲跑去开门了。艾菲可喜欢门铃声和电话铃声了。然后她听见艾菲兴奋地尖叫起来。莉娜竖起耳朵，想知道到底是谁来了。艾菲见到快递员一般不会这么兴奋，但谁知道呢？也许是她的朋友做了新发型什么的，那倒是会让艾菲尖叫。

莉娜聚精会神地听着，拼命想听出是谁，却一点头绪也没有。何况艾菲说话的声音比正常人大五倍，就更没法听出来了。

现在传来了他们上楼的声音。不是平时艾菲和她朋友连珠炮似的脚步声。这位客人的脚步声缓慢沉重。是个男孩吗？艾菲怎么能大中午的把男孩子往楼上带呢？

她听到了说话的声音。是个男孩！艾菲要把男孩带到自己卧室，并且很可能会跟他亲热！

突然间，莉娜意识到脚步声并没有像她预料的那样朝艾菲的房间去，而是朝着自己的卧室来。她一下子慌了神。她现在几乎是赤身裸体，而一个男孩正朝着她房间走来，她的房门还是开着的！唉，这种事可是谁也预料不到的。有男孩子上楼来的次数，她用一只手就能数完，爸爸妈妈在这方面管得可严了。

莉娜僵坐在地板上。脚步声越来越近了。如果她马上跳起来摔上门，他们会看见她。如果她呆坐在原地，他们也会看到她。如果她起身去抓件浴袍……

“莉娜！”

一听见妹妹兴奋得近乎歇斯底里的声音，莉娜一下子跳了起来。

“莉娜！”

艾菲站在门口。她身后也确确实实站着个男孩——一个身材高大，过分帅气，且十分熟悉的男孩。

艾菲看到半裸的莉娜，吓得用手捂住了嘴。

男孩站在那儿看得出来，一副被逗乐的样子。他并没有按照礼节立刻移开目光。

莉娜的头脑顿时一片空白。她的心就像迷你玩具汽车那样呜呜乱转。她的喉咙因万千情绪而堵塞。她感到全身上下都热得冒烟。

“卡斯托斯。”她气若游丝地说道，然后当着他的面“砰”地一声摔上了门。

布丽吉特摸熟了格里塔的生活规律。星期一晚上，她会去教堂玩宾果游戏。星期三，她会和街对面的邻居打桥牌。今天是星期四，格里塔照例要去西夫韦超市采购一周的食物，顺便奢侈一把，买一份前腰牛排。每月的第三个星期四，她儿子佩维斯会从亨茨维尔回来吃晚饭，这时格里塔便会买两份前腰牛排。布丽吉特自愿陪同格里塔一起去超市。其实她想去的真正原因是肉类食品区有冷气。她已经变成了一个容易知足的女孩。

“你儿子是怎么样的一个人？”布丽吉特问道，她懒洋洋地望着州际公路上一闪而过的指示牌。

“很安静的一个人，不太喜欢交际。”格里塔说。

“他在亨茨维尔做什么工作呢？”

“他在美国太空火箭中心做保管工作，”她自信地看了布丽吉特一眼，“那是看门人的高级说法。他负责清洗地板和打蜡。”

“哦。”她记得佩维斯舅舅总是待在卧室里用望远镜看窗外。后来她长大了一点，有一次舅舅还去他们华盛顿的家住了一晚。她记得舅舅只来过那么一次。他当时把望远镜拿出来架好，调整好焦距，然后请她过去看。佩维斯可以看到天上成千上万幅熟悉的画面，可布丽吉特看到的只是一片混沌。

“佩维斯九岁那年的夏天，他父亲和我存了些钱送他到那里的太空夏令营。他后来都舍不得离开，他很喜欢那里。”

“他结过婚吗？”布丽吉特问。

“没有。他在女孩子面前总是很害羞。我看他是结不了婚了。他有一些喜欢研究无线电的朋友，他的社交圈子差不多就只有这么一点。”

布丽吉特点点头。佩维斯实现了他在太空中心工作的梦想，可每天却要低头工作。

佩维斯让她想起了自己的弟弟佩里，佩里和佩维斯在很多方面都很相像，不止于无线电这一兴趣。布丽吉特终于在昨晚和佩里通上了话，他们聊了几分钟。弟弟对格里塔颇为好奇，但还是有戒心。他不想听到有关马丽的任何事情。

在西夫韦超市，格里塔一边拿着优惠券一边推着购物车有目的地四处行进，布丽吉特则在生鲜冷冻区闲逛，她开始思考一些她从未想过的事情。

她想到了佩里，继而又想到了爸爸。有些家庭发生悲剧后，家人之间会变得更亲密，[illegible]许是那样吧，可她家并非如此。爸爸从来不谈及妈妈的事，甚至避免谈及所有可能引出该话题的事。家里不能谈的事太多，以致他们都基本放弃沟通了。

她开始想象父亲的生活。他不在学校的时候，就会坐在家里的小书房，戴着耳机听美国国家公共广播电台的节目。他从来都不会在房间里直接听广[illegible]，即使只有他一个人在家。

至于佩里嘛，他总是待在电脑前。他在网上玩那些幻想类游戏。他情愿花时间和陌生[illegible]互动也不愿意和身边的人多说一句话。有时布丽吉特都忘记[illegible]自己和佩里是住在同一屋檐下，更不用说他们是龙凤胎这件事。

这真让人难过。她心里很清楚。她扪心自问："我是不是能对佩里和爸爸多点关心呢？"[illegible]果她肯多付出一些努力，也许他们彼此会更像一家人，这个[illegible]会更像一个家。可看看现在，他们似乎都从屋顶飘了出去，飞[illegible]大气层，漫无目标，越飞越远。

莉娜在房间里踱来踱去，脸红得发烫。卡斯托斯来了，而且现在就在她家。实实在在、[illegible]体的卡斯托斯，活生生、会呼吸的卡斯托斯。

这是真的吗？她是不是精神崩溃了？天气也没那么热啊。

她有梦到过这一幕，有梦[illegible]过他。一想到这有可能是梦，她的膝盖就颤抖个不停。天啊，她多希望这一切都是真的。

他一点没变，甚至比以前更帅。

他看到了她穿着胸罩的样子！哦，老天。

在这世上除了妈妈、妹妹和她三个好朋友之外，没有人看过她不穿衣服的样子。她一向保守。真的！她甚至连更衣室都讨厌，除非它们有门可以关上。卡斯托斯现在已经见到过她的身体两次了！

卡斯托斯就在她家楼下！艾菲带他下楼去了。他们现在在厨房。而如果他是真实存在的，如果这一切不是梦，他们现在就在厨房。

卡斯托斯来看她了！漂洋过海来看她！这意味着什么？

可是等等！他有女朋友了！这又意味着什么？

莉娜一直在绕着小圈子踱步，她的头都快转晕了。她停下来然后径直走到房门口。

哦！还没穿衣服呢。哦对，穿衣服。

魔法牛仔裤正耐心地躺在书桌椅上等着她。它知道这一切吗？它有预测到这一切吗？莉娜狐疑地注视着这条裤子，但还是穿上了它。这条裤子到底在打什么主意？它是想先给她一巴掌再赏她一颗糖吗？哦，拜托，不要这样。

莉娜套上一件白色 T 恤，对着镜子飞快地瞥了一眼。她的脸汗涔涔的，头发油腻得惨不忍睹，眼睛还患了麦粒肿。见鬼。

如果在卡斯托斯的记忆里莉娜是个美女怎么办？现在看到她这个样子，他也许会想，老天，真是活见鬼了，这就是我不远万里来找的女孩吗？莉娜的脸以前可以发动至少一艘战舰[1]，可现在，连这艘战舰都准备弃她而去。

如果他根本没在厨房，她怎么办？如果他落荒而逃，感叹“哇哦，真是幻灭啊”怎么办？他现在很可能已经在友谊长途汽车站等车了呢。

莉娜已经万念俱灰，先描了唇线。唇线笔是橙色的，可她的手不住地颤抖，唇线勾得一塌糊涂。她跑到浴室把它洗掉，顺便也把她那张油亮亮的脸也洗了。头发油腻就没办法了，莉娜只好把它们全部往后拢成一个髻。

好吧。如果卡斯托斯觉得她不再漂亮了，也无所谓。如果他在乎的只是脸的话，那就只能替他可惜了。而且，他已经有新欢了！

莉娜垂头丧气地照了照镜子。奶奶说她比卡斯托斯的新女友漂亮。奶奶懂什么？她还认为索菲娅·罗兰风情万种，颠倒众生呢，所以她的话都不算数——莉娜肯定没有卡斯托斯的新女友漂亮！

莉娜停下踱步。她强迫自己深呼吸，在过去的十分钟里，她紧张得几乎无法正常呼吸。

一个声音说：“冷静，冷静。”她得让自己冷静下来。“闭嘴！”她怒斥道。

啊，好吧。

---

1 希腊神话中，倾国倾城的斯巴达王后海伦被特洛伊王子帕里斯拐去特洛伊，斯巴达王大怒，希腊联军组织一千艘船舰出征，引发著名的特洛伊战争。因此，有人将美女的貌美程度和战舰数量划等号。

卡斯托斯在楼下。她得下楼去跟他打声招呼，这是起码的礼节。

深呼吸。好，冷静。

莉娜在楼梯顶绊了一下，还好她在滚下楼梯之前及时抓住了扶手。再深呼吸。她走进了厨房。

卡斯托斯坐在桌旁。他抬头望她。他比之前更……更像他自己了。

“嗨。”他招呼道，并给了莉娜一个探询的微笑。

莉娜是不是整个身体都在颤抖？还是说她产生错觉了？她赤着的双脚满是汗。如果她脚滑，摔倒在自己的脚汗里怎么办？

卡斯托斯怔怔地盯着她，她也看着卡斯托斯。她真希望有一片神奇的云彩降临在她的头顶，令她举手投足间散发出高贵的气质和光芒，并赐予她能言善道的能力。快出现奇迹吧。

快说点什么吧！他是个男孩，她是个女孩。虽然他已经另有所爱，但他始终是个男孩子。命运在这种时候不是应该出来主持大局吗？

她站着一动不动，仍直勾勾地望着卡斯托斯。

连艾菲都快被急死了。

“坐下。”她命令莉娜。

莉娜乖乖坐下。她还是坐下来安全些。

艾菲给她递过来一杯水。卡斯托斯已经有一杯水了。

莉娜不敢碰杯子，怕自己的手会抖。

“卡斯托斯这个夏天会在纽约打一个月的工。惊讶吧？”艾菲说道。

莉娜感激起妹妹来。艾菲有时很懂得怎样照顾她。

莉娜点点头，企图消化这一讯息。但她此刻不太信任自己的喉咙，不知能不能说清楚 。

“我爸爸以前的一个老 学在那里开了一家广告公司。”卡斯托斯说。他是在回答艾菲之前的话，但他的眼睛依然看着莉娜。“几个月前他给我提供这个实 机会。我爷爷的身体现在好多了，所以我想我可以试一试。”

莉娜的脑中千头万绪一 糟。她真希望自己能多出一个脑袋来慢慢梳理。首先，卡斯 斯提到了他爸爸。卡斯托斯以前从来没提过他爸爸。这次他 主动提起，这足以说明他是多么坦率和勇敢。莉娜甚至都有点心疼他。

然后就是纽约的工作。他以前怎么没跟她说过？他是不是在他们分手之前就已经在计划这件事了？他的所有计划都有把她考虑进去吗？

“我一直都想到华盛顿看 ，”他继续说道，“我是看《史密森学会》杂志[1]长大的。”他不 意思地笑了笑，“奶奶认为它可以让我保持跟美国的情感联系

明白了，他来美国不是为 看她的。莉娜大失所望。他来华盛顿不是为了她，但他还是 莉娜家见她了。至少他有来，不是吗？要不就是他去坐地铁 正好路过她家门口？他的女朋友不会忽然从储藏室里走出来吧

1《史密森学会》是美国华盛顿特区史密 学会的官方刊物，于1970年首次发刊，是世界十大最佳科学杂志之一。

“希望你们不介意我的突然来访。”他说，“我才发现，你们家离我住的地方很近。”

原来如此，莉娜苦涩地想道。

“如果我来得不是时候的话，抱歉了。”卡斯托斯对她说，眼神闪过一丝淘气。如果莉娜不是已经知道他对自己已不再在乎，她甚至会认为那是有点性感的眼神。

“你住在什么地方？”艾菲问他。

“我住在我们家另一个朋友那里。你知道我们希腊人嘛，总会给别人提供栖身之所。你知道切维切斯市的塞提斯家吗？”

“知道，他们也是我们父母的朋友。”艾菲答道。

“他们把带我参观华盛顿当作是他们的任务，还准备把我介绍给在华盛顿、马里兰以及弗吉尼亚的每一个希腊家庭。”

艾菲点了点头。“你会在这里待多久？”

“只到星期天。”他说。

莉娜真想把盘子砸到他头上，她恨不得大哭起来。为什么卡斯托斯要装出一副不认识她的样子呢？就好像他们连朋友都不是一样？为什么他来之前都不给她打个电话呢？为什么莉娜对他来说已不再重要？

莉娜感觉眼睛被泪水刺得生疼。他们曾经亲吻过彼此。卡斯托斯曾说他爱她。她从来没有像爱卡斯托斯那样爱过任何一个男孩。

“是你要和他分手的。”莉娜的耳边又回荡起艾菲和卡门的声音。

“但那并不意味着你就应该忘了我呀。”莉娜差点脱口而出。

她就那么不值得被记住吗？

她恨不得冲上楼把鞋盒里所有他的信都拿出来，狠狠甩到他脸上。然后对他大吼："看，我也曾经是你的谁！"

卡斯托斯站起身来。"我得走了。我要在国家艺术馆关门前过去。"

莉娜发现她到现在一个字也没说过。

"好的，很高兴见到你。"艾菲一面应着，一面恨铁不成钢地瞪着莉娜，似乎在说："你看看你，真是一点用都没有！"

两个女孩把卡斯托斯送到前门。"保重。"他说，眼睛盯着莉娜。

莉娜哀怨地望着卡斯托斯。她感到自己的双眼好像在头颅的深处向他眨着眼睛。在分离的那几个月里，他们曾热烈地思念着对方，一封信、一通电话，甚至一张照片就能让彼此激动不已。而现在，他就站在眼前，近得几可亲吻，帅气得让人心碎。但他却要走了，也许此生再也不会与她相见。

卡斯托斯转身走出大门，径直朝人行道走去。他真的走了。他回头看了莉娜一眼。

莉娜追上去，拉住他的手，眼泪终于倾泻而下，她不在乎卡斯托斯看见她流泪。"别走，"她说道，"求你了。"

她并没有真的这样做。她只是跑回楼上的房间放声大哭。

15

请再给我一次机会。

——尼克·德[illegible]克

蒂比在房间里一小时也待不下去了。昨晚半夜从华盛顿回来后，每一个小时都那么难熬。她讨厌这个房间，讨厌自己在这房间里有过的所有念头，为自己曾在这里做过的所有事后悔万分。她无法上床睡觉。这世上没有一块儿可以让她安心的地方，她的大脑也无法平静。良心颠覆了她的整个世界。良心对着她咆哮不休，无论她怎么恶狠狠地威胁，它都不肯闭嘴。

绝望之下，她又开车驶向华盛顿。她不知道自己到底要去哪儿，直到车一路开到麦克阿瑟大道上的巨人超市。

她大半夜拿着一把可怜兮兮的橘色康乃馨站在收银台前。但良心又立即否决了这个念头。花儿很快就会枯萎，而且她们俩都不怎么喜欢花。她灵光一闪。有一样东西是她俩都喜欢的。

蒂比走到谷类食品专区，拿到了一盒鲜黄色包装盒的“嘎吱船长”牌嘎吱莓麦圈。

她把车停在公墓的山脚处，提着超市的袋子便开始沿着雕砌过的小山丘往上爬。地面很软，鞋子踩在上面一步一个脚印，这让蒂比感觉很不好。她俯下来脱掉鞋子。最好还是赤脚走，不要踏坏了小草。

她上次来的时候，贝莉的墓前还没竖起墓碑。这次她才看到墓碑，样子十分普通。

蒂比将黄色的麦圈盒靠在灰色的大理石上。不行，盒子的颜色太鲜艳了，不适合墓地的氛围。她打开盒子，将里面的包装袋取出。嗯，这样就好多了。她把空盒子塞回手中的塑料袋里。

蒂比打量着墓碑，觉得似乎少了点什么。她从包中取出记号笔在墓碑的背后写了两个方方正正的小字——“咪咪”。她不想贝莉在这里太孤单，也不想咪咪无影无痕地长眠于此。

她躺在草地上，露水浸湿了她的衣服，她全然不在乎。草地刚刚修剪过，她的赤脚湿漉漉的，上面沾满了新剪下的草叶。蒂比侧身将脸伏在地面上。“嗨。”她低语道。

泪水一滴滴渗进土里。她恨不得和泪水一起没入土中，从此消失。

“上面是不是比这里好一些呢？”她想问。

蒂比怎么能让自己走出那么远呢？她都走到哪里去了？自贝莉去世后，蒂比的整个生活都枯萎了，她就像个失忆症患者一直游荡在远方，满是困惑与遗忘。

她伸出手，用指尖抚过冷冰冰的墓碑。

“让我想起来吧，”她恳求贝莉，“我似乎迷失了方向。”

她把脸和耳朵都伏在地面上，聚精会神地听着。

“莉娜，是你和他分手的。”布丽吉特在耐心听完莉娜那汹涌澎湃的悲痛后，温和地说道，即使现在已经夜深人静了。

“可我没有忘记他呀。”莉娜对着电话呜咽道。

布布安静了一会儿，她尽可能温柔地说：“莉娜，分手差不多就等于忘记，它意味着你不想再和他一起。”

“可是，也许那不是我的本意。”莉娜眼泪汪汪地说。

“可也许他觉得就是那个意思。”布丽吉特说道。

“但他不应该转身就走，马上就找个新女朋友呀！”莉娜愤愤不平。

布丽吉特很想叹气，但她忍住了。“是你和他分手的。我看过你的信。分手后他有权利交女朋友，那是合情合理的事情。”她的声音再次低柔起来，“我知道你很难过，我也替你难过，可你得从他的角度来看问题。”

“我该怎么办？”莉娜问道。她万念俱灰，痛苦不已。她情愿拿厚厚的历史活页夹猛砸自己的脑袋，也不愿意这样痛苦。

这就是她和卡斯托斯分手的原因，好让自己不用再经历这种期盼和患得患失的感觉。可是为什么分手了还是那么痛苦呢？

“莉娜？”

“什么？”

“你还在听吗？”

“在。”

“你知道你该怎么做。”

“我不知道。”她撒谎了。

“先想一分钟。”

莉娜想了一下，其实她知道。但她不愿意承认，因为承认了就不得不去做。

“我做不到。”她悲惨地说道。

“好吧。”布丽吉特回道。

“妈妈，”蒂比摩挲着妈妈的肩膀，“妈妈？”

爱丽丝睁开双眼。她还没有睡醒，有点不知身在何处，现在是凌晨三点。她从床上坐了起来。

望着蒂比迷离的眼神，爱丽丝本能地捧着女儿哀伤的脸。她忧心忡忡地望着女儿，蒂比怎么突然回家了呢？此时的爱丽丝只记得她对蒂比的爱，而忘了她有多生蒂比的气。

蒂比猛地搂住妈妈。她呜咽着，泣不成声。“原谅我吧，”她在心底默念道，“让我再做你的女儿吧。”

大吵过后的那天晚上，卡门在漆黑的房间里坐了几个小时。

在这期间，她无意中听到妈妈的房间里传来压低了的对话声。卡门知道克里斯蒂娜在和大卫打电话。妈妈的这段感情本来就很脆弱，卡门不仅往上面泼了汽油，还扔下了一根火柴——那条删掉的电话留言。痛苦且心力交瘁的克里斯蒂娜正在与一头雾水、顽强抵抗的大卫分手。卡门内疚地听着，可与此同时，心底却暗暗享受着一丝卑鄙的快感。即使没有听到他们对话的每个字，但卡门能清楚地感受到他们分手的氛围。

那夜稍晚时分，卡门出房门拿橙汁时，忍不住朝妈妈的房间瞥了一眼。虽然她很快就移开了视线，但还是看到了满面泪痕、眼睛肿胀的克里斯蒂娜。

第二天是星期一，妈妈下班后就直接回家了，她做了烤鸡。卡门和妈妈一言不发地吃完了这顿饭。

星期二晚上，克里斯蒂娜说头疼，一直待在房间里。卡门偷偷走进厨房准备拿些冰淇淋，她发现其中一盒“本杰瑞”冰淇淋不见了。

星期三晚上，卡门去了蒂比家。她把妈妈一个人扔在了家里，感觉有些内疚。回家后，卡门听见妈妈的房里又传来了电视剧《老友记》中的笑声。

大卫没有再打电话来，克里斯蒂娜也好像没有再给他打电话。从种种迹象来看，卡门可以肯定他们是真的分手了。

卡门一直希望破坏他们的关系。现在她终于如愿以偿了。

哦，布布：

记得去年夏天吗？那时我恨透了爸爸和莉迪娅，我怒火中烧，恨不得和那个地方同归于尽。你还记得吗？

那么，你知不知道这个世界上有两种人？一种会从错误中吸取教训，改过自新；而另一种人只会一错再错。你猜我是哪一种？

我知道你总会找到我值得被爱的地方，无论我是多么糟糕的一个人。我真希望我还没有耗尽你对我的爱。

爱你的、痛苦的卡门

星期六的早上，布丽吉特在足球赛开始之前去跑步，她跑了六千多米。虽然只是慢跑，但起码她有行动起来。她到达足球场时，浑身汗涔涔、黏糊糊的，不过她感觉神清气爽，只有跑步才能让她这么开心。

她坐在场边的老地方。比利在找她，看到她便松了一口气。比赛打到四分之一时，她看到比利向她跑过来，似乎想聆听她的指导。可她只是挥了挥手。

上半场结束，伯吉斯落后一球。比利缓缓走过来，问道：“你有什么看法？”

布丽吉特很享受这种感觉。“我认为你们的中场简直就是灾难。”她说。

比利似乎有点惊慌。“是吗？”

“千真万确。”

"为什么？"

"如果科里不能好好传球，就叫他改打网球吧。"

比利消失了一会儿之后，带着科里回来了。他几乎是把科里推到了布丽吉特面前。"听她说。"比利命令道。

"科里。"

"是。"

"听着，给我传球。你传球没问题，但你根本射不了门。"

科里的脸上一阵红一阵白。

比利神色凝重。"她说得对。"他深表赞同。

哨声响起，比利把科里拖回球场。布丽吉特发现科里又开始传球了。

男孩子们不会把侮辱放在心上，她很喜欢他们这一点。

伯吉斯 2 比 1 获胜，终场哨响过后，球场上的人们如往常一样欢呼起来。布丽吉特和他们一起欢呼尖叫。所有的高中生围成一团，他们之后准备出去庆祝。科里已经和女朋友在门柱旁亲热起来了。比利走到布丽吉特身边。"和我们一起出去吗？"

布丽吉特想了想。他过来邀请她固然是好，但他的邀请方式并没有让她很想去。他约她只是因为感激，感激和感兴趣可是两码事。"不了，不过还是谢谢你。"她说道。

于是布丽吉特独自一人走在六十五号州际公路上。一群高中生挤在一辆敞篷车里，他们开车呼啸而过，而布丽吉特则独自漫步。她知道他们会怎么看她，不过她不在乎。有些女孩害怕孤独，可布丽吉特不同。她可以一个人去看电影、一个人去餐厅吃饭，甚至还可以一个人参加派对。这世上，她最爱的是她的三个朋友，她情愿一个人待着，也不愿搭理无关紧要的人。

她走到沃尔玛超市时买了一些东西，包括一只足球——这是最重要的。回来的路上，布丽吉特拦了一辆顺风车，在县政府大楼前下了车。下来后她不自觉地经过了足球场。此时天已黑，但有几道强光照过来，将三块草坪照得一览无余。

布丽吉特胸中突然涌现一股暖流，她将足球从盒子里拿出并闻了一下它的气味。一时间她热泪盈眶。她把足球放在地上，她喜欢干净光亮的足球，但布满尘土的足球同样让她喜爱。

去年十一月，她退出了足球队，因为她不希望大家再指望她。她只想睡觉。整个秋天和冬天，她的前队友们和学校里所有运动员都向她投来异样的目光，好像她截了自己的腿似的。

但她热爱足球，浑身每一块肌肉都热爱。她深深地、痛彻心扉地怀念踢球的日子。她的身体需要动起来。她是个运动狂人。

她一直都渴望重新踢球。于是，她踢了第一脚。足球轻轻地滚了一下。她又踢了一脚，地上的尘土扬了起来。布丽吉特的心狂跳不止，她跑起来追上球，踢、跑、踢。足球飞速旋转，上面的六边形、五边形花纹越来越模糊，布丽吉特如着了魔一般。这样就好。她不需要任何比赛，不需要教练、欢呼的观众或大学球探。她只需要踢球就好了。

“她已经三天没下床了，”卡[illegible]一边说，一边呷着拿铁，“我

很难过。我想陪在她身边，可她连看都不看我一眼。”

蒂比耐心地听着，但不是卡门想要的样子。她没有点头，也没有任何言语上的怂恿，只是一言不发地坐着撕扯羊角面包。

最后蒂比抬起头来。“卡门？”

“嗯？”

“你告诉你妈妈了没有？”

卡门揭下咖啡杯的盖子。“告诉她什么？”

“告诉她大卫星期天来过电话。”

卡门吓了一跳。她已经把这件事招了。“我没说。”

“你打算……说吗？”

“跟她说？”

“是啊。”

卡门把目光投向硕大的菜单牌上，她想转移话题。

蒂比仍然直视她。“嘿，卡门。”

“嗯哼。”

卡门正在比较中杯、大杯和特大杯拿铁的价格。她真不明白为什么现在都没人叫小杯的咖啡叫“小杯”，而要叫“中杯”。如果你要点拿铁，跟收银员说“小杯拿铁”，她会当你是白痴似的望着你：“你是说‘中杯’吗？”那种傲慢语气恶心死了。卡门真想对他们大吼：“小杯就是比大杯小！有那么难懂吗？”

“卡门？”

“嗯哼。”

蒂比一脸少有的真诚，卡门知道自己得认真听。“也许你应该告诉她。虽然于事无补，但也许她心里会好过点。”

“谁好过点？”卡门不解地插了一句。

“她，你，你们两个都要好过点。”蒂比小心翼翼地说。

卡门顿时惊讶地张大嘴巴，久久都没合上。“好像你是处理母女关系方面的专家似的。”她反驳道。

蒂比低头望着被她撕成碎屑的羊角面包，五官似乎都缩成了一团。“很显然，我不是。”

“对不起，蒂比。”卡门立即回应道，她捂着脸，后悔不已。蒂比的心情本来就已经很低落，她现在的样子很脆弱，五官在雀斑的衬托下更显纤弱。卡门怪自己口不择言，雪上加霜。

“没关系，”蒂比站起身来，“你说得对。”她把桌上的面包屑清理了一下，“我得走了。我答应妈妈去游泳池接尼奇的。”

卡门也站了起来。她后悔让这次谈话变成这样。“你什么时候回威廉斯顿大学？”

蒂比耸耸肩。“过几天。”

“给我打电话，好吗？”

蒂比点了点头。

“拜托不要生我的气。”卡门恳求道。

“我没有。”蒂比的微笑很苦涩，但绝不虚假，“我真的没生气。”

卡门点点头，如释重负。

“但是卡门？”

“嗯哼？”

“你应该跟你妈妈谈谈。”

卡门看着蒂比走出大门，穿过停车场，顿时百感交集。她知道只有好朋友才会直言不讳。

也是这点让卡门确信这个女孩是如假包换的克里丝塔——她脖子上的金色串珠项链。

卡门迅速地付了薯条的钱。“你要不要……坐一会儿？”她一边问，一边朝餐桌走去。

克里丝塔虽然流落异乡，却仍然改不了守礼节的习惯。她一直站在椅子边，等卡门坐下了才落座。

“呃，你妈妈也来了吗？”卡门问。如果莉迪娅甚至爸爸都来这边了，那他们居然不给卡门打电话，这就太说不过去了。

克里丝塔的神色黯淡了少许。“没有，”她清了清嗓子，“我来这里就是为了躲她。”

卡门扬起眉毛。“真的？为什么？”

克里丝塔看了看四周，不想让别人听到。“她快把我逼疯了。”

卡门顿时傻了眼，她并没有试图掩饰自己的震惊。

“她知道你在这里吗？”卡门慢吞吞地问道，活像是在盘问顽皮的幼儿杰西·莫根。

“不知道。”克里丝塔的表情既害怕又骄傲。

“克里丝塔，”卡门盯着她正色道，“没发生什么事吧？你似乎……变得不一样了。”

克里丝塔不安地揉着装吸管的纸袋。“这一年里，我一直都想做我自己，可妈妈总看我不顺眼，对我大呼小叫。”

卡门默默地点头。

“我记得去年夏天你不声不响就一个人跑到了华盛顿。我就是学你的。”

卡门把手放在膝盖上，她不想让克里丝塔看到她又在拔拇指上的倒刺。“可我的家就在华盛顿呀。”

克里丝塔点点头，她眼中流露出一丝不确定。“所以我才来这里呀，我想我也许可以在你家住一段时间。”

卡门可能要爆炸了。“你想跟我和我妈住一起？”她怀疑克里丝塔有没有考虑过克里斯蒂娜是她继父的前妻这件事。

克里丝塔又点了点头。“如果可以的话。不好意思，我事先没打电话。”她惭愧地低下头，“我应该先打电话的。”

“不，没关系的。别担心。”卡门安慰地拍了拍克里丝塔的手腕，她对自己的这一举动感到惊讶，“你可以在我家住几天。”

克里丝塔指了指自己红肿的耳垂。“我穿了两次耳洞，妈妈大发雷霆。这也是我来这儿的部分原因。”

卡门心不在焉地摸了摸自己耳垂上的两个耳洞。“克里丝塔，你有跟保罗聊过吗？”

克里丝塔那双被眼线包围着的蓝眼睛瞪得滚圆。她摇了摇头。

“有没有人知道你来这里了？”

“没有。能不能不要告诉他们？”她认真地回道。克里丝塔还是喜欢在句尾声音上扬，这实在让她叛逆少女的形象大打折扣。

卡门吞咽了一下。她怎么能瞒着保罗呢？她站起身来。“我们得走了。”她说完便拿起满满一袋的薯条——这是买给妈妈吃的，并示意克里丝塔跟上。

卡门的家就在两个街区外。她和克里丝塔一起站在徐徐上升的电梯里时，琢磨着她那刚失恋的妈妈见到了前夫的继女会说什么，对于前夫的继女要在她们家住又会有什么想法。

傻卡卡：

你永远、永远、永远都不会耗尽我对你的爱。你难道还不明白吗？

你是对的，这世上的确有两种人。一种人会把所有人分为两种人，另一种人则不会。

无论发生什么都会永远爱你的布布

布丽吉特的母亲自杀那年，蒂比十一岁，她那时暗暗希望父母能收养布丽吉特。虽然她只有十一岁，但她看得出来维兰德先生越来越孤僻冷漠，根本无法照顾好女儿。布丽吉特的弟弟佩里总是宅在房间里玩电脑游戏。布丽吉特很不安定，她想找人交流，而她的家总是空荡荡的，死一般沉寂。蒂比为她这个朋友感到心疼。

在蒂比十一岁的幼小心灵里，她就知道自己对莉娜、卡门和布丽吉特来说就好像姐妹一样，但她也渴望能成为一个真正的姐姐。她对自己说，卡门是单亲家庭，莉娜已有了一个妹妹，所以蒂比家最适合接收布布。她还曾煞费苦心地画了一幅她想象中的房间，在这个房间里，有两张床、两个梳妆台和两张书桌。

蒂比任由自己漫无边际地幻想。她计划分享她的零用钱，还慷慨地决定让布丽吉特在她家的第一年不用做任何家务，以后她们可以交换着做。蒂比想象她父母——尤其是爸爸——在足球场边为布丽吉特欢呼的样子。她想知道布布会不会改名“布丽吉特·罗林斯”，如果父母带着自己和布布去餐厅吃饭，陌生人会不会认为她们长得很像。

蒂比十三岁那年，妈妈怀孕了，她有了一个真正的弟弟。到了十五岁那年，她又有了一个真正的妹妹。蒂比一直都觉得这肯定是上帝听见了她的祷告，只是他老人家太喜欢抠字眼了。

出于某些原因，蒂比把那张老旧的房间图画带到了威廉斯顿大学。事实上，她一打开 6B4 的房门，第一件事就是把画拿出来，挂在梳妆台的镜子上。她瞥了一眼画上的小方框，那是咪咪的笼子。她记得当时画这个小方框时，她故意把它放在两张床的中间，这样布布也可以和她一起看到咪咪，用不着吃醋了。

她好奇亚历克斯看到这幅画会怎么想。如果她告诉亚历克斯她曾真心实意视她的豚鼠为家中一分子，一直到她差不多十六岁时豚鼠去世，他会怎么想呢?

贝莉又会怎么看亚历克斯呢?

她知道贝莉会怎么看亚历克斯。如果她愿意，她可以透过贝莉的眼睛看见，那就像透过窥镜看世界。贝莉会知道亚历克斯是个装腔作势的人，她压根不会去想他。这世上有很多真诚的人，在贝莉看来，他们更值得她花时间去思考。

这让蒂比想起了凡妮莎。她从包里拿出另一些从家里带来的东西。这是一个透明的袋子，里面装满了各种动物图案的橡皮糖——有蛇、猴子、火蜥蜴、乌龟、鱼。这袋糖是尼奇给她的。蒂比估计莫拉说过的每一句关于凡妮莎的坏话，都可以在这里找到相对应的橡皮糖。虽然那些坏话一点都不好笑，但蒂比还是尽职尽责地跟着笑。

蒂比仔细地用一根绿色丝带系住袋口，再用桌上的剪刀紧压丝带，使丝带的两端卷成花形。然后她在袋子上贴了一张小纸条，用娟秀的、不显露笔迹的字体写道："你是一位优秀的宿舍管理员，谢谢你！"她把袋子放在凡妮莎房间的门口，敲了一下门便迅速走开了。蒂比不想凡妮莎看见她。

干这种事太傻了，但这种傻事至少让蒂比感觉良好。

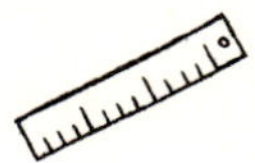

"保罗，快接电话。"卡门在她紧闭的卧室门后命令道。如果她打的是保罗家里的电话，很可能不会这样对着答录机大吼，毕竟那也是她爸爸和继母的家。但保罗这个夏天几乎都待在宾夕法尼亚大学忙着补习和踢足球。"嘿，保罗的室友。嘿，说你呢。请接电话，拜托了？"

没人接电话。为什么大学生都不待在宿舍里呢？

她挂掉电话，打开电脑写邮件。

嘿，保罗！马上给我打电话。现在！立刻！

卡门敲下"发送"按钮。

她蹑手蹑脚地走到门边，小心翼翼地打开门。克里丝塔仍在酣睡。

看来克里丝塔干离家出走这活儿挺得心应手的，要换了卡门的话，哪里睡得着。她不仅睡几分钟就会惊醒，而且连胃都会不间断地疼，但克里丝塔的胃口可好了。卡门把本来准备给妈妈的薯条给了克里丝塔，她感恩地吃光薯条，然后躺到沙发床上，不到五分钟就睡着了。两个小时过去，她连动都没动一下。

卡门看《大都会女孩！》看到一半时，电话终于响了。她以迅雷不及掩耳之势接起电话。

"喂？"

"卡门？"即使在紧急情况下，保罗说话还是那么慢条斯理。

"保罗，保罗！"她低声说，"你猜一猜，此时此刻，睡在我家沙发床上的人是谁？"

保罗沉默不语。卡门显然找错人了，保罗实在不适合玩猜谜游戏。

"不知道。"他最后吐出三个字。

这可是猛料啊，不卖点关子就太浪费了，可卡门还能有什么选择呢？"是克里丝塔！"

保罗似乎花了好一会儿才听明白。"为什么？"

"她离家出走了！"

"为什么？"保罗似乎并不怎么惊讶。

"她和你妈妈闹矛盾，她们吵架了。具体我也不是很清楚，好像是因为克里丝塔穿了耳洞什么的。"卡门停顿了一会儿，"你最近有……见过你妹妹吗？"

"四月见过。"

"她和去年夏天相比……真是大不一样了。你不觉得吗？"

“怎么说？”

“哦，我也说不上来……化妆、烫头发、穿暴露的衣服。你知道的。”

“她这是在学你。”

卡门的肺一阵收缩。她大脑缺氧，一下子说不出话来。

保罗说话还真是犀利。卡门每说一千个字，他才说一个字，他确实是惜字如金，不过也字字如金。

他短短一句话就包含了那么多意思，卡门实在不知道该回应哪一个。待肺里攒了点氧气后，她决定从最明显的开始。“你的意思是我穿得像个荡妇吗？”

“不是。”每次只要被卡门误解，保罗都会显得很受挫。

“那——那么。”卡门结巴地说，也许她应该换个思路，“为什么你觉得她在学我？”

“她崇拜你。”

“不可能！真的吗？”卡门的声音不小心一下子就提高了八度。她听到客厅里有动静。

“真的。”

“为什么？”虽然卡门知道保罗是个很不会说恭维话的人，但她还是忍不住问了。

保罗停顿良久后说：“我不知道。”

很好，谢谢。“呃，那我该怎么办呢？”卡门低声问道。她听到了脚步声，她不得不挂电话了。卡门不能让克里丝塔知道自己一有机会就把她出卖了。

“我不能跟她说我告诉你了！”卡门接着说道，“我答应过她不对任何人说的。”

“让她和你住几天吧，”保罗说，“我会尽快过来。”

“她醒了。我得挂电话了，拜拜。”卡门刚一挂上电话，就听到了克里丝塔的敲门声。

“嗨。”克里丝塔弱弱地说，她的一边脸上布满了毯子的印子。那股驱使她离家出走到这里来的劲儿正在慢慢消失。

突然间，卡门的心变得柔软起来，不过这也许只是因为她是个无法抗拒被人崇拜的大胖子而已。

卡门现在可以仔细打量克里丝塔了，她发现克里丝塔的新发型真的和自己的鬈发有些形似，但神差得太远了。卡门是一头浓密的深色头发，克里丝塔则是一头稀疏的金发。克里丝塔的头发单独看的话还是蛮漂亮的，但它撑不起鬈发的造型。克里丝塔的牛仔毛边短裤和卡门去年夏天在查尔斯顿穿的那条很相似，但这短裤穿在克里丝塔那双血管分明、细得像棍子的腿上，效果却大相径庭。卡门经常涂的黑色眼线和她的深色睫毛正好相映成趣，克里丝塔涂这种眼线却让她看起来像个吸毒少女。

“我可以进来吗？”克里丝塔在门口犹豫地问道。

这是一位彬彬有礼的吸毒少女。

“当然，请进。”卡门招手让她进来，“你睡得好吗？”

克里丝塔点点头。“谢谢，你知道现在几点吗？”她问。

卡门扭头看了看闹钟收音机。“五点半。我妈妈过会儿就会回来了。”

克里丝塔点了点头。她睡眼惺忪的脸上似乎多了几分迟疑。“你觉得你妈妈会同意吗？”

“你指的是同意你留在这里吗？”

克里丝塔又点点头。她瞪大了眼睛，去年夏天只要卡门说脏话，她就是这副表情。

“会的，别担心。”卡门带她到厨房，倒了两杯橙汁，然后递给她一杯，“那么——呃，你想不想……给你妈妈打电话？”

“不想，”克里丝塔摇摇头，“她会骂死我的。”

“也许她的气已经消了，现在很可能正担心呢。你明白我的意思吗？你可以只告诉她你很安全什么的。”

克里丝塔半信半疑，卡门知道她一向是个乖乖女。“或者我……明天再给她打电话吧？”

卡门点点头，她深表理解。如果你要表明立场，至少得坚持二十四小时。

克里丝塔喝着橙汁，好长时间都默不作声。

“你和你妈妈大吵了一架，是吗？”卡门柔声问道。

克里丝塔点头。“我们最近经常吵，她说我没礼貌，我不管穿什么她都看不顺眼。我说话声音大一点她就受不了。”克里丝塔把一缕散落下来的干枯金发拨到耳后，她的声音里居然带着一丝愤怒，卡门觉得很不可思议。“她总是希望家里的一切都安静完美，可我不想再安静完美。”

卡门知道她去年夏天在莉迪娅完美无瑕的小世界里撒下了毒药，可她没料到服下这毒药的人居然是克里丝塔。“这不怪你。”卡门说。

克里丝塔抚摸着杯子的边缘。很显然，她早就想向卡门吐露心声了。“如果我事事顺从她，我就会成为隐形人。”她的声音一下子伤感起来，“可如果按我的方式行事，她又会说我毁了她的生活。”

克里丝塔眼巴巴地盯着卡门，似乎想从卡门那里得到什么高见。“换作是你，你会怎么做？”

卡门得考虑她的责任和立场。

她会怎么做？卡门会怎么做？

发牢骚、故意作对、抱怨；朝爸爸和继母家的窗户扔石头；像懦夫一样逃跑；让自己妈妈痛苦；自私任性胡闹；一手毁掉克里斯蒂娜的幸福。

卡门张嘴想提供一些建议，可她随即又闭上了嘴。

有一个词可以形容这情况，这个词的第一个字是“伪”。它不仅表示你是个人渣，而且似乎还表明你是个猪头。

什么词呢？

哦，是的，“伪君子”。

17

得不到回报的爱，最能破坏花生酱的味道。

——查理·布朗

蒂比把一堆 CD 放在柜台上。“这些都不是，”她说，“我要找的曲子不是纯钢琴曲，里面还有其他的乐器。”

男人点了点头。蒂比猜他有四十多岁，他穿着暇步士鞋，发型表明他完全不在乎自己的发型。

“钢琴和其他的乐器？”他问她。

“是的。”

“那就是协奏曲了。”

蒂比的眼睛一亮。“是的，你说得应该没错。”

“你确定是贝多芬的？”

“我想是的。”

“你想是的。”他的样子好像很需要来一杯咖啡。

“大概……蛮肯定的。”她飞快地补上一句。

“好吧，如果是贝多芬的话，他的协奏曲有五首，最有名的那首叫《皇帝协奏曲》。”他耐心地解释道。

蒂比感激涕零。这个男人已经花了不少时间帮她找 CD。所幸现在是上午十点四十五分，古典音乐区没什么顾客。

“我可以听听吗？”

“我这里有试听CD，但不知道放哪里了，我得找一会儿，你等会儿再来好吗？”他满怀希望地说。

她不想等会儿再来，她现在就要。“我可以等吗？我真的真的需要这首曲子。”她只有九天时间，可要做的事情太多。

男人找CD动作太慢了，蒂比忍不住问。“我可以帮你找吗？”

男人很不情愿地同意让她去柜台后面的盒子里找。

“找到了！”男人终于说道，他骄傲地高高举起一张CD。

“太好了！”蒂比大声叫道。她一把夺过CD直奔试听区。

才听了几秒钟她就知道找对了。“就是这首！”她几乎是冲着男人叫嚷道。

“好咧！”他说，其激动程度不亚于蒂比。

蒂比真想拥抱他。“谢谢，谢谢，太感谢了！”

“不客气，”他愉快地说，“很少有人像你这样十万火急地找CD。”

回到宿舍后，蒂比坐在电脑前。她一只手拿着一张DVD，里面有她从家里拷贝过来的所有宝贵的录像。另外一只手则拿着钢琴协奏曲《皇帝协奏曲》。

蒂比将CD塞入插槽，直勾勾地盯着空白的屏幕。协奏曲放了一遍又一遍，她一动也不动。事实上，她也没法动。她把手放在DVD上，但又拿开了。

这太难了。去年夏天后，她就再也没看过其中的任何一段录像。她跟自己说她还没准备好，不过话又说回来，也许她一辈子都不可能准备好。也许她只能强迫自己去看。

蒂比把 DVD 从塑料盒中取出放在桌上。音乐时而低沉，时而激扬，蒂比的心越跳越快。

这时她听到敲门声，猛地抬起头。她把音量调小，清了清嗓子。“谁？”声音仍然嘶哑。

门开了，是亚历克斯。

“嗨。”他问候道。亚历克斯一脸犹疑，全没了往日的淡定。“你回来了啊，你去哪里了？”

蒂比的脚在桌下踢着墙面。“我只是回家待了几天，处理点事情。”

亚历克斯点了点头。然后，他又指了指电脑。“你在制作影片吗？”

蒂比想了想说：“不是你以为的那部，不是关于我妈妈的。”

“不是吗？”

“我不会再做那部片子了。”她真恨不得把那部电影扔进下水道，但她要强迫自己留着，作为一种惩罚。

“那你拿什么交作业啊？”

“我要制作一部新电影。”

“你要从头开始？现在这种时候吗？”

“是的。”

“呃，只有几天了，你做得完吗？”

“希望吧。”

亚历克斯一直都是一副置身事外的样子，但显然他对这个电影项目是很重视的。蒂比开始看透他了。任由亚历克斯怎么喜欢嘲笑挖苦，但他也是想上布朗大学的。他只是个假的冒险者，一个装腔作势的假叛逆少年。他们都是同一类人，难怪蒂比会看穿他。

“这个片子是关于什么的？”

她警惕地看了一下自己的 DVD，她不能让亚历克斯知道。这比对着妈妈拍卑鄙恶毒的镜头更困难，也更危险。

“我还没想好。”

她转回到书桌前，亚历克斯也转身准备离开了。

“你听的是什么音乐？”

有一瞬间，她真的很想否认她知道这音乐——这首她花了一个多小时才找到的曲子。她可以假装自己不小心调错了电台。

“是贝多芬的，”她还是实言以告，“《皇帝协奏曲》。”

他诧异地看了她一眼，然后再次转身准备离开。蒂比的心怦怦直跳。“嘿，亚历克斯？”她说。

“嗯？”

“你知道布莱恩吗？就是那个不喜欢我电影的男孩。”

亚历克斯点了点头。

“他是我在这个世界上最好的朋友之一，他几乎可以说是住在我家。”

亚历克斯一脸疑惑，然后开始有点不自在。“你之前应该告诉我的。”他生硬地说。

蒂比点点头。“是啊，我应该说的。”一股冲动从她的肋骨下直往上扑，好像爬楼梯一般，一下子便涌到了蒂比的嘴边，“你知道还有什么话我早该说吗？”

亚历克斯微微摇了摇头，他不想知道。

“我之前拍的那部电影烂透了，它不仅刻薄、肤浅，还很愚蠢。”

亚历克斯此时只想逃离她的房间，他不是那种很能接受对峙的人。

“你知道我还应该说什么吗？”

亚历克斯径直走到门口。他认为蒂比疯了。

“比起莫拉或者你和我，宿舍管理员凡妮莎更像个真正的艺术家！”她对着亚历克斯的背影叫喊道。她不知道亚历克斯是否听见了，但她不在乎，她又不是说给他听的。

莉娜四处踱步，她感觉手指仿佛卡在插座上一直抽不出来似的。她不停地颤抖，身体摇摆不定，感觉整个人好像被包裹在烘干机的棉絮里。他在这里，他在这里！如果再也见不到他了该怎么办？

早餐时，她想得出神，不知不觉间给妈妈的吐司抹了黄油，她完全忘了尤金事件后她和妈妈之间的冷战。

上班时，她时不时地望着窗外。卡斯托斯就住在附近，他随时都有可能路过这里，他们有可能在华盛顿特区任何一个地方相遇。也许五分钟之后她就会看到他，也许他们再也不会相见。这两种可能性都让她害怕。

莉娜魂不守舍地从服装店一路走回家，想象着卡斯托斯坐在每一辆路过的公共汽车上，并从窗户看向她。

走进家门时，莉娜嗅到了一丝不寻常的气息。艾菲正在准备餐桌，摆了很多套餐具。

艾菲看到莉娜时，激动得几乎要爆炸了。“卡斯托斯今晚会来吃晚饭。”她上气不接下气地喷出这句话。

莉娜浑身颤抖，身体仿佛再次被包裹在干衣机的棉絮里，她用手扶着脑袋，好像脖子无法让她的头保持平衡了一样。“什么？”

“是的，妈妈邀请他来的。”

“怎么邀请的？为什么要邀请？”

“妈妈和塞提斯夫人聊天，塞提斯夫人告诉妈妈卡斯托斯住在她家。妈妈简直不敢相信我们竟然不知道，而且没有邀请他到家里来，毕竟卡斯托斯几乎相当于爷爷奶奶的孙子，他和我们亲如家人。”

莉娜呆呆地站在那里眨着眼睛。他们绕过了她，她对谁来说都不重要。卡斯托斯现在成了所有人的朋友——除了她。

莉娜不仅憎恨和嫉妒卡斯托斯的新女朋友，她也痛恨卡利加瑞家的所有人，还有塞提斯家的所有人，甚至连带着不认识的人她也恨上了。

“你觉得妈妈是不是在故意折磨我？”莉娜问妹妹。

“你要听实话吗？我觉得她根本就没想到你。”

好吧，这实话一点帮助都没有。

艾菲留意到莉娜那患病似的脸。“我的意思是，她知道你和卡斯托斯在去年夏天互相喜欢上了，她知道你们有通信，她也很可能猜到你们已经没再联系。你有没有和她讲过这些呢？”

“没有。”

“这就是了。”艾菲说道。

莉娜火冒三丈。她难道非得把所有的事情都告诉妈妈不成吗？

“他什么时候来？”莉娜问。

“七点半。”艾菲无限同情地说。她替莉娜感到难过。

连妹妹都同情自己，莉娜就觉得更难过了。她看了看手表，还有五十分钟。她得回房间洗澡梳妆打扮，她要容光焕发地下楼来。

或许她也可以躺到床上一直睡到天亮，很可能都没人会留意到她不在。

晚上看到妈妈站在门口，卡门忍不住难过起来。她活像凌晨之后的灰姑娘。魔法消失了。三个星期以前，克里斯蒂娜穿着魔法牛仔裤站在同样的地方。那个晚上，她高大挺拔，散发着恋爱中的女人那种耀眼光芒。

今晚的她神采尽失，头发、鞋子和表情无一不落寞，整个身体似乎要瘫倒在地。

“嗨，妈妈。”卡门从厨房里走出来，克里丝塔跟在她身后。她指了指克里丝塔。睡过一觉后，克里丝塔的眼线糊成一团，更显怪异。“这是克里丝塔，其实她是，呃，是爸爸的继女。”卡门尽量轻描淡写。

克里斯蒂娜抬起头来，眨了眨眼睛。几个星期以前，她快乐得不会被任何事惊动。可现在的她一点都不快乐。克里斯蒂娜点了点头。“你好，克里丝塔。”她把满脸的疑惑抛向卡门。

“克里丝塔，呃，离开家出来玩一段时间，我们希望她能在这里住几天。”她可怜巴巴地望着妈妈，似乎在说她知道这很唐突，但我们可否晚点时候再来讨论。卡门指着那张乱糟糟的，让原本就狭小的客厅变了个样儿的沙发床。“她能睡沙发床的，可以吗？”

“呃，我看应该没问题，”克里斯蒂娜虽然一头雾水，但她并没有因此戴上有色眼镜，“如果她妈妈没意见的话。”

“谢谢，”克里丝塔低声道，“非常感谢您，呃……夫人？”她的声音渐弱。她绝望地望向卡门，想寻求她的帮助。

“叫我洛威尔夫人就好了。”洛威尔夫人答道。

克里丝塔终于感觉到尴尬了，因为自己妈妈也是洛威尔夫人。克里丝塔的整个上半身，从肩膀到头皮，一下子全变成粉红色。“对不起。”

当晚的晚餐是卡门有记忆以来最不自在的晚餐之一。克里丝塔想礼貌地制造一些轻松的话题，可无论谈什么，最后总会扯到爸爸。克里斯蒂娜虽然很有风度，但从她的表情来看，她只想上床睡觉。

“你和我们一起出去吃冰淇淋吗？”洗碗的时候卡门问妈妈，“我们准备去吃哈根达斯。”

克里斯蒂娜长叹一声。“你们两个去吧。我太累了。”她一脸的歉意，卡门看了更觉内疚。几天以来，克里斯蒂娜除了上班之外一步也没离开过家。但她并不生卡门的气，她只是难过而已。她已经屈服于命运了，似乎认定自己这辈子都得不到快乐。

为什么你让我毁掉这一切呢？卡门很想问妈妈。对于她亲手种下的恶果，卡门曾执拗地希望几个小时以后，它便会奇迹般地消失。卡门希望被她伤害的人会像那些卡通人物一样，即使被平底锅砸扁脑袋也能迅速复原。可事实是，伤痛一直继续着，远比她的愤怒来得持久。

克里丝塔在行李包里摸索着什么。她走到门边时，卡门发现她穿着一双蓝色的塑料凉拖——和卡门衣柜里的那双几乎一模一样。克里丝塔热切地望着卡门。她的耳垂从一头乱发中露了出来。卡门觉得自己真是个丧门星。

你为什么想跟我一样呢？她真想这样问克里丝塔。

卡门总想得到关注和重视。但她并不想被如此重视。

莉娜现在干净了。她还洗了头发，闻着还行。

卡斯托斯进门时，她努力不让自己的脑袋耷拉下来。

卡斯托斯跟爸爸打招呼时，她恍恍惚惚地望着他，仿佛在梦中一般。她望着卡斯托斯亲吻妈妈两边的脸颊，看着他拥抱艾菲。她望着卡斯托斯和自己握手——他并没有拥抱她。握手的时候，她觉得自己的手温有零下好几百摄氏度。

她望着卡斯托斯和爸爸妈妈说希腊话，也许他还讲了个笑话，因为爸爸妈妈都大笑起来，喜形于色，好像他是超级英雄和喜剧演员的完美化身。

莉娜真希望自己也能说希腊语。突然之间，她觉得自己简直就像一只不会游泳的海豚。

他们坐在客厅里。爸爸给卡斯托斯倒酒。卡斯托斯事实上是个成熟男人，他英俊潇洒，风度翩翩，这是任何一位家长都梦寐以求的孩子。

爸爸给莉娜倒了苹果汁。相比之下，她觉得自己活像一个骨瘦如柴的五年级学生，连青春期都没到。她配不上卡斯托斯，所以分手是件好事，省却了自卑的痛苦。可事实上，她并没有逃离痛苦，不是吗？

莉娜搜肠刮肚地想找出自己的优点。她想记起卡斯托斯曾喜欢她的理由，可她一条都想不出来。也许她应该直接上楼。

晚餐时，莉娜坐在卡斯托斯旁边。

他讲了卡利加瑞爷爷的一件趣事。爷爷总喜欢穿白色的皮鞋，有一天，奶奶要他穿新买的海鳗皮鞋。“我的白鞋忠厚诚实！”卡斯托斯故作怒吼状，语气像极了爷爷，“你想把我变成花花公子吗？”莉娜的爸爸开怀大笑，但同时卡斯托斯也勾起了他的思乡之情，莉娜有点以为他的眼泪会夺眶而出。

眼前的卡斯托斯仍然和她记忆中一样。为什么她就是不相信他呢？为什么她对自己的记忆一点信心都没有呢？为什么她总是这么没有耐性？

莉娜正在吃羊排时，感觉到一只鞋碰到自己的光脚丫。她差点被食物噎到。一阵麻酥从腿部一直冲出她的头顶。刹那间，她全身都处于警觉状态，所有的神经末梢纠结在一起，千丝万缕，乱成一团。

他是故意的吗？莉娜心狂跳。他是不是想跟她暗示什么？这是他的讯号吗？

她不敢转头看他，甚至无法把嘴里的食物咀嚼完。卡斯托斯知道她很绝望吗？他这样做是想给她一点点小小的希望吗？

是你和他分手的。卡门、艾菲和布布的声音交织在一起，再次回荡在她耳边。

可我依然爱他啊！

好了。

终于说出来了，她终于承认了这一事实。她终于做出了选择，她选择了 B。莉娜又开始咀嚼食物。她确实爱他，一直未变，可他已不再爱她。现实就是这样残酷而冰冷。她本可以逃到阿拉斯加去，逃避承认这一切，可现在她已经向自己承认了，再无回旋余地。这太可怕了，不过诚实的感觉不错。

莉娜脚底的神经向卡斯托斯延伸过去。即使是最轻微的碰触，对她来说都意味深远。那种感觉又来了，一阵温柔的轻擦。莉娜向下看去。

那不是卡斯托斯的脚，而是艾菲的。

18

人生有两大悲剧，

一种是没有得到你想要的，另一种是得到了。

——乔治·萧伯纳

莉娜辗转反侧，折腾了好几小时才睡着。可睡着后，她又被怪梦惊醒。

这梦像老旧的科普幻灯片一样，斑斑驳驳、朦朦胧胧。她可以听到胶片在放映机和散热风扇之间“呼呼”的转动声。影片中，两个被异常放大的细胞正在穿过一幅人体草图。一个来自大脑，另一个则来自心脏。它们在锁骨附近相遇。两个细胞不断地碰撞，它们撞啊撞，直到把隔膜撞破——它们融为一体。

梦里，莉娜举手向布里格斯先生提问，他是她的九年级生物老师。她问道：“这不可能发生，不是吗？”

然后她就醒了。

醒来后她去了洗手间，因为她内急。她开始厌烦自己，讨厌自己的懦弱，既不敢说出自己的心里话，也不敢听从自己的内心行事，甚至连想要的东西都不敢想。她很累，是的，但她就是睡不着。

莉娜在窗台上坐了很久，看着夜空中的圆月。布丽吉特、卡门、蒂比、卡斯托斯和爷爷。所有她爱的人，无论近在咫尺或远在天涯，此时此刻，他们都沐浴在同一片月光下。

不，今晚她不打算睡觉了。她套上魔法牛仔裤，在睡衣外面披上一件牛仔夹克。在自己能深思熟虑之前，下了楼并走出了大门，小心翼翼地把门关上。

这里离塞提斯家不到两公里，莉娜不顾一切地朝塞提斯家走去。她已经做好了最坏的打算，所以，结局还能坏到哪里去呢？

不过，这是她亏欠自己的，她需要知道结局有没有可能会变得不一样。

莉娜是塞提斯家的常客，所以知道客房的位置。不过，当她鬼鬼祟祟地走到房子的侧边，却突然害怕起来，怕塞提斯家安装了防盗警铃，万一触发了可不是好玩的。刹那间，她脑海里浮现出警笛长鸣、恶犬狂吠的画面，穿着睡衣的她被铐上手铐，卡斯托斯看着她被警察拖走。也许她还没做好最坏的打算。

幸运的是，客房就在一楼，莉娜对于爬墙这种事不太擅长，抛石子她也永远投不中目标。

屋子里黑漆漆的。这也很正常，现在都差不多凌晨三点了。莉娜穿过房屋侧面的灌木丛。干这种事真是太傻了。她轻轻地敲了一下窗，然后又敲了一下。万一她把塞提斯家的所有人都吵醒了，那该怎么办？她该怎么解释呢？到那时，这一带所有的希腊人都会指指点点说她是花痴。

她感觉卡斯托斯动了一下，再定睛一看，他已经走到了窗边。这一刻，莉娜的心就像一把失控的AK-47突击步枪，在她的胸腔里疯狂转动，对着射程内的一切目标扫射。卡斯托斯看到了她，他打开了窗。

看见穿着睡裙和牛仔外套的莉娜在凌晨三点敲他的窗，卡斯托斯就算觉得可怕，也没有显露出来。不过，可以看出他还是有点惊讶的。

“你可以出来吗？”自卡斯托斯到华盛顿以来，这是莉娜第一次开口跟他说话。她能好好地传达出一句话，颇为自己感到自豪。

卡斯托斯点了点头。“请稍等，我马上就出来。”他说。

莉娜走出灌木丛，她的睡裙在这过程中被扯破了。

卡斯托斯向她走来，月光下，他身上的白T恤蒙上了一层蓝光。他在短裤外面套了一条牛仔裤。“跟我来。”他说。

莉娜跟着他走到后院，他们在一个被挺拔高大的老树遮掩的角落停下。卡斯托斯席地而坐，莉娜也跟着坐下。莉娜走了一路，穿着牛仔外套太热了。她脱下外套，先双膝着地，然后便一屁股落在沾满露水的草地上盘腿而坐。

夏日的天空似乎有着某种魔力，莉娜看了一眼天空，便不再害怕，她的顾虑消失了。

卡斯托斯谨慎地凝视着莉娜，在等她说话。莉娜大半夜地跑到这里把他拖下床，她肯定有话要说。

“我只是想和你谈谈。”莉娜开口了，她的声音只比说悄悄话大一点。

“好的。”他说。

莉娜花了一会儿时间才把接下来这三个字说出口。“我想你。”她望着卡斯托斯的眼睛说道。莉娜只是想对他诚实。

卡斯托斯也直勾勾地看着她，目光分毫也没移开。

“我真希望我没有中断我们的通信，”她说，“我那样做是因为害怕自己总是想你，总是渴求你。我想你想得筋疲力尽，我只是想恢复以前只属于自己的生活。”

卡斯托斯点点头。“我可以理解。”他说。

“我知道你对我的感觉已不再，”莉娜鼓起勇气，“我知道你现在有女朋友了。”她从地上扯下一根草，用手指揉搓着，“我并不指望你回心转意。我只是想对你坦诚，因为我以前一点也不坦诚。”

“哦，莉娜。”卡斯托斯的表情扭曲。他瘫坐在草地上用手捂住脸。

莉娜看不到他的眼睛，只能看到他的手。于是她低头看着草地，也许卡斯托斯不想再理她了。

卡斯托斯终于放下双手。“你一点儿都不知道吗？”他说，声音就像呻吟一样。

莉娜顷刻间面红耳赤，喉间一阵酸楚。她曾期望卡斯托斯同情她，无论爱不爱她。但现在，她感觉自己的勇气正在渐渐消失。“我不知道。”她卑微地说道。莉娜低垂着头，她可以听到自己声音中的泪水。

卡斯托斯坐起身来转向她。现在他就近在咫尺。让她惊讶的是，卡斯托斯用双手握住了她的一只手，他似乎因她脸上的伤悲而痛苦。“莉娜，请不要难过。永远不要因为你以为我不爱你而难过。”他眼神坚定地望着她。

莉娜的泪水在眼眶里打转，她不知道它们将流向何方。

“我从来没有停止过爱你，”他说，“你难道不知道吗？”

“可你再没给我写信了，你还有了新的女朋友。”

卡斯托斯松开她的手。莉娜有些不舍。“我没有新女友！你在说什么呢？我只是在因你而感到痛苦时，和一个女孩约会过几次而已。”

“可你大老远从希腊来这里都不告诉我一声。”

他的脸上挂着一丝懊悔的笑容。“那你觉得，我为什么要来这里？”

莉娜不敢回答。她的泪越过眼帘，如溪水般顺着脸庞往下而流。“我不知道。”

卡斯托斯向她伸出手，把一根手指放在莉娜的手腕上。他的手指徐徐上升，直到碰到她的眼泪。“并不是因为我想从事广告业。”他说。

一方面莉娜的大脑疯狂转动起来，另一方面它又异常地专注和冷静。她努力挤出的笑容随时有崩塌的危险。“不是因为史密森学会吗？”

卡斯托斯大笑起来。莉娜希望他能再次触碰自己，任何地方都可以，她的头发、耳朵，甚至脚趾甲。

“当然也不是因为那个。”他说。

“那你怎么什么都不说？”她问道。

“我能说什么呢？”

“说你很开心能见到我，或者你也可以告诉我你仍然在乎我。”她建议道。

他又懊悔地笑了起来。“莉娜，我知道你是怎样的人。”

莉娜真希望她也了解自己。“我是怎样的人？”

“我一靠近你就会逃开。如果我保持不动，你反倒可能会慢慢靠近我。”

她是那样的人吗？

“而且，莉娜？”

“嗯？”

“我看到你真的很开心，而且我仍然在乎你。”他说。

他是说笑的，不过莉娜仍默默记在心里。“而我失去了一切希望。”她说。

卡斯托斯抓起她的双手按在自己的胸口上。“绝不要失去希望。”他说。

莉娜直起身来慢慢地靠近卡斯托斯，她的唇找到他的唇，她温柔地亲吻他。卡斯托斯轻轻地呻吟了一声，搂住莉娜，深深吻下去。卡斯托斯向后倒在草地上，让莉娜顺势压在他身上。

莉娜痴痴地笑，然后他们又吻起来。他们在草地上翻滚，亲吻，没完没了地亲吻，直到一个骑自行车的男孩把报纸扔到走道上，他们才吓得分开来。

太阳从地平线上缓缓升起，照亮了天空，卡斯托斯拉着莉娜从草地上站起来。“我送你回家。”他说。

他光着脚，T 恤上沾满了碎草，一边的头发高高竖起。莉娜可以想象自己的样子，肯定也是狼狈不堪。一路上她差不多一直在傻笑。卡斯托斯牵着她的手。

快到家时，卡斯托斯停下来又和她深情拥吻。然后，他松开了她。可莉娜舍不得走。

“美丽的莉娜，”他爱抚着她的锁骨说道，“我明天会来看你。”

“我爱你。”莉娜鼓起勇气告诉他。

“我爱你，”卡斯托斯说，“从未停止过。”

他轻轻地把莉娜往门口推。

但莉娜不想走，她不想去任何没有卡斯托斯的地方。转身离开对她来说太难了。

她回头看了卡斯托斯最后一眼。

“我永远都不会停止爱你。”卡斯托斯向她许诺道。

布丽吉特后退几步，满足地欣赏着阁楼。她涂了两层奶油色的油漆。天花板涂的是哑光白漆，镶边涂的是半哑光漆，宽木地板上涂的是极为漂亮的绿漆，这种绿让她想起了去年夏天艳阳高照下的加州湾。

为了给格里塔一个惊喜，布丽吉特还把原本放在储藏室里的一张漂亮的白色铁床架给搭了起来。她找了一张还算匹配的床垫，还把古董书桌打磨了一下，然后给它涂上跟镶边一样的奶油色油漆。她在沃尔玛买了一套白色的纯棉勾花寝具，虽然便宜，但质量还不赖。此外，她还买了样式简单的白色蕾丝窗帘。

最后重磅登场是一大把紫色的绣球花，它们是布丽吉特趁格里塔外出的时候在后院里摘的。她找了一只硕大的玻璃壶来充当花瓶，然后把它放在书桌上，下面还垫了一块蓝色的布。

除了留在角落里的一只纸箱外，一切都完美至极。

她风风火火地冲下楼。“格里塔！嗨！”

格里塔正在用吸尘器打扫。她用脚关掉电源。“怎么了，亲爱的？”

“准备好了吗？”布丽吉特毫不掩饰她的兴奋。

“准备好什么？”格里塔说，扮起腼腆来。

“想看看你的阁楼吗？”

“已经完成了？”格里塔问道，语气仿佛在说“看看，她是世界上最能干的女孩吧”。

“我跟在你后面。”布丽吉特命令道。

外婆慢吞吞地上楼。布丽吉特发现外婆皮肤下面的肌肉组织就像松软干酪一样，小腿上的青筋也清晰可见。

“塔——塔！”布丽吉特得意地叫道，她侧身越过格里塔，用夸张的手势打开了楼顶的门。

外婆倒抽了一口气。她仿佛置身电影中一般，用手掩住张大的嘴。格里塔在房间里看了很长时间，每一个细节都不放过。“噢，亲爱的。”她感叹道。当她转过身来时，布丽吉特看到她的眼中有泪。“简直太美了。”

布丽吉特从来没像现在这么自豪过。“看起来还不错吧？”

“你把这里打扮得像一个家。”

布丽吉特点了点头。虽然她没有那样想过，不过这里的确像一个家。

格里塔露出了慈祥的笑容。“我没想到你这么会做家务，真是太意外了。”

“我也没想到！”布丽吉特答道，她的眉毛都要扬到脑门子上去了，“你真应该去我家看看我的房间。”说完她便闭嘴了。她并不是有意要提及与家有关的任何事。

外婆一笑置之。“亲爱的，你工作很卖力，也很用心。我真的很感谢你。”

布丽吉特谦虚地踱着步子。“这不算什么。”

“而且我心里已经有了房客的人选。”

布丽吉特的脸垮了下来，她并没有试图掩饰。她真没想到马上就有人要搬进来，然后她就得走人了。格里塔不再需要她了吗？难道没有其他的活儿给她做了吗？一切就这样结束了？

“是吗？”她忍住泪水问道。

“是的。就是你。”

“我？”

外婆大笑起来。“当然，肯定比皇家大街的破旅店好吧？”

“是啊。”布丽吉特说，情绪一下子高昂起来。

“就这样说定了。去拿你的行李吧。”

第二天早上，卡门走进厨房时，眼前出现了一幕诡异的画面。她妈妈和她爸爸的继女分别坐在小圆桌的两端，友好地一起吃着荷包蛋。

“早上好。”卡门迷迷糊糊地说。她原本还有点希望整个克里丝塔事件都只是一场梦。

“要吃荷包蛋吗？”克里斯蒂娜问道。

卡门摇头。“我讨厌荷包蛋。”

正在嚼荷包蛋的克里丝塔一下子就停止了咀嚼。她的脸上充满了渴望，似乎在暗暗希望自己也讨厌荷包蛋。

卡门忙补充道：“我不讨厌它们，真的。我其实很喜欢的，这是健脑食品嘛。我只是现在没心情吃。”做人家的榜样真不容易，难免会有压力，尤其是这一大早的。

“你今天要去莫根家照顾孩子吗？”克里斯蒂娜问她。

卡门拿出甜麦圈和碗。“不，莫根一家昨天下午去雷霍博斯了。星期二以前，我都不用上班。”

妈妈恍惚地点点头。克里斯蒂娜似乎连自己的问题都没有听到，更别说是卡门的回答了。

克里斯蒂娜起身倒咖啡，卡门这才注意到妈妈穿的裙子。这是一条灰白相间的百褶裙，这条裙子的历史要追溯到卡门上托儿所之前了。衣服就像球员一样，有分首选和替补，不过这条裙子只配坐冷板凳，而且期限是一万年。

“你要穿这条裙子去上班吗？”卡门问道，完全忘记了要隐藏她的诧异。她们有多久没洗过衣服了？

妈妈最近的心灵很脆弱，所以当她一言不发地走进自己房间，卡门一点也不奇怪。

几分钟后，低头吃麦片的卡门抬起头来，发现克里丝塔正一动不动地盯着吃了一半的荷包蛋，而克里斯蒂娜则换上了昨天穿过的裤子。

真是可悲又可怖啊！卡门讨厌自己，也讨厌她们居然把自己的话当回事。

“嘿，我有一个提议，”卡门对妈妈和克里丝塔大声说道，“从现在开始，我说的任何话你们都不要听。”

莉娜躺在床上一直到第二天中午，房间里只有她和她那颗狂跳不止的心。她在回味发生过的点点滴滴。她一向是个比较内敛的人。不过，她也想找人分享她的快乐，所以当电话铃响起时，她很高兴，而且还是布布打来的。

“你猜怎么着？”莉娜迫不及待地脱口而出。

“怎么了？”

“我确实知道。”

“知道什么？”

“我知道我需要做什么？”

“和卡斯托斯有关吗？”

“是的。而且你知道还有什么吗？”

“什么？”

“我做了我需要做的事。”

布丽吉特尖叫起来。“真的？”

“真的。”

“快告诉我。”

莉娜把一切都告诉了布布。将私下的经历和内心的感受付诸语言是不容易的事情，但她能做到这点，很为自己感到欣慰。

莉娜说完后，布布又尖叫起来。

“莉娜，我真为你感到骄傲！”

莉娜笑了。“我也为自己感到骄傲。”

Tibberon：卡门，你最近和莉娜聊过天吗？她居然会痴痴地笑，我还以为自己在跟艾菲说话呢。我真替她感到高兴，虽然这着实有点诡异。我希望她仍然还是那个莉娜。艾菲有一个就够了。

Carmabelle：我和她聊过，真是太神奇了。爱之魔法牛仔裤又开始运作了。除了对我。我是不是哪里有毛病，蒂比？我的意思是，平常那些毛病先除外，我有没有什么其他不对劲的地方？

19

你眼睛里表达的是什么呢？

似乎比我平生所读的书还要丰富。

——沃尔特·惠特曼

有时你必须得面对它，昂首走进丑恶的现实，蒂比暗暗告诉自己。否则你终将无路可走，只能惊恐万状地挣扎在生活的边缘。

那是她告诉自己的话，她要坚守它。于是她把光盘塞进电脑。

她仔细地研究那些文件，已经记不清每个文件里的内容了。归档这事蒂比很在行，可贝莉并不擅长。贝莉是她的私人助理，本应是个组织管理能手。可贝莉毕竟只有十二岁。蒂比选了一个文件双击，总得找个地方开始着手吧。

屏幕上出现了一个画面，是她在 7-11 便利店准备拍摄时的录像。那是她们去年夏天第一次拍摄的场景——蒂比记得很清楚。就是在那一天，她认识了布莱恩。

镜头从柜台上展示的肉干移到在收银台工作的男人身上。就如她记忆中那样，那个男人立刻用手遮住脸大叫——“不许拍摄！不许拍摄！”蒂比的脸上浮现出一丝笑容。

然后镜头转换了，蒂比发出了一声喘息。这一刻终于到了，蒂比觉得全身的血液都停止了流动。这是贝莉的脸，一个大特写。

她感觉到涌动的情绪像沙袋一样向她的脑袋狠狠砸来，大滴大滴的泪水顿时从她眼眶中奔涌而出。蒂比想都没想，就直接按下了暂停键。她的决心动摇了，但屏幕上的画面比预想中更具冲击性。蒂比凑上前去，鼻尖都碰到屏幕了。她马上往后缩，几乎害怕这张脸会消失，但它没有。

贝莉回头看向蒂比。她在笑。她就在那里，仿佛伸手可及。

自贝莉生命终结的那一夜，蒂比便再也没见过她的面容。

贝莉离开后，她无数次地想象过贝莉的脸，可真正的贝莉已日渐远离，她的脸也变得越来越模糊。再次见到贝莉活生生的面孔、充满神采的眼睛，蒂比感到由衷高兴。

贝多芬的音乐欢快地响起。贝莉正在笑。

蒂比尽情释放感情。她可以坐在这里肆无忌惮地哭泣，她可以在桌下爬行，她可以在停车场狂奔，她可以好好生活，她可以迎接生活中的挑战，她可以……

第一次，蒂比站在了现实的中心，她感到顿时豁然开朗。

妈妈在上班，克里丝塔在睡觉，莫根一家在海边度假，布丽吉特在亚拉巴马，莉娜在服装店，蒂比在弗吉尼亚。卡门正坐在衣橱里。

她的衣橱堆满了无用之物。虽说这是步入式衣橱，但早已经挤得走不进去了。卡门喜欢购物，但讨厌扔掉任何东西。她喜欢开始，但讨厌结束；她喜欢有条理，但讨厌清理。

不过她最爱的还是洋娃娃。内疚的父母对独生女儿有求必应，所以她有一大堆的洋娃娃。

她爱洋娃娃，但当她从悬挂的衣服下面拖出三箱洋娃娃时，不得不承认，她实在不会照顾这些娃娃。回想她的童年，这些娃娃可是她的心肝宝贝。大多女孩子对洋娃娃失去兴趣很久之后，她都还在玩。她不辞劳苦地给它们洗澡梳妆打扮，让它们更漂亮；她乐此不疲地给它们装扮，导致最后这些娃娃被折磨得不像样，就如同经历过一场漫长而激烈战斗的老兵一般。

安吉莉卡，那个棕色头发、脸上有痣的娃娃自从卡门用卷发棒卷她的塑料头发后，就变成了小平头。罗斯玛丽，那个红头发的娃娃，在卡门用记号笔给她画眼线之后，眼睛就变成了两个黑墨团。罗格塔的发色是她最喜欢的，不过在卡门跟罗莎阿姨学了缝纫后，罗格塔的漂亮衣服就变成了丑得令人发指的烂布头。是的，卡门爱它们，可即使她一开始就把这些娃娃弄坏，它们的下场也不会比现在更惨。

“卡门？”

卡门吓得跳了起来，手中的罗格塔掉在地上。她在黑漆漆的房间里眯起了眼睛。

“对不起，吓到你了。”

她捡起罗格塔站起身来。“哦，我的天。保罗，嗨。”

“嗨。”保罗的肩上背着硕大的户外包。

“你怎么进来的？”她问。

“克里丝塔给我开的门。”

卡门的脸抽动了一下。她咬着拇指。“她醒了？她还好吗？她有没有生我的气？”

“她正在吃糖霜麦片。”

这似乎同时回答了她的三个问题。卡门仍然拿着罗格塔，她把娃娃举起来。“这是罗格塔。”她说。

“嗯。”

“我在清理衣柜。”

他点了点头。

“我可是社交忙人，你知道的，有很多事要做，很多人要见。”

他过了很长时间才意识到卡门是在开玩笑。

“你告诉你妈妈了吗？”卡门问道。

“她知道了。”保罗说。

“一切都还好吗？克里丝塔不会有事吧？”

他点点头，似乎一点也不担心。

“那么……你在学校好吗？”她问道。

“很好。”

卡门以为保罗上了大学后会变得没那么拘谨，没那么彬彬有礼。不过从他站在卡门房门口的样子来看，大学并没有让他放松多少。卡门觉得保罗会是 DKE 兄弟会唯一清醒的预备会员。

“暑假在学校过得开心吗？踢足球了吗？好玩吗？”

他点点头。卡门不可能成为没嘴的葫芦，但保罗也不可能成为话痨。接下来便是沉默。

“你呢？”他问道。

卡门长叹一声，然后深吸一口大气才开口回答。“噢，还蛮糟糕的。”她胡乱地挥了挥手，“我毁了我妈妈的生活。”

保罗看着卡门，他总是用这种眼神望着卡门，好像她是《探索》频道特别节目中的珍稀动物。

克里丝塔出现在保罗背后的门旁边，手里拿着卡门的《大都会女孩！》，翻了好几页，保罗的到来似乎一点也没影响到她。“我准备出去给大家买奶昔。”

“好的，”卡门挥手叫她过来，“你需要钱吗？”

“不了，我有。”

保罗似乎被逗乐了。克里丝塔说话的口气像极了卡门，她真是无师自通。

卡门指着床，说：“坐吧。”说完她便跳到书桌上坐下，两只脚悬在空中晃荡着。

保罗乖乖坐到床上，尴尬地把一堆衣服拨到一边。保罗不像某些男孩子，他不太习惯坐在女孩子的床上。他坐在那里，双脚踩地，背挺得直直的。保罗高大强壮，深色的睫毛长长的，如扇子一般，下面掩映着一双湛蓝色的眼睛，他已经是个不折不扣的帅哥了。卡门为此感到自豪。但保罗从来没有把自己当作帅哥。

卡门并不打算等保罗重启谈话，等他的话，恐怕要等到下个星期。“保罗，记得我在给你的电子邮件里提到的那个叫大卫的男人吗？就是那个喜欢我妈妈的男人。”

他点头。

“嗯，他真的很喜欢我妈妈。他不单是喜欢她，他爱她。我妈妈也爱大卫。”她抬头看保罗，“很不可思议，不是吗？”

保罗耸耸肩。

“好吧，那么……”卡门把脚后跟挪到桌上，双手抱膝，“我接下来要讲的是关于邪恶卡门的故事。”

保罗一副有耐心的样子。这样的故事他已经知道了几个。

“我就是生气发疯了。我也说不清是为什么。妈妈老出去约会，穿得像个十四岁的女孩。她甚至还借了我的……算了，总之，我觉得她拥有所有的快乐，而我却一无所有。”

保罗又点点头。

“然后我……我对她大吼大叫，说我讨厌她。世上所有难听的话我都说了。我毁了她的爱情，她和大卫分手了。”

保罗专注地听着。他眯着眼，全神贯注，好像他在竭尽全力解开卡门这个令人费解的难题似的。

有一个像保罗这样的朋友真好。去年夏天他见证了卡门的疯狂行为，却仍然没有嫌弃她。虽然他话不多，但在过去的这一年里，他已成为卡门真正的知己。给他写电子邮件他从来不会不回复，他也从来没有忘记过给她回电话。其实保罗的生活也有很多烦恼。他爸爸是个酒鬼，从保罗八岁起他爸爸就频繁进出戒瘾治疗中心。去年卡门的爸爸和保罗的妈妈结婚以前，保罗得照顾妈妈和妹妹，他就像家里的顶梁柱。然而，不管卡门喋喋不休说些什么废话，保罗总是认真地聆听。他从来都不会抱怨或被她吓着，更不会叫她闭嘴。

“你这是嫉妒。”他最后说道。

“是的，我是嫉妒。我就是个自私小人。”

突然大滴大滴的眼泪在卡门的眼中颤抖，泪眼之下，躺在地上的可怜娃娃罗格塔显得面容格外扭曲。卡门不懂得爱，她的爱用力过猛。

“我不要她没有我也能快乐。”卡门的声音颤抖起来。

保罗悄无声息地走到桌旁，坐在她身边。“没有你，她永远都不会快乐。”

卡门本想说如果自己不快乐，她不希望妈妈快乐。但保罗的话让她为之一震，也许保罗明白一些她一直没搞明白的事情。

她真的是在嫉妒妈妈吗？还是她只是嫉妒大卫？

保罗用手臂勾住她的手臂。卡门泪流满面。虽然这只是一个小小的动作，但它却意义非凡。

卡斯托斯真的来看她了，但来的时间却是她没料到的。从早到晚，无论是吃早餐、午餐还是晚餐，莉娜都在想他，眼巴巴地等他出现，可他一直到她上床睡觉了才出现。莉娜听到橡子砸窗户的声音。

她的心几乎要从胸膛里跳出来，她走到窗前看见了站在那里的卡斯托斯。莉娜向他挥了挥手，然后以百米冲刺的速度跑下楼，冲出后门。她几乎是扑倒在他的怀里。卡斯托斯假装向后倒。他故意跄踉地退了几大步，顺势把莉娜拉倒在地。

“嘘！”莉娜笑起来的时候卡斯托斯让她小点儿声。

他们在院子里找了一块最隐蔽的地方——房子侧边一棵枝繁叶茂的木兰树下。如果被爸爸妈妈发现的话，即使人见人爱的卡斯托斯也救不了她。

莉娜穿着睡袍。卡斯托斯则穿戴整齐。

“我一整天都在想你。”她说。

“我一整年都在想你。”他说。

他们开始了缠绵的吻。那正是他们长久以来所需要的，但仅到莉娜把手伸进卡斯托斯的衬衣为止。卡斯托斯任由莉娜抚摸他的胸膛、手臂还有后背，但最后他喊停了这些撩人的举动。“我得走了。”他一脸痛苦地说。

“为什么？”

他亲吻莉娜。“因为我是个绅士。如果和你这样亲热下去，我不敢保证我还能做个绅士。”

“也许我根本就不要你保证。”她大胆地说道，就让荷尔蒙来决定这一切吧。

“哦，莉娜。”卡斯托斯的话仿佛是在水中说出来的，朦朦胧胧。他看莉娜的样子并不像他要去哪里。

卡斯托斯又吻上了她的唇，然后再次分开。“有几样事情我非常想跟你一起做。”

莉娜点了点头。

“你以前……都没做过，对吗？”他问道。

莉娜摇头。突然，她很担心卡斯托斯会觉得她缺乏经验。

“更重要的是，”他说，“我们得放慢节奏，让每一步都是值得和难忘的。”

莉娜被他的君子风度所打动。她知道他是对的。“我也想做那些事。在某个合适的时候。”

卡斯托斯搂着莉娜，搂得紧紧的，莉娜几乎叫出了声。“来日方长，我们以后会尽情地做所有那些事情。然后我会成为这世界上最幸福的人。”

他们疯狂地吻着，直到莉娜不得不放他离开。她真想在这一夜把她的未来都燃烧殆尽。

“我明早得离开了。”卡斯托斯说。

莉娜的眼泪一下子便涌了上来。

“我还会回来的。别担心，我怎么能离开你呢？下个周末我就回来。好吗？”

“我不知道我能不能等到那个时候。”莉娜哽咽道。

卡斯托斯微笑着最后一次把她拥入怀中。“无论何时何地，只要你想我了，你就知道我也在想你。”

布丽吉特准备去五金店买零件修格里塔家的冰箱门时，在路上被比利拦下。她现在正在给格里塔履行她一星期七十五美元的价值。她忙于维护家里一切不顺心的事物，例如草坪上的杂草，摇摇晃晃的咖啡桌，油漆脱落的屋子后墙。布丽吉特穿着跑步衣，头发随意地塞进头巾里。她现在很兴奋，因为她一直在想莉娜的事。

“星期四的练习，你没来。”他说。

布丽吉特只是看着他。“所以呢？”

“你一般都来的。”

“我也有那么一两件事要忙的。”她说。

比利的表情很受伤。“比如什么？”

她正准备摆出受伤的表情予以还击，可比利却突然笑了。他那仿佛喘不过气般的饱满笑声和他七岁时一模一样。布丽吉特爱死了这种笑声。她也忍不住笑了。

“嘿，我可以给你买杯奶昔什么的吗？”他问她。

他不是在调情，此举不过是出于纯粹的友好而已。“好。”

他们穿过马路，坐在遮阳伞下的一张露天餐桌旁。他点了一杯薄荷片奶昔，布丽吉特点了一杯柠檬汽水。

“你知道吗？”

“什么？”她问。

“我觉得你很眼熟。”

“噢，真的吗？”

“是的，你从哪里来的？”

“华盛顿。”她答道。

“为什么你会大老远地跑到这里来呢？”

“我小时候常来这里。”她解释道，并希望比利继续问下去。

可他没再追问。他甚至连布丽吉特说的后半截话都没听见，因为这时候刚好有两个女孩在人行道上经过并停了下来。其中一个是胸部丰满的深色头发女孩，另外一个则是娇小的金发女孩，身上穿着窄窄的低腰裤。布丽吉特记得她在足球场见过这两个女孩。她们笑着与比利打情骂俏，而布丽吉特则低头系鞋带。

“对不起，”她们走后比利说，“我以前暗恋过那个女孩一年。”

布丽吉特一阵心酸。想当年，她也是男孩子们暗恋的对象，而不是男孩子们讲述暗恋对象的女孩。“哪一个？”她问道。

“丽莎，那个金发的，”他说，“我对金发女孩情有独钟。”他又加了一句。

布丽吉特本能地摸了摸自己那塞在头巾里的臭鼬色头发。这时候饮料来了。

“你怎么会那么了解足球？”比利问她。

“我以前经常踢。”她一边说，一边轻咬吸管。

“你踢得好吗？”他问。

“还行。”她含着吸管说。

比利点点头。“你会来星期六的比赛，对吗？”

布丽吉特耸耸肩，她存心要急死他。

“你一定要来！”他看上去很担忧，“如果你不在，全队的人都会慌乱不堪。”

布丽吉特展颜一笑，她还蛮享受这对话的。虽然比利没有喜欢她，不过被需要的感觉也不差。“好吧，那我去吧。”

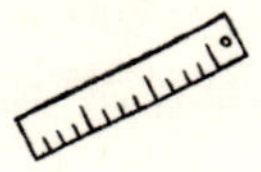

“克里丝塔带她妈妈去罗西餐厅吃饭了。”卡门隔着烤华夫饼机对妈妈说道。昨晚阿尔伯特和莉迪娅一起来到华盛顿，他们想和克里丝塔握手言和并带她回家。

克里斯蒂娜微微一笑。那笑容如同鬼魅，真的，不过和她前几周的笑容相比，倒显得开朗了许多。罗西餐厅位于亚当斯·摩根街区边上，那里最著名的特色就是经常有变装皇后光顾。克里丝塔上次听蒂比讲这家餐厅，眼睛瞪得大大的，似乎颇为向往。其实卡门挺满意她这位女徒弟的。克里丝塔是屈服了，但那并不意味着她会乖乖就范。

“阿尔伯特也去了吗？”

“不，这顿饭只属于妈妈和女儿。克里丝塔明天和他们回家。”

妈妈若有所思地点了点头。“我喜欢克里丝塔。”

“她很可爱，是个还不错的姑娘。”卡门撕下半块华夫饼塞进嘴里，“你今晚来吗？”她嚼了一块吞下去之后问妈妈。

妈妈的脸又恢复到冷冰冰的隐忍表情。“大概会吧。”

正如每对夫妻的婚姻都有他们自己的特色，他们离婚后也会有自己的一套相处之道。卡门的父母实行的是“友好式离婚”，这意味着阿尔伯特和莉迪娅请卡门去餐厅吃饭时，也一定会请克里斯蒂娜一起去，阿尔伯特还会给她介绍他的新模范妻子，而克里斯蒂娜也一定会接受邀请。

“你和莉迪娅见面没问题吗？”

克里斯蒂娜考虑了一下这个问题，吮吸着她那空荡荡的叉子。“没问题。”

“没问题？”妈妈坚韧勇敢，也许卡门是她收养的孩子。

克里斯蒂娜似乎还有话说，但她选择了三缄其口。“是的。”

这几个星期她们维持着表面的友好。卡门虽然很想和妈妈重归于好，但她什么也不敢说。她不配得到任何东西。

蒂比当然有吃饭有睡觉，尽管她不记得自己什么时候睡过觉，或者吃过什么东西。

她完全忘却了时间和空间，甚至忘记上厕所。有太多的录像要剪辑，她还给格拉芙曼夫人打电话，跟她借了一些他们家收藏的录像带，所以现在更是忙得不可开交。保存所有的母带时绝对不能有半点马虎，在剪辑的每一个步骤都必须专心致志。

工作过程中，蒂比很快发现她去年夏天拍摄的纪录片本身毫无价值。真正美丽的事物在灯火阑珊处。它们是那些被剪掉的和冗余的片段——贝莉设置镜头、分解镜头，贝莉小心翼翼地调整吊杆。

蒂比也很喜欢贝莉拍摄的一些镜头。贝莉具有超乎寻常的耐心，她并不像蒂比那样急于把一切内容都塞进故事框架里，也不会诱导受访者说出自己想听的话。

在蒂比有意拍摄的内容中，唯一还不错的就是她采访贝莉的那一段。贝莉坐在窗边的椅子上，如天使一般散发着柔和的光芒。魔法牛仔裤穿在她身上显得太大，都拖到脚上了。甚至还有一个镜头拍到了熟睡中胖嘟嘟的咪咪。无论看多少遍，蒂比都为贝莉那勇敢真诚的脸、那高贵张扬的灵魂而着迷。

今天她在为影片配乐。这很容易，真的，因为她只需要一路播放贝多芬的协奏曲就行了。可听着听着，蒂比发现这并不是她想要的效果。

她颓然地倒在椅子上。问题到底在哪里呢？她已经好多个小时没睡觉了。现在离夏末电影节只有不到四天。

她之所以喜欢这音乐是有布莱恩吹口哨的因素在内。不知为何，在蒂比严重缺乏睡眠，几近疯狂的脑袋里，她突然觉得那就是艺术。艺术不是卡夫卡，也不是发生在必胜客的爆炸，而是布莱恩那抑扬顿挫的口哨声。

20

神把这尘世变成一条青草大道，

铺在她流浪的脚下。

——W.B. 叶芝

这个夏天的饭局总是这么令人难堪，今天也不例外。卡门坐在莉迪娅和克里丝塔中间。克里斯蒂娜坐在阿尔伯特和保罗中间。

卡门很害怕大家都得忍受那长时间的、令人痛苦的沉默，所以她提前准备了几个话题以免冷场。

暑期大片

电影续集——到底是不是好主意？续集这个概念本身是不是就有问题？

爆米花——那堆像黄油般的东西到底是什么？（给克里斯蒂娜制造机会，让她谈谈她那令人惊叹的卡路里常识。）

防晒（让妈妈们有话题可谈）

SPF——它到底是什么意思？

你最可怕的晒伤经历（看似是让人竞逐的话题，不过阿尔伯特肯定能拿下，他有一个讲过很多次的，在巴哈马扬帆远航时发生的故事。）

臭氧（所有人都可以谈谈臭氧层的保护问题，没有人会喜欢臭氧层中间的破洞。）

坐飞机——空乘体验是不是变差了？（让大人们需要谈多久就谈多久。）

如果以上话题都无效，就谈巴以冲突。

可奇怪的是，话题列表一直待在卡门的口袋里。她静静地在一旁听着，因为话题已经破冰而出了：莉迪娅谈起了罗西餐厅，她不但不反感这里，而且还能打趣，卡门着实吃惊不已。莉迪娅的笑声令克里斯蒂娜也跟着笑了。这真是个奇迹，虽然不起眼，但至少让人看到了希望。

接着，克里丝塔谈起了她在华盛顿的地铁里迷路了三小时二十二分钟的经历。这马上激起了阿尔伯特的兴趣，他讲起了华盛顿公共交通系统的颜色标志、路线和枢纽站，讲得详尽而富教育意义，他甚至激动地拿出地图来配合讲解。

然后不知怎的，话题又引到了阿尔伯特和克里斯蒂娜带刚出生的卡门从医院回家时迷路的故事。卡门对这个故事再熟悉不过了，通常她很讨厌听到这些，因为其中的点睛之句总是“卡门哇哇大哭”，或者“卡门吐了”。不过今晚她却听得入迷了，爸爸妈妈你一言我一语地从不同视角讲这个故事，真的很有意思，很温馨。莉迪娅哈哈大笑，有时还会皱眉蹙额。阿尔伯特在桌上紧紧握住莉迪娅的手，好像是在对她说，别担心，我现在爱的人是你。

点酒水的时候，阿尔伯特故意模仿意大利口音。克里丝塔一边拨弄着项链上的珠子，一边和她妈妈亲热地耳语。莉迪娅坚持要克里斯蒂娜尝尝她的玉米龙虾沙拉，说那简直是人间美味。

卡门环视着这一张张快乐的脸，心头一热，暖融融的，也不由得快乐起来。虽然这有点怪异，但他们都是她的家人——他们从以前的支离破碎的三口之家变成了天马行空的六口之家。

保罗看了她一眼，他的眼神似乎在说，看，多好。

卡门报以微笑。重组家庭这件事上，她最大的收获便是保罗这个知心好友，保罗是她见过的最善良、最有耐心的人。

她又想起了去年夏天，想起了第一次遇见莉迪娅、克里丝塔和保罗的情形。那时她恨死了爸爸。她以为自己以后永远都不会再和他们有任何交集，可结果表明那是一切的开端。

卡门望着妈妈，她对此应对得落落大方。阿尔伯特和莉迪娅现在是一对儿了，而克里斯蒂娜还是孤单一人。克里斯蒂娜总是优雅地应对一切，无论是作为一个全职工作的单身母亲，还是作为一个心碎的成年人。

妈妈也值得拥有一个开端。

九点十五分，电话响了。莉娜一个箭步冲过去。电话既是她最大的敌人，也是她最好的朋友，不过在接起电话之前，一切都是未知。

“喂？”她接起电话，声音几乎掩饰不住她的渴望。

“嗨。”

好吧，电话是她最好的朋友。

“卡斯托斯。”她多么爱这个名字，很享受说出这名字的感觉，“你在哪里？”

“在地铁站。”

莉娜的胃开始剧烈地痉挛。莉娜强迫自己要冷静，不要紧张。“在……哪座……城市？”

“在你的城市。”

“不。”哦，求求老天，但愿这是真的。“真的吗？”她的声音尖了起来。

“真的，你可以出来接我吗？”

“可以，可以，我马上来。呃，不过我得先……找个理由糊弄我父母。”

他哈哈大笑。“我在威斯康星大道那边。”

“回头见。”

魔法牛仔裤仍在她这里真是太好了。莉娜穿上牛仔裤，匆匆忙忙地对妈妈撒了一个小谎，她佯称要和卡门一起出去吃冰淇淋。然后，她径直冲出大门，跳进车。莉娜由衷地感谢爸爸妈妈总是让她随时用车。

卡斯托斯玉树临风般地站在路边等她。这不是梦，也不是恶作剧。她摇下靠人行道这边的车窗，让卡斯托斯看见是她。他人还没完全坐进车里便急不可耐地给了莉娜一个深深的吻，用双手捧住莉娜的后脑勺。“我没法离开你太久，”他喘着粗气说，“我一下班就马上搭火车过来了。”

他贪婪地吻着她，吻了很久很久，直到最后莉娜突然想起他们还在车上，而且这是一条主干道。她晕晕乎乎地抬起头来，试图看清窗外流水一般的街灯。“我们去哪里啊？”

卡斯托斯神采飞扬的脸始终锁定着莉娜。他不在乎去哪里。

“你不觉得我们应该做点接吻以外的事吗？”她问道，“我的意思是，我们应该有点约会的样子吧？你饿不饿？或者我们去喝点什么？”事实上，她的身体最渴望的是和卡斯托斯亲热。

卡斯托斯笑了。“我快饿晕了。我也确实想带你出去吃饭。可是不行，我没法去不能和你亲密接触的任何地方。”

爱让莉娜灵光一闪。“我有一个好主意。”

她开车去了 A&P 超市。莉娜领着他在冷冻区买了曲奇生面团、一桶冰冷的半脱脂奶，又在麦片区买了一盒抹了粉色糖霜的草莓果酱饼干。这期间他们找到各式各样的方法来碰触彼此——他的手搂着她的腰，他们的髋部相互碰触，他的唇轻扫她的脖子——即使超市的灯光亮得刺眼，他们照样大秀恩爱。

一路上，卡斯托斯一会儿亲吻她的手肘，一会儿又爱抚她的秀发，她只能尽量小心地驱车沿着岩石溪公园大道的树林飞速驶去。车开过波托马克河边，四周一座座大理石纪念碑拔地而起，宛若置身于一座古城。这条路几乎空无一人，只有莉娜和卡斯托斯。波光粼粼的湖面、汉白玉色的拱桥美轮美奂，他们被震住了，一下子便安静了下来。

对莉娜来说，泊车第一次变得这么简单轻松。他们把装满了食物的棕色纸袋放到宽阔的白石台阶上，一脸虔诚地凝视着大理石纪念堂中间的林肯先生雕像，他端坐在总统宝座上，脚下灯光通明。

“这个时候看纪念碑再美不过了，但从来没有人这么做。”莉娜一边说，一边指着空荡荡的林肯纪念堂。

有些人可能会想，看，林肯总统如此严肃地盯着你，你还能有激情吗？可莉娜并不这样认为。他们一边吃一边吻，越吻越投入。莉娜撕扯着曲奇面团，卡斯托斯则深情地凝视着身穿绿背心的她。他端详着她的肩、脖子还有嘴唇，仿佛这是一场盛宴。透过卡斯托斯的眼睛看到自己的美丽，让莉娜感到前所未有的愉悦。

他和她一样快乐吗？这可能吗？不过话又说回来，如果他没有感到哪怕一丝快乐的话，莉娜又怎能感到这种美妙和亲密呢？

是时候把目光从伟大的黑奴解放者身上转移到天上的星星上了，但光线明亮的地方是看不清星星的，所以他们沿着园林小道走到了一块昏暗且隐秘的空地。他们躺在地上，脚踝交叉地叠在一起。整个世界只余他们在这里，老天真是太厚爱他们了。

夜里的空气暖暖的，甜蜜如糖。夏日里的树叶葱郁浓密，甜蜜如糖。在这晚，就连从垃圾桶里溢出的垃圾都可以变得甜美。

有些时候，夜空中的星星远远地、冷冰冰地眨着眼睛，仿佛在无情嘲笑。另一些时候，它们又似乎在暗涌燃烧，在私下里驱动着你前行。今晚的星星是第二种。莉娜真庆幸现在是夏天，他们一起躺在星空下，没有天花板，快乐可以一直向上飘。

开始的时候，只是他们的脚踝碰在一起。然后，是手臂和手。再后来，越来越大胆。不知不觉，莉娜已整个人压在卡斯托斯身上，他们身体的每一部分都重合着。“这是不是太快了？”她问卡斯托斯。

“不。”他强而有力地说道，好像害怕莉娜会停下来似的，“是也不是，既太快也太慢。”卡斯托斯的胸膛随着他的笑声抖动着。“但请不要停下来。”

莉娜的手抚过他的小腹。“你今天还要做绅士吗？要不今晚暂停一下，明天再做好吗？”

卡斯托斯温柔地搂着莉娜，翻身把她压在了身下，不过他还是用手支撑了身体大部分的重量，他把头埋在她的颈间。“或许，可以暂停一下下。”他的话音淹没在莉娜的耳垂处。一阵兴奋袭来，莉娜的后背禁不住微微颤抖起来。

莉娜深深沉醉于这一刻以及即将来临的下一刻，卡斯托斯俯在她的小腹上，吻她隐秘的肌肤。他将她的背心缓缓掀起，她的身体一点一点呈现在眼前，卡斯托斯贪婪地吻着她的肚脐，然后渐渐上移，一直吻到她的肋骨。莉娜无法相信自己居然可以感到如此愉悦。她感觉卡斯托斯的手正在解开她的胸罩，她的全棉背心从头顶轻轻掠过。他毕恭毕敬地望着她，去年在橄榄林看到她的身体时，他也是这样如见天人一般。不过那时的莉娜只属于她自己，当时的她疯狂地用手挡住身体。而今晚的莉娜属于卡斯托斯，她只想一览无余地把自己呈现在他的眼前。

莉娜也毫不犹豫地脱下了卡斯托斯的 T 恤。他们终于赤诚相见，紧紧地拥在了一起。

记忆是一件很有趣的事情，它有时还会撒谎。不过今晚，在月光下一丝不挂的卡斯托斯并不亚于那个在圣托里尼水池中赤裸的卡斯托斯，以及自那次之后，她对卡斯托斯身体的无数次想象。此刻，她的心灵淹没了她的身躯，从头到脚，从指尖到脚尖。莉娜不由得想起了一句她很喜欢的歌词：终此一生，只为等待这一刻的自由。

卡门喜欢和杰西、乔一起烤曲奇这个主意。她上班的路上兴致勃勃地顺道去食品店买奶油糖粒和彩虹糖碎时，还觉得这是一个真正的好保姆会做的事情。

可现在，面对真实景象，她发现一切似乎并不是那么有趣。

“杰西，宝贝，轻点，只用轻轻磕一下。”她恳求道。

杰西点点头，拿起鸡蛋对准金属碗边缘狠狠砸过去。顷刻间，无数块蛋壳碎片滑落到面糊里。他抬头望卡门，等待着她的首肯。

“呃，也许再轻一点会更好。或者下一个鸡蛋我来打吧——”

话音刚落，杰西已经拿着第二只鸡蛋撞上了碗的边缘。

“啊！”乔喊叫着向彩虹碎糖粒伸手。

“乔，我知道你想要彩虹糖，不过你妈妈肯定不会——”

幼儿的行动大多时候都是乱打乱撞，毫不协调的，可有时他们却如有神助，精准得让你目瞪口呆。卡门不敢相信地看着乔倾身向前，朝着离他半米开外的、盛着糖碎的小碗伸出他的小手，他一手下去抓起满满一把彩虹糖，然后奇迹般地把碗打翻，彩虹糖碎从桌面如雨般倾泻而下。

“哦，老天。”卡门咕哝道。

“现在搅拌，对吗？”杰西兴奋地问道，他很满意鸡蛋被砸得粉碎，淹没在面糊中。

“呃，也许我们应该试着——”

卡门把乔抱到地板上，这样她才能把面团里的蛋壳碎片挑出来。可乔却想踩着厨房椅子，重新站上去，地上的糖果在他的小脚掌下就如同成百上千颗滚动的轴承，乔重重地摔倒在地。

“哦，乔。”卡门呻吟道，把乔从地上抱起来，满屋子跳来跳去，以躲避地上的彩虹糖。“想玩我的手机吗？”卡门提议道。她什么也不在乎了，就算他把电话打到新加坡也由他好了。

“坐好。”她把乔塞到他的高椅子里，然后从钩子上取下一把扫帚开始清扫彩虹糖。

“搅拌，是吗？”站在厨房工作台边的杰西又问道。

“嗯……是的。”卡门筋疲力尽地答道。孩子们很快就会耗尽你的精力。她不过才来了十五分钟而已。

卡门听见莫根夫人下楼的声音，她向乔飞奔过去，企图清除掉他嘴上和手上的彩虹糖，以消灭证据。

莫根夫人出现在厨房门口，她身上的职业套裙优雅高贵，卡门看得眼睛都直了。“哇哦，”她赞叹道，“你今天真美。”

“谢谢，”莫根夫人说，“我在银行有个会议。”

“妈咪！妈咪！”乔尖叫起来。他随手就把卡门的手机扔到了房间对面，然后张开双臂要妈妈抱。

不要！卡门在心里警告道。但是，由于母性的力量，莫根夫人不可避免地走向了她的宝贝，把乔抱了起来。

“妈咪！看这里！”杰西喊道。

“你在做曲奇吗？”莫根夫人问道，看她那兴奋的神情活像杰西获得了诺贝尔奖似的。

“是的！”杰西兴高采烈地喊道，“尝尝！尝尝！”

莫根夫人对着碗里看了看。

“拜托尝一下，妈咪？这是我做的。”

莫根夫人正在犹豫的时候，卡门看到乔把脑袋往妈妈的腋窝里埋。卡门早料想到这一幕的发生。莫根夫人黑色套装的翻领上留下了一道长长的鼻涕印，就像鼻涕虫刚刚爬过似的。可莫根夫人毫不知情，卡门也不忍心告诉她。

卡门突然想到妈妈的工作服——她的鼻血曾流到妈妈的华达呢半身裙上；她还曾把蓝色指甲油洒到妈妈的粗花呢外套上。

“妈咪，这很好吃的！”杰西竭力把勺子往妈妈的嘴里塞。

莫根夫人望着蛋黄上颤动的蛋壳碎片，仍然面不改色地微笑着。“等烤好了会更好吃。”她评论道。

“求你了？”杰西死磨硬缠，“这是我做的！”

莫根夫人凑上前去尝了一小口，她点头赞许：“噢，杰西，真是美味啊。快烤吧，我都等不及了！”

卡门难以置信地看着莫根夫人。卡门心想自己会愿意尝这种恶心的东西吗？她妈妈会愿意吗？这个问题在卡门脑海中一闪而过之际，答案也随之而来。是的，克里斯蒂娜会愿意尝的。她会这么做，而且她也已经这么做过。

这一刻，卡门明白了母亲们的心情。莫根夫人尝面糊并不是因为她想尝，只是因为她爱杰西。而出于某些原因，卡门觉得这个想法不可思议得令人心安。

Lennykl62：卡门！你在哪里？你的手机怎么了？我一整天都在给你打电话！我好想和你说话！

Carmabella：电话坏了。我马上过去。

蒂比打了布莱恩家里的电话，这几乎是破天荒的第一次。可接电话的是答录机，答录机的语音提示毫无个性可言，就是电脑自动生成的那种。这就好比从商店里买来一个相框，连自己的照片都懒得塞进去，就用它自带的图片。

她清了清嗓子。“呃，希望我没拨错号码……布莱恩，我是蒂比。你可以打我学校的电话吗？我真的有话想跟你说。”

挂上电话后，她用拇指敲着桌子的边缘。她对布莱恩这么差劲，他凭什么要回她电话呢？如果她是布莱恩，她肯定不会回。就算回，那也只是为了回骂对方是个混蛋。

她再次拨通了电话，又听了一遍语音提示。“布莱恩？还是我，蒂比。呃……我还有一句话……嗯，其实是最主要的一句话——我真的很抱歉，不止抱歉。我感到羞愧，我……”蒂比望着窗外，突然意识到自己正在对着一部毫无感情的答录机吐露心声。她肯定是疯了，她这几天都睡眠不足。如果这个号码是错的怎么办？如果是布莱恩的妈妈和继父听到这条留言怎么办？她猛地挂上电话。

等等，她到底在想什么？难道她就这么懦弱，连道歉的话都不敢说完吗？她之前是怎么对布莱恩的？她就这么说到一半挂电话吗？布莱恩妈妈和继父的想法比他们的友谊更重要吗？

蒂比低头看自己的脚，她穿着一双大象拖鞋。身上穿着格子图案睡裤和泳衣，因为她所有的衣服都穿脏了没洗。而且，她的腰上还系了条毛巾，因为她把空调调得太冷了。她好几天都没洗澡，也没出门了。她到底还需要维护什么尊严呢？

蒂比又拨通了号码。“布莱恩？还是我，呃，蒂比。我想对你说‘对不起’。很抱歉，除了说‘对不起’，我找不到别的话来表达。我希望有机会亲自跟你道歉。而且我也想告诉你，呃，我会放映一部电影——新的，不是以前那部。星期六三点，在礼堂这里，我知道你不会来。”她停下来喘了一口气，刚才说得太快，活像疯子一般，“如果我是你，我很可能也不会来。不过假如你能来，那对我来说将会意义非凡。”她挂上电话。这是不是太奇怪了？布莱恩全家会不会反感她，甚至给她下“限制令”？

她又拨了一遍号码。“很抱歉打了这么多通电话。”她一口气说完，然后飞快地放下话筒。

21

要治疗爱的创伤，唯有加倍地去爱。

——亨利·大卫·梭罗

星期五的晚上，布丽吉特跑了差不多十一公里，一路跑到河道的拐弯处，也就是比利以前住的地方，也许他现在还住在那里。

布丽吉特的身体正在发生变化，她可以感觉得出来。虽然还没有完全回到以前的状态，但已恢复了大部分。她的大腿和腹部又恢复了结实紧致。她的头发也恢复了金色。因为是一个人跑步，所以她取下了棒球帽，那对她来说简直是解放。她让头发在温暖的夜风中尽情地呼吸。

她顺道去格里塔家拿足球，然后便直接去了足球场。这已经成了习惯，她晚上差不多都会借着灯光一个人踢球。

“吉尔达！”

布丽吉特转身看见比利正向她走过来。他很可能正准备去参加派对，也就是那些女孩子们享受男孩子们爱慕的派对。

“嗨。”她上气不接下气地招呼道。谢天谢地，踢球的时候她记得又重新戴上她的棒球帽。

“我以为你不再踢球了。”

“我又开始了。”

“哦。”他看了看她，又看了看足球。他和她一样热爱足球。“要一起踢吗？”

她微微一笑。“好啊。”

帅气的对手最能让布丽吉特肾上腺素激增了。她找到自己的步调，始终将球控制在她的脚下。她突然左转，拔脚射门，只听见身后传来比利的惊叹声。“幸运球。”他说道，然后他们又开始了新的一轮。

曾经驰骋绿茵场的那个“小蜜蜂”似乎又回来了。只要布丽吉特想做好一件事，她就有那股迸发的劲儿。而今晚，它让她连续五次成功绕过了比利。

比利气喘吁吁地坐在球场中间，用手捂着脸。“什么鬼！”他在夜风中吼道。

布丽吉特尽量让自己不要显得太得意。她在比利身旁坐下。“你穿着牛仔裤呢，别太较劲。”

比利放下手直勾勾地盯着她。几个星期以前那种神经紧张的表情又回到了比利的脸上。他眯着眼盯着她。“你是谁？”

布丽吉特耸耸肩。“什么意思？”

“你是易了容的米娅·哈姆[1]还是什么？”

布丽吉特微笑着摇了摇头。

“我是我们队里踢得最好的人！”他沮丧地冲着她嚷了起来。

---

1 米娅·哈姆，美国著名女足球员，出生于亚拉巴马州，十五岁便入选国家队，在国际比赛中共踢进一百五十八粒球，并两次当选国际足联足球小姐。

布丽吉特又耸了耸肩。她能说什么呢？她可是在绿茵场上打击男孩子的老手。

“你让我想起了我以前认识的一个女孩。”他对着草地陷入了沉思。

“是吗？”

“她叫布丽吉特，在我七岁以前，她是我最好的朋友。她过去老赢我，所以我不介意你打败我。”

比利的眼睛变得神采飞扬，十分亲切。骄傲之下，他依然是个大度的男孩子，这一点让布丽吉特很喜欢。她真想告诉他自己就是布丽吉特。她已经厌倦这游戏了，也不想再把头发塞到棒球帽里了。

布丽吉特发现比利正看着她的腿。也许她不是美女，但她知道她的美腿又回来了。一连跑了五个星期后（更不用说晚上还练球），她的腿晒成了小麦色，肌肉匀称紧实。现在比利的眼神不是紧张，也不是欣赏。事实上，他看着有点尴尬。他清了清嗓子，说：“我，呃，我得走了。你明天五点会来，对吧？明天是联赛的倒数第二场了，你知道的。”

布丽吉特本来打算拍拍他的肩，可最后出来的效果并不像老友式的拍肩。手违背了她的初衷，只是在他的肩上一扫而过。碰到比利的时候，布丽吉特的手指有种刺刺的感觉。比利看了看自己的肩，又看了看布丽吉特。现在他似乎被弄糊涂了。

“我会去的。”布丽吉特承诺道。

布丽吉特轻手轻脚地进门时，看见客厅里闪烁着电视屏幕的蓝光。她踮起脚尖走进去，想对格里塔说声“晚安”，但格里塔的脑袋歪在一边，已经在扶手椅上睡着了。她面前的茶几上搁着一个托盘，里面赫然是吃了一半的晚餐。星期五是她看电视的日子。布丽吉特望着她不由得心酸起来。她的生活太单调太乏味，完全没有一丝波澜。布丽吉特受得了这样无聊的生活吗？

然后她不禁想起了玛丽。玛丽的生活从来都不会单调乏味。和玛丽在一起，每天醒来都会是崭新的一天；每时每刻——无论是好是坏——都会让你刻骨铭心。难道轰轰烈烈的终点就是像玛丽那样吗？

站在这玛丽曾经为约会梳妆打扮过无数次，而格里塔则在电视机前昏睡的客厅里，布丽吉特开始思考一个纠结得让人窒息的问题——到底是轰轰烈烈地死还是单调乏味地活？

Tibberon：莉娜，我真为你和卡斯托斯感到高兴。不过千万别告诉我你们做了那种事了。我现在可处理不来这刺激。

Lennykl62：没有，蒂比。别瞎担心。不过我不想骗你。我倒是很想来着，也许快了。

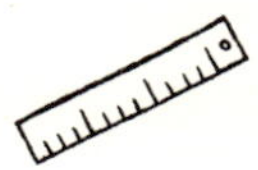

夜已深。卡门今天从下午到晚上都一直泡在莉娜家。现在她满脑子都是情啊爱啊——莉娜的情啊爱啊。虽然莉娜的爱情挺让

人激动，但同时也让人感到担心。她们离普通的童年越来越远了。

卡门回到家时，突然间思绪万千，她思前想后，越想越伤感。就在这一刻，她想妈妈了，虽然克里斯蒂娜就睡在隔壁房，但卡门仍然渴望妈妈的怀抱。

卡门穿上宽松的 T 恤，刷牙，然后爬上妈妈的床。虽然她们最近有了嫌隙，但这张床仍然是世界上最柔软的地方。克里斯蒂娜转过身来，用手撑起脑袋。往常在这种时候，她都会抚摸卡门的后背，但今晚卡门不敢迎上前去和妈妈亲近。她觉得自己不配。

“妈妈？”

“嗯？”

卡门吸了一下鼻子。“我有话要告诉你。”

“好的。”克里斯蒂娜很可能早就料到这一刻了。

“记得那个星期天吗？那时你和大卫还在一起，你以为他整天都没给你打电话。”

克里斯蒂娜回想了一下。“记得。”她说道。

“嗯，他其实给你打电话了。我倒回那条留言时，有一条新的留言进来把它给覆盖了。我应该告诉你实情的，可我没有。”

从克里斯蒂娜的表情来看，她生气了，但不是暴跳如雷的那种。“你这样做很卑鄙，卡门。”

“我知道，对不起，妈妈。很抱歉我说了那么过分的话，很抱歉我让你这么难过。”

克里斯蒂娜点了点头。

“很抱歉我毁了你和大卫的感情，我很后悔。”卡门的眼里满是泪水，“我也不知道我为什么要那样做。”

克里斯蒂娜还是一言不发，她知道怎么对付卡门的谎言。

“好吧，我知道是为什么。我只是太害怕了，我怕你会不再爱我。”

妈妈伸过手来，抚摸卡门的头发。“你犯错了，不过你不是唯一犯错的人。”克里斯蒂娜缓缓说道，眼睛牢牢地盯着卡门的脸，“我也有错，我让这段感情发展得太快，我几乎快忘形了。不过听我说，宝贝。我对你的爱永远都不会停止。”

卡门感觉到一滴眼泪从手肘上滑落，渗进床单里。“我可以问你一个问题吗？”

“当然。”

“这么多年来，你是不是一直都想遇见一个像大卫那样的男人？你和我相依为命的这些年是不是很寂寞？”

“噢，不，不。”克里斯蒂娜爱抚着卡门的脑袋，就像卡门小时候那样，“做你的妈妈，我一直都很开心。”

卡门的下巴开始颤抖起来。“真的？”

“比什么都开心。”

“哦，”卡门颤抖地笑了出来，“我也很高兴能做你的女儿。”

她们一起转身仰望着天花板。

“妈妈，你想要什么？”

克里斯蒂娜思忖片刻。“恋爱的感觉很美好，不过完全沉醉其中真的很可怕。我也不知道自己是否需要爱情。”

“哦……”卡门盯着墙上的裂缝。

“你呢，宝贝？你想要什么呢？”

“嗯。”卡门举起手臂，交叉手肘。她盯着自己悬在半空中的手。“我想想，我要你不管我，但不要忽略我。如果我上大学了，我要你想我，但不要你难过。我要你永远不变，但不要你孤独寂寞。我想离开你，但不要你离开我。这真的很不公平，不是吗？”

克里斯蒂娜耸耸肩。“你是女儿，我是妈妈，我们之间没法公平。”她大笑起来，“我以前天天给你换尿片，这样的债可没法要你还。”

卡门也笑了起来。

“哦，还有一件事，”卡门侧过身来对着妈妈，“我想要你快乐。”

她让一字一句都沉降到彼此的心里。片刻后，她钻到妈妈的怀里，让克里斯蒂娜抚摸她的后背。

布布：

我把这条充满了爱的神奇牛仔裤寄给你。我现在生活在另一个世界里，我知道你会懂的，布布，因为你也生活在这个世界里。我并不仅仅指和男孩子做一些意义重大的事，尽管我现在对此颇有了解。我想说，接受极端快乐的可能性，同时也就接受了极端痛苦的可能性。此刻极端的快乐让我害怕，我害怕这样绝对的情形。

不过我知道你会陪着我，布布。我一直都希望能像你一样勇敢。

爱你的莉娜

以前的思念和盼望已经够难熬的了，可现在几乎到了难以忍受的地步。无论是醒着还是睡着，莉娜心里想的都是卡斯托斯，她的思念和幻想太多太重，连时间都不堪重负，越走越慢。

她的心已飞向别处，飞向相聚的时光。这正是曾经的她拼命要避免的结果。但现在莉娜明白了，也许这就是爱的代价。

卡斯托斯星期一给她打电话时，莉娜都爱抚起电话来了。她情愿听一个小时他的呼吸声，也不愿挂电话。

卡斯托斯星期二给她打电话时，莉娜痴痴笑了一个半小时，她不得不开始怀疑真正的莉娜是不是被锁到壁橱里去了，而且嘴上还被人封着胶布呢。

星期三卡斯托斯没打电话来，等到星期五接到他的电话时，他的声音变得不对劲了。听起来死板板的，莉娜差点没听出来是他。“恐怕我这个周末来不了了。”

她突然一阵眩晕。“为什么？”

“我——我也许得回去了。”

“回哪里？”

“希腊。”他说。

莉娜倒吸一口冷气。“你爷爷没事吧？”

他沉默了一会儿。“没事，他应该挺好的。”

“那么是为什么呢？回去有什么事？”她反应过激了，对着他大叫起来，好像猫咪对着蟑螂“咪呜”一般。莉娜真希望她能控制自己。

“家里有一些其他的事要处理，”他缓缓说道，“等我掌握了情况之后会再跟你解释的。”卡斯托斯不想莉娜再问下去了。

“是不好的事吗？一切都会没事的吧？”

“希望如此。”

莉娜的大脑开始疯狂地编造各种可能的，但又不至于摧毁自己的解释。

“我得挂电话了，”他说，“虽然我还想和你聊下去。”

别走！莉娜想对着他大喊。

“我爱你，莉娜。”

“再见。”她无奈地说道。

他不能回希腊！不然她会死的！她何时才能再见到他啊？唯一支撑莉娜到现在的信念是，她只要等到星期五就能见到他。

她讨厌这样，讨厌这种不确定性、这种无能为力。这感觉就像卡斯托斯在她期待的人生道路上炸了个巨大的洞。现在人行道在前面几米的地方戛然而止。

艾菲站在她的房门口，穿着跑鞋。“你没事吧？”她问。

莉娜摇了摇头，紧闭双眼，不让泪水流出来。

艾菲走到她身边。“怎么了？”

莉娜耸耸肩，用尽全身的力气颤抖着说：“我觉得，被卡斯托斯爱着，要比他不爱我更痛苦。”

“你的外孙们以前会来这里看你，是吗？”布丽吉特吃早餐时问外婆，当然，她没忘记戴棒球帽。

外婆一边嚼着吐司一边说：“哦，是的。他们七岁之前，每年夏天都会来。直到他们五岁之前，我每年冬天还会去北方看他们六个星期。”

“后来为什么不去了呢？”布丽吉特试探地问道。

“因为玛丽叫我不要去。”

“你觉得那是为什么呢？”

格里塔长叹一声。“那时候玛丽的状况开始急转直下。我觉得她是不想任何人过分靠近她的生活，尤其是我。我在教育孩子方面有太多想法，她和弗朗兹都不想听。”

布丽吉特点了点头。“真让人难过啊。”

“噢，亲爱的，”格里塔坐在椅子中来回摇摆，“你没法明白那到底有多难过。玛丽爱她的孩子，但她过得很艰难。她以前给孩子们做完午饭后便要上床睡觉。可等到孩子们八九岁时，我估计她早餐后就得去睡觉了。她甚至会在洗衣服时突然累垮，然后任由衣物留在洗衣机里好几天，直到弗朗兹有时间去处理。”

布丽吉特托着腮。窗外的天空乌云密布，厨房顿时暗了下来。她记得妈妈从下午到晚上都躺在床上，记得妈妈被自己的凉鞋搭扣或者纠缠在一起的头发弄得心烦沮丧。布丽吉特学会了小心不弄脏衣服，还学会了如何重复利用它们，因为父母很久才会洗一次衣服。

“他们后来……为什么不来了？我是说孩子们。”

外婆把手肘重重地放在桌上。“老实告诉你，我想这是因为我和弗朗兹有矛盾。我知道玛丽的精神有问题，一直都很担心她。可弗朗兹不愿正视问题。我跟他说玛丽需要看医生，他说不需要。我说玛丽需要吃药，他不同意。我认为他是生我气，所以他不让我见孩子们，也不许我给他们打电话，也不许我再找玛丽。可我怎么放得下啊！”

布丽吉特发现格里塔的嘴唇不住地颤抖。她坚定地拍了拍外婆皱巴巴的手。

“而且我的担心是对的，我是对的，因为——”

布丽吉特猛地站起来，身后的椅子险些被她撞倒。“我得上楼干活了。对不起，格里塔，我刚刚想起来，我得走了。”

她头也不回地上楼了。一到阁楼，她第一眼看到的便是那只她迟迟不愿打开的纸箱。无数次在梦里，她发现自己变成了潘多拉，那只纸箱则是一个可怕的大黑洞，她的童年就在黑洞的另一头。只要翻开纸盖，她就会掉进去，连骨头都不剩。

布丽吉特躺在床上，倾听着窗外正在酝酿的大风暴。她睡了一会儿，醒来后又盯着那只纸箱。天阴沉得可怕，她几乎可以感觉到气压计上的数字正在飞速下降。

蕾丝窗帘在风的吹动下如翻飞的翅膀。灰色天空的气场太过强大，似乎把地板也染成了灰色。她爱这间房，这里比任何地方都让她觉得更像一个家。但是，这里有那只纸箱。窗外黑云压城，她不由得看了半晌。

布丽吉特走到纸箱前打开了它。是了结的时候了。她想向自己证明这一点也不可怕。而且此时不打开，更待何时？她得知道故事的结尾。

最上面一层大半是快乐家庭的照片。那时的玛丽和弗朗兹刚刚生了金发龙凤胎。他们在车里，在动物园里，在所有人们经常拍照的地方。最吸引她的是和外公外婆的合影。布丽吉特骑在外公的脖子上，眯眼看着太阳，正咧嘴笑着，嘴边还有黏糊糊的橘色冰棍汁，格里塔站在一旁。看到小蜜蜂足球队的照片时，布丽吉特笑了。照片上的她头发和男孩一样短，还紧紧搂着比利·克莱恩的肩膀。纸箱中间一层装满了她和佩里做的各种手工作品，还有一大堆佩里的漫画书，都散架了。她把其中大部分扔掉。

再下面一层是他们七岁之后的照片，那时她和佩里就没再来亚拉巴马了，这些照片肯定是玛丽寄给外婆的。都是些布丽吉特和佩里僵硬的学生照，从三年级到五年级的照片都有。还有一张照片是四年级结束后的夏天，“九月组”姐妹们拍的一张傻乎乎的合影，看了让人忍俊不禁。蒂比还缺着几颗牙；布丽吉特戴着庞大的牙箍，两边有细细的橡胶带绑在门牙上；卡门留了一头可怕的松散版詹妮弗·安妮斯顿发型；就莉娜看起来正常，不过莉娜从来没有难看过。

最后一张照片让人心碎。从照片背面的日期来看，布丽吉特知道这是在妈妈自杀的四个月前拍的。布丽吉特猜妈妈把这张照片寄给格里塔是想证明她很好，可是只要你多看一分钟，假象便会令人心痛地迅速瓦解。照片上的玛丽骨瘦如柴，面色惨白，活像几个月都没见过阳光似的。她坐在公园长椅上的姿势十分生硬，就像在西尔斯照相馆被迫摆拍一样。她的笑容虚弱枯萎，似乎嘴角已经好几个月都没有上扬过。

布丽吉特爱那个颠倒众生、光彩照人的玛丽，不过这个女人才是她记忆中的母亲。

布丽吉特站起身来。她坐立不安，腿不由自主地四处踱来踱去。外面的天空黑得就如夜晚一般，她按下电灯开关，灯没有反应。看来风暴来势汹汹，连电都停了。

布丽吉特下楼去看格里塔。出乎意料地，格里塔正拿着手电筒蜷缩在厨房的一角。

“你没事吧？”布丽吉特问道。

格里塔的脸上全是汗。“我的血糖升高了。可现在这么黑，我没法注射。”

布丽吉特想都没想便赶上前去帮忙。“我帮你拿着手电筒。”她提议道。

她举着手电筒，屏息静气地看着格里塔把针扎进皮肤。突然，布丽吉特手里的灯光倾斜到一边，然后在房间里到处乱窜。她的手抖得很厉害，以致手电筒“啪”的一声从她手上摔落在地。布丽吉特的整个身体都抖了起来。“对不起，”她喊叫道，“我去捡。”可是，她脚下一滑，跪着摔倒在房间中央。

“亲爱的，没事，我去捡。”格里塔安抚道，但她的声音对布丽吉特来说显得很遥远。

布丽吉特挣扎着想站起来，可她的脑袋、眼睛都不听使唤。她目光涣散，找不到焦点。她惊慌失措，觉得自己必须得动起来。她冲出侧门，直奔后院。外婆在身后大声叫她，但她管不了这么多了，继续向前走着。

她在瓢泼大雨中走过几个街区，最后来到河边，沿着河边熟悉的小路一直走。可走路还是太慢，于是她开始奔跑。河里的水上涨了，一波一波地拍打着堤岸。布丽吉特泪如泉涌，泪水和雨水混在一起，又消失在雨中。雨越下越大。突然间，她脑海里浮现出她那件塞在“三角”长途汽车座位下的雨衣，它正穿州过省，到处遨游，却把她一个人留在这里。

她不停地跑，直到筋疲力尽，瘫倒在地上。她躺在湿滑泥泞的堤岸上，任由记忆如潮水般向她涌来，因为她再也无法控制它们了。

妈妈白里透蓝的皮肤上面扎着一根针。她那头长而金黄的头发如扇子般铺在地板上。妈妈那纹丝不动的脸，无论布丽吉特怎么声嘶力竭地尖叫她都没有反应。布丽吉特拼命尖叫，妈妈的脸依旧是静止不动，无论布丽吉特怎么摇她也一样无济于事。她不停地尖叫，尖叫，直到有人来把她拉走。

这就是故事的走向。这就是故事真正的结局。

22

白鸽和灰鸽都是鸽子。你知道吗？

——布丽吉特·维兰德

太阳快要升起时，布丽吉特慢慢起身，步行回家。她从侧门进屋，木然地走到楼上的浴室。她把水开得很大，洗了一个长长的热水澡。然后，她用毛巾裹住身体，在架子上拿了一把梳子，又下楼走到厨房倒了一大杯水，独自坐在黑暗中。

她疲惫不堪，恍恍惚惚，觉得自己已经死了。

此时楼梯上传来脚步声，外婆跟着她走进了厨房。她坐在布丽吉特对面，却什么也没说。

过了一会儿，格里塔拿起桌上的梳子站了起来。她走到布丽吉特身后，开始帮她梳理湿漉漉的头发，她的动作轻柔缓慢，将发梢打结的头发一点一点梳开，简直就像专业的发型师。布丽吉特轻轻靠在外婆的怀里，她现在才允许自己想起来，有很多次格里塔都是这样帮她梳头，她的动作总是这样轻柔，有耐心。

布丽吉特闭上双眼，慢慢回忆这间厨房里曾有过的其他画面。在她本应睡觉的时间，外婆给她弄麦片吃；在她患上支气管炎时，外婆用勺子给她喂止咳糖浆；外婆教她玩拉米牌，她耍诈时，外婆佯装不知。

等到布丽吉特的头发完全梳整齐，变得光滑柔顺时，太阳已经升起来了，灿烂的阳光洒在绸缎般的金发上。格里塔亲吻她的头顶。

“你知道我是谁，对吗？”布丽吉特用虚弱的声音说道。

她可以从头皮感觉到格里塔正在点头。

“你知道很久了？”

外婆又点了点头。

“一直都知道？”布丽吉特问。

“第一天不知道。”格里塔答道。如果布丽吉特知道她的计划全盘落空了，她肯定会难过的。外婆不想她难过。

布丽吉特点点头。

“你是我亲爱的布布，我怎么会看不出来呢？”

布丽吉特想了想，是啊，也有道理。“即使我染了头发你也看得出来吗？”

“你就是你，无论头发怎么样，你还是你。”

“可你什么也没说。”

格里塔耸了耸肩。“我想我还是依你比较好。”

布丽吉特又点了点头。这倒是挺明智的，格里塔太聪明了，她总是能猜透布丽吉特的心思，她一直都这样。

布丽吉特披着一头如缎的金发，拖着疼痛的身躯爬回到床上，有一股舒心感在她身体里蔓延开来。她让那个似乎无法爱她的母亲的回忆涌进脑海，可同时，那个懂得爱她的母亲的回忆也汹涌而至。

整个八月中旬，莉娜的生活都很有规律。她早睡早起，有时会去上班，有时也会吃饭。她和卡门见面，听卡门说话。她和蒂比也拘谨地聊过几次。还有一次布布打电话给她，不过她不在家。莉娜是那种喜欢和朋友分享好消息的人，坏消息她只会埋在心底。

卡斯托斯回希腊去了，没有说为什么。莉娜问卡斯托斯她是不是做错了什么，他变得难过起来。连日以来第一次，他的声音没有了冷淡。

“不，莉娜，当然不是。无论发生什么，你都没有做错任何事。”他激动地说，“遇到你，是我这辈子最大的幸运。永远不要觉得你做错了什么。”

可莉娜并没有因此感到宽心。

卡斯托斯保证，只要有时间他便会写信、打电话。可莉娜知道他不可能经常打电话。国际长途话费太贵了，他的爷爷奶奶是没法承受的。他们在伊亚的家甚至都不能发电子邮件。

她和卡斯托斯又回到了写信的阶段。等信是一种折磨，超乎任何事——甚至卡夫卡的想象。

“我不知道自己能否继续这样下去”，这个想法在莉娜的脑海里盘旋过无数次。可是，她还能怎样？不再爱他吗？不可能。不再在乎？不再盼望能跟他在一起？她已经试过一次，那次已经痛彻心扉，她哪里还敢再试。

“莉娜，你没事吧？”一天早上吃饭时妈妈问她。

是的！我有事！“我没事。”莉娜答道。

“你瘦了好多。我希望你能告诉我发生了什么。”

莉娜也想那样，但那不可能。长久以来，她们一直保持着距离，在各自的轨道上运行着。尤金事件后，她们之间的隔阂变得更大了。莉娜很难想象妈妈会突然拥抱她安慰她。

Carmabelle：蒂比。我今天碰见布莱恩了，他骑着自行车，我还差点撞到他。他现在变得英气逼人，很帅气哦。绝不是开玩笑。

Tibberon：你就是开玩笑，要不就是认错人了。

Carmabelle：我没有。

Tibberon：就是。

布丽吉特需要奔跑，想发足狂奔个几万米。几天以来，她一直足不出户，穿着外婆的拖鞋在家里转悠。外婆给她做柠檬水，抚摸她的后背。她很久没有像这样享受过类似母爱的感情了。

通常她夜里睡十二个小时，那就意味着她处于分崩离析的状态，但在这几个夜晚，她每晚都睡得很安稳，感觉自己似乎正在一点一点地重组、复原。

她死命地洗头，一连洗了四次，看着最后一丝淡淡的棕色染料缓缓流进下水道。然后她穿上跑鞋。

室外的空气比往常凉了一点，布丽吉特很快就把呼吸调整到舒适的节奏。现在她感觉身轻如燕，棒极了，就好像扔掉了一床黑乎乎的厚毯子似的。

经过一天一夜暴风雨的洗礼，河里的水满得快要漫出来了。路上仍有泥泞，有时她会稍有脚滑，于是她放慢节奏，但步伐仍然稳健。今天她可以跑上一百万公里，不过她决定跑完八公里就回家。路边的树郁郁葱葱，亭亭如盖，树枝都长到河边了。木兰花树披满硕大的叶子，直冲云霄。每块岩石上似乎都长满了厚厚的一层青苔。

“嘿！”

“嘿！”这个声音喊了两次，她才意识到是在喊她。

她放慢脚步，微微转身看了一眼。

是比利，他在远处长满青草的河岸边向她挥手。在这里遇见他不奇怪，因为如果布丽吉特踮起脚尖，就可以从这里看得到他的家。

比利走了过来，他好像被布丽吉特的样子弄糊涂了。

布丽吉特摸了摸自己的头，这才想起她没有戴帽子。不过，现在还有这个必要吗？

“你看起来……不太一样，”他一边说，一边仔细打量她，“你染了头发？”

“没有，应该说……我把染发剂洗掉了。”

比利看起来很吃惊。

“我的意思是，这才是我头发的本色。”

比利的眼神透露出，他的记忆在苏醒，他正在努力抓住它。

“你其实认识我，比利。”她说。

“我确实认识你，不是吗？”

“我不叫吉尔达。”

“你不叫吉尔达。”

“嗯，我不是吉尔达。”

他在绞尽脑汁地回忆，布丽吉特看得出来。

“我也不是米娅·哈姆。”

比利哈哈大笑。他又看了她一会儿。“你是布布。”他最后说道。

“是的。”她说。

比利笑了，他的笑容里有惊喜、有快乐，还有困惑。“谢天谢地，整个伯吉斯在球场上能打得我满地找牙的女孩仍然只有一个。”

“只有一个。”她说。

比利指了指前额。“我早就知道我认识你。”

“我早就知道是你。”

“是啊，呃，因为我也没有用化名，对吧？”

“对，而且，你一点儿也没变。”

“你看着……”比利端详着布丽吉特，“也一样。”他最后说道。

“这真是太有意思了。”她说道，感觉兴奋得有些晕眩。

他们开始沿着河边漫步。

他们一边走，比利一边偷偷看她。“你为什么要用假名？”

他终于忍不住问道。

这个问题问得好。可布丽吉特现在已不知该如何回答了。“我妈妈去世了，你知道吗？”这不算回答，不过她想比利知道。

比利点了点头。“我们这里为她举办过悼念仪式。我那时还想你会来参加的。”

“我不知道这件事，不然我肯定会来。”

比利又点点头。她知道自己留下了一大堆的问题，不过别人如果知道你母亲去世了，便不会再追问。

“我经常想到你。”比利说。布丽吉特从他的眼神可以看出来，他这话是真心的。“我感到难过。我的意思是，为你的母亲感到难过。”

“我知道。”她马上说道。

他们并排走着，比利的手偶尔会轻轻碰到布丽吉特的手。在这以前，他们的话题只限于足球。而现在，他能够开始认真对待她，了解她的其他事情。

“我想再回来这里看看，”沉默了半晌后布丽吉特解释道，“我想看看外婆，了解妈妈以前的事，不过……我不想要……任何的承诺。大概是这样。”

比利似乎能理解，虽然布丽吉特也不能肯定。

“但我现在的心境和之前不一样了。”她又加上一句。

她喜欢比利小心翼翼地看着她的神情，不过她已准备好改变气氛了。

“那么你们上次和迪凯特队的比赛怎么样了？”她问道。现在她又做回自己了，听见自己的声音慢慢染上了从前的口音，布丽吉特觉得很有趣。

“我们输了。”

“哦，太糟糕了。我还以为星期六下雨比赛延期了呢。”

“我们是星期天比的，”他说，“我们1比3输了。他们说是因为你不在。”

布丽吉特微微一笑，她喜欢这个理由。

“我跟他们说我会请你做我们的正式教练。”

“我做不正式的教练可以吗？”

比利觉得也可以。“别再缺席比赛了，教练。”他说，“而且训练你也要来。下周末是我们这届联赛的最后一轮了。”

“我答应你。”布丽吉特说道。

走到道路的尽头，他们准备分道扬镳了。布丽吉特转身时，比利抓住了她的手。他紧握了一下，但并没有太用力，然后便放手了。

“很高兴你能回来，布布。”

蒂比必须得离开宿舍。她已经有三天没见过阳光了，宿舍里早已弹尽粮绝，就连从餐厅“顺”来的小盒麦片都被吃得一点不剩了——而且还是干吃的，因为牛奶早喝光了。她可以不洗澡、不洗衣、不梳头，但不能不吃饭。

蒂比在宿舍楼大厅里游走，脑子里还在和自己争辩着几段影片的处理时，迎面撞上了布莱恩。

“布莱恩！”当她意识到这不是她狡猾的想象力在作祟，而是千真万确的布莱恩本人时，大叫起来。

布莱恩笑了。他走近蒂比想拥抱她，可突然又失去了勇气。于是蒂比迎上前去抱住了他。

“见到你我真是太——太高兴了。”她说。

“我听到你的留言了。”他说。

蒂比轻微地畏缩了一下。

“全部都听了。”他补充说道。

“不好意思。”

“没事儿。”

蒂比满心欢喜地盯着他的脸。“嘿，你的眼镜呢？”话刚一说出口，她就意识到原来卡门说得没错。如果蒂比能够强迫自己客观一点，就能发现其实布莱恩是很拿得出手的。她突然有了一个很糟糕的想法。“你没戴隐形眼镜吧？”如果连布莱恩都突然之间变得虚荣了怎么办？如果连他都变得随波逐流了，那这个世界会变成什么样呢？

布莱恩像看疯子似的看着她。“没有，我的眼镜破了。”他耸耸肩，“我现在都看不到东西。”

蒂比笑了。她如释重负，布莱恩还是她的好朋友。

“我们一起去食堂好吗？我会偷偷带你进去。”

“好啊。”他说。

蒂比在大楼门口看见了莫拉，心里某部分懦弱的她想躲起来假装没看见莫拉。她们有一个多星期没说过话了。蒂比敢肯定亚历克斯已经把她那天的高谈阔论告诉了莫拉。

莫拉穿了一件皮质半身裙。蒂比身上仍然穿着她的格子图案睡裤，背心上斑斑点点的都是墨水。布莱恩小心翼翼地看了蒂比一眼。莫拉低下脑袋，很明显，她情愿假装大家都没看见对方。

蒂比朝心中懦弱的自己吐了一口唾沫。“嘿，莫拉，”她说，“这是我朋友布莱恩，我以前没有向你正式介绍过他。莫拉，这是布莱恩，我和你说过他是我的朋友吗？”

莫拉被逼得无路可走，看了看大厅里来来往往的人，她可不想被别人看见自己跟穿睡裤的女孩说话。蒂比发现自己此刻有点任性地希望，如果布莱恩和她一样邋遢就好了，她不要布莱恩这么帅。

莫拉皮笑肉不笑地对他们招呼了一下，然后绕开蒂比走向电梯。后来在食堂里，蒂比很想向她认识的所有人介绍布莱恩，可惜只有凡妮莎一个了。凡妮莎坐到了他们这一桌，她说等他们一回宿舍，她就给布莱恩看她的动物玩偶。

“他很可爱。”布莱恩去帮她们拿橙汁时，凡妮莎悄悄对蒂比说。

等了八天，卡斯托斯的第一封信才姗姗而至，莉娜用手一掂量就知道这不会是一封能让她高兴的信。它轻若无物，卡斯托斯一般都会写很长的信，这次很奇怪，信里只有寥寥数语。

亲爱的莉娜：

给你写这封信对我来说很艰难。我在这里遇到了些麻烦事。我想等找到解决方法之后再跟你解释。很抱歉我这么含糊，我知道这对你来说很不容易。

请再忍耐一段时间。

卡斯托斯

在这个冷淡的签名下面，他写了点别的什么，莉娜猜这应该是后来写的，因为墨水风干后的颜色有点不一样，而且笔迹也更奔放，像喝醉了酒似的。

“我爱你，莉娜。”他在页脚龙飞凤舞地写道，“即使努力我也没法停止爱你。”

她仔细地看着信，感到一股莫名的超然与冷静。会是什么事呢？她花了好几个小时去猜测推度，但还是想不出个所以然来。

他说他爱她。虽然通常来说，她很不擅长相信这个概念，但她相信卡斯托斯。可他为什么会说即使努力他也没法停止爱她呢？听起来像是他在努力不爱她，他为什么要这样做呢？到底发生了什么事让他不想再爱她了呢？

难道他爷爷又病了吗？那无疑是灾难性的，不过就算如此，他们也没必要分手呀。如果卡斯托斯需要留在伊亚，那也没什么。她明年夏天可以想办法去那里。她甚至可以在圣诞节时过去。

莉娜觉得自己就像一颗坠入深井的鹅卵石。她一直往下掉，没有任何东西可以托住她。她知道最后迎接她的将是什么，一旦触底，那将是痛不欲生。即使再悬而未决的事，在等待过久后，都将变得枯燥乏味。

她在等待，等待。下坠。

第二封信更糟糕。

亲爱的莉娜：

我无法继续爱你了，我也不希望你还爱我。真对不起。总有一天，我会向你解释一切，但愿你会原谅我。

井底终于到了。她摔得粉身碎骨，但莉娜并没有释然的感觉，她依然想不通。她待在井底向上望。她知道上面某处肯定还有那么一丝微光，只是她现在看不见而已。

23

一池悲伤，一浪喜悦。

——约翰·列侬和保罗·麦卡特尼

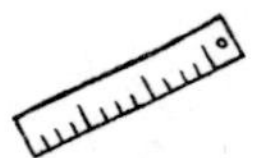

“你好，是大卫吗？”

“是的，请问你是谁？”

“我是卡门·洛威尔，就是克里斯蒂娜的女儿。”

他愣了一下。“嗨，卡门。找我什么事呢？”他似乎心存戒备，摆出一副公事公办的模样。他知道卡门不可能是他和克里斯蒂娜之间的丘比特。

“我想请你帮我一个大忙。”

“好的……”

他的语气颇为牵强，似乎后面还有另外五个字——“做你的梦去。”

“我想请你今晚七点接我妈妈去托斯卡纳餐厅。我预订了位子，留的名字是‘克里斯蒂娜’。”

“你是她的社交秘书吗？”他问道。可以理解他的语气有点儿怨恨。此外，卡门真的很感激大卫并没有高人一等地跟她说话。

“不是，”卡门反驳道，“不过你们分手的事我难辞其咎，我觉得我有责任去补救。”

他又愣了一下。“你认真的？”他不敢相信她。

“认真的。”

“你妈妈想见我吗？”他的声音一下子提高了，说到“我”这个字时似乎充满了无限的伤感。公事公办的口吻消失了。

“开玩笑吗？她当然想见你。”事实上，卡门还没问过妈妈这个问题。“你想见她吗？”

大卫低声说：“我想。”

“她一直想念你。”卡门真不敢相信这话居然出自她口，不过促成感情似乎比毁掉感情更有意思。

“我也想念她。”

“很好。那么，希望你们俩玩得开心。”

“好。”

“大卫？”

“嗯？”

“对不起。”

“没关系，卡门。”

Tibberon：你最近和莉娜聊过吗？我很担心她。

Carmabelle：我这两天一直在给她打电话、发邮件，都没回音。我也担心她。

莉娜独自坐在服装店后面挂满女衬衫的衣架下面。她知道自己应该强作勤奋状，但她今天实在做不来。她双臂胞膝蜷缩起来。她正在一步步地失去理智。第一步是做古怪的事，第二步便是自暴自弃。

今天她分别和蒂比、卡门聊了两次。她们都无法说出能让她好受些的话，这让她很生气。不过后来转念一想，这不是她们的错，这世上已没有任何东西可以让她开心起来。

刚刮的腿毛又长出来了，莉娜心烦意乱，她死命地拔小脚趾上厚厚的指甲盖，差点把它整个都拔了下来。现在也只有疼痛才符合她的心境。

一个女人抱着一堆衣服走过她身边，径直进了试衣间，莉娜盯着她的背影。好吧，你买东西，我就坐在这里看着。

莉娜听着女人在狭小的更衣室里面笨拙地换衣服，门口的帘子甚至都没有完全拉上。听这个跟听其他任何东西都没有区别，莉娜低头闭上眼睛。

她听见有人清了清嗓子。“打扰一下，”声音怯生生的，“你觉得我穿这件衣服好看吗？”

莉娜抬起头来，她都忘记这个女人的存在了。可现在她就在眼前，站在地毯中间，光着脚，穿着一件灰色的水洗丝质连衣裙。她的身材很瘦小，裙子套在她身上空荡荡的。女人的脸在一片阴影中，皮肤薄得像玻璃纸一样。只有她脖子和手上的蓝色血管显得有点儿生气。可裙子的颜色几乎跟她那双迷人大眼睛的颜色一模一样。她穿这条裙子并不漂亮，但店里没什么衣服适合她，这件很可能是她穿起来最好看的了。

莉娜的目光从裙子上移到女人的脸上。店里虽然有很多女顾客，但到目前为止，莉娜一直都没仔细看过她们的表情。事实上，她根本就懒得看。不过现在她看得清清楚楚，这个女人的脸上满是渴望和期待，她似乎在苦苦哀求一点点赞许。

女人脸上的渴望直白得没有一点掩饰。突然之间，莉娜知道她是谁了。她就是格拉芙曼夫人，贝莉的妈妈。她并不认识莉娜，但莉娜认识她。格拉芙曼夫人失去了她唯一的女儿，她不再是任何人的母亲了。和她所失去的比起来，莉娜那点小悲小戚根本不算什么。

莉娜看着格拉芙曼夫人的脸。她知道那张脸渴望的是什么，这次莉娜没有躲避。她站起身来。“这条裙子……我觉得穿在你身上……真是美极了。”莉娜的话轻如空气，却是她有史以来说过的最真诚的谎言。

一天下午，布丽吉特跑完步回到家时发现家里有一个包裹。她站在厨房的餐桌前，忙不迭地打开它。

牛仔裤！它又回来了。她欣喜若狂，一阵风似的冲上楼脱下运动衣，然后再飞奔到浴室洗澡。牛仔裤是不能洗的。她虽然激动万分，但还不至于傻到在八月的亚拉巴马跑完十几公里路后试穿牛仔裤。

她擦干身体，穿上内衣，拿起牛仔裤。但愿能穿上，她在心底默默祈祷。布丽吉特套上牛仔裤，如流水一般毫不费力地穿上了。啊！感觉妙不可言。她绕着阁楼跑了一圈庆祝胜利。这还不够，她又冲到楼下，走出大门，绕着房子跑了一圈庆祝胜利。“耶！”她对着天空大声呼喊，能重新穿上牛仔裤的感觉实在是太美妙了。

布丽吉特把手放在大腿上，沉浸在与卡门、莉娜、蒂比的联系之中，她深爱着她们。“没事的！”她好想大喊，让她们都能听见，“我会好起来的！”布丽吉特如出膛的炮弹一般又直冲回阁楼，格里塔不由得看傻了。

最后一只纸箱里的物件仍然堆在墙角。布丽吉特已经准备好把它们都收起来，是时候做个了结了。她抓过纸箱准备重新打包，但刚一动手便停下来了。纸箱的最下面有一张泛黄的小纸片，她之前一直没有发现它。布丽吉特伸手够这张纸片时，原先的欢欣感顿时黯淡下来。这是一张照片的背面，她用手指夹住它时才发现。布丽吉特对自己说，没事的，不管它是什么，她都会没事的。

照片上是一个女孩，看起来大约十六岁，坐在伯吉斯高中的楼梯上。她笑靥如花，一头金发如瀑布般披下来，明艳动人。布丽吉特一开始以为是妈妈，她只是这么认为。可后来看仔细些，她又有些怀疑了。照片太旧了，不大可能是妈妈的照片。而且，这女孩脸上的轮廓和妈妈的依稀有些不同……

布丽吉特十万火急地冲下楼。

“外婆！嘿！”她大呼小叫。

“我在这里。”外婆在后院里喊道。她正在给屋子后院里的小花园浇水。

布丽吉特把照片塞到外婆面前。“这是谁？”

格里塔瞥了一眼。“我。”她说道。

“这是你？”

“是啊。”

布丽吉特又研究了一番。“你以前真美，外婆。”

“有那么惊讶吗？”格里塔问道，她试图摆出一副被冒犯、但又不太在乎的样子。

“没有，呃，有一点点。”

外婆用水管浇布丽吉特的脚。布丽吉特跳来跳去地大笑。

待她平息下来后，布丽吉特又谈回照片的话题。“你有一头金发。”

格里塔把头歪向一边。“你以为你是从哪儿遗传来的头发，小姐？”她顽皮地问道。

布丽吉特的回答颇为严肃。“我一直以为是遗传自妈妈的，我一直以为这意味着我像她。”

格里塔一下子就捕捉到了布丽吉特的情绪。“你有些方面的确像她——好的方面。”

“比如？”

“你和她一样热情。你很勇敢，你有她的美貌，这一点自不必说。”

“你真这么认为？”布丽吉特在这一刻比以往任何时候都渴

望得到肯定。

“当然。无论你把头发染成什么颜色，这都不会改变。”

布丽吉特喜欢这个答案。

格里塔关上水龙头，把水管扔到花床中。“你也有很多地方不像她。”

“比如？”布丽吉特又问道。

格里塔沉思了一会儿。“我举个例子吧。你走进这间屋子帮我整理阁楼。你把一切拆开，又日复一日地把它重组起来的样子。这让我看到了你的耐心和努力，布布。而你妈妈，愿上帝保佑她在天堂里幸福，做任何事不到一两个小时就会失去耐心。”

布丽吉特也记得妈妈很快就会失去耐心这一点。无论是在读书、听收音机，还是照顾孩子。“她太容易放弃了，不是吗？”布丽吉特问道。

格里塔望着布丽吉特，眼中似乎有泪。“是的，亲爱的。但是你不会。”

“外婆，我可以留着这张照片吗？”布丽吉特问。在阁楼里被她筛查过的无数物件中，只有这张照片看起来有充满希望的感觉，这正是她想保留的东西。

Carmabelle：莉娜，请回答我，拜托。我现在过来找你。

Lennykl62：现在不行。我会再给你打电话的，好吗？

在井底深处，莉娜听到了敲门声。敲门声响了两次以后，她才意识到是在敲她的房门——她应该去开门。

她勉强挤出两个字。“谁啊？”

“莉娜，是我，我可以进来吗？”

卡门的声音那么熟悉，清脆悦耳，一如以往，然而它属于地面上的世界。

“现在……不行。”她设法说出这几个字。

“莉娜，求你了，我真的需要和你聊聊。”

莉娜闭上双眼。“或者晚点再说吧。”

门还是开了，莉娜蜷缩在床上，卡门径直走到床边。

“噢，莉娜。”

莉娜强迫自己坐起来，虽然她浑身无力，骨头好像散了架似的。她想用手掩住眼睛，但卡门在这里，什么也逃不过卡门的眼睛。卡门伸出双臂圈住莉娜，紧紧地抱住她。

莉娜将沉沉的脑袋依在卡门的颈间，卡门的皮肤很温暖，她深感安慰，一切尽在不言中。

“莉娜。”卡门低低地哼着她的名字，紧紧地拥住她。莉娜泣不成声。

莉娜一边哭一边不住地颤抖。卡门也为她哭了起来。

一会儿过后，莉娜发现她不在井底，而是在这里，和卡门在一起。

“跟紧他！拉斯蒂，快！”布丽吉特在场边大叫。她穿着魔法牛仔裤从球场的一头走到另一头，时而大声指挥球队，时而激情洋溢地鼓励队员，就像一名优秀的教练一样。她的秀发如瀑布般倾泻下来，在阳光下闪闪发光，但队员们并没有在意。他们在乎的是她的头脑，更确切地说，是她的战术。半场时，十一名队员围着她，个个睁大双眼，聚精会神地听她说话，就像她是神明一样。

格里塔坐在几米之外的一张沙滩椅上，一边微笑一边摇头，目光不停地在比赛和字谜游戏之间切换。

“天啊，科里，别在球门旁发呆。拉斯蒂，不要跑到比利前面老远的地方去。你越位就没用了。我不管你跑得有多快。还有，他们的右中场累得不行了，而且没有可替换的球员。那就是你们下手的地方。”她重新安排了一下队员的位置，然后让他们再次上场。

进入下半场第八分钟的时候，穆尔斯维尔队累坏了的中场球员走到场边，换了一个体重超标至少二十斤的替补守门员上场。这一刻，布丽吉特就知道胜利已是囊中之物。

获胜后，比利给了布丽吉特一个大大的拥抱，把她抱得高高的。“好样的，教练！”他大声喊道。所有队员一起围过来，他们大喊大叫，欢呼雀跃，庆祝这来之不易的胜利。

“我们不能骄傲。”布丽吉特说。然后她想起当教练说这种话时，自己有多扫兴。“去他的，”她大笑道，“想怎么骄傲就怎么骄傲吧。我们要在四点狂扁阿森斯队。”

伯吉斯队并没有狂扁阿森斯队，不过他们还是赢了，获得了第二天决赛的一个席位。

他们决赛的对手是从马斯尔肖尔斯市远道而来的塔斯坎比亚队。第二天布丽吉特一大早醒来又穿上牛仔裤，拿着写字板下楼吃早餐，并兴致勃勃地给外婆解释她那些晦涩难懂的足球战术。外婆强装出饶有兴趣的样子，却在不停偷看《家庭妇女期刊》上的文章。

九点钟时，比利出现在纱门旁，他脸色苍白。“我们死定了。”他说。

“怎么了？”

“科里·帕克斯昨晚出发，和他女友去外地参加圣体节了。”

“不是吧？”

“是的，他女友威胁他说，如果他不开车送她去，就要跟他分手。”

布丽吉特的脸部扭曲了一下。“噢，不，”她摇了摇头，“我一直都觉得科里不可靠。那次他为了溜到金多明尼公园去玩，假装膝盖受伤了呢。”

“布布，那时候我们才六岁。”比利说。

布丽吉特并没有就此退让。“你要知道，江山易改本性难移啊……”

半小时后的球场上，两边的人马已集结完毕，两个镇的观众也已入席，他们欢呼雀跃，高谈阔论，但形势依然不妙。伯吉斯队并不比穆尔斯维尔队强多少。布丽吉特忧心忡忡地查看板凳席。他们唯一可靠的替补队员两天前去了奥本。塞思·莫里拉患了胫纤维炎，他死活也不肯上场。拉森·墨菲哮喘严重，今天天气这么闷热，如果布丽吉特要他上场，搞不好会出人命的。她总不能让格里塔披甲上阵吧。

布丽吉特和比利一起踱来踱去，苦苦思考是否还有别的选择。但已经别无选择。

他们绝望地看向板凳席。“没希望了。”比利说道。

哨声吹响，比赛开始了。布丽吉特站在场边呆若木鸡地看着她的球队鱼贯入场——总共十人。

塔斯坎比亚队连灌四球，也许是他们可怜伯吉斯队，上半场结束时，比分仍保持在 0 比 4。看到这个比分，观众席上嘘声一片，大多数球迷都开始离场了。

半场休息时布丽吉特沉默不语，她对球员们无话可说。球员的数量不够，再精妙的战术也无回天之力。

“这太丢人了。”拉斯蒂愤愤不平。

队员们垂头丧气地回到球场。裁判准备吹哨了。比利蠕动着嘴唇，似乎在对布丽吉特说什么。

“什么?”她凑近大声问他。

比利的嘴唇又动了一次，他像疯子般四处挥舞双手。

“什么?我听不见。”

“小蜜蜂!”他高声吼道，“我在说‘小蜜蜂’!”

她终于听清楚了。比利在招手叫她上场。

布丽吉特会心一笑。她毫不犹豫地冲进球场，跑到比利身边。

大家看到她穿着牛仔裤和跑鞋站在球场中间都傻了眼。

“她是我们的替补队员！”比利扯着嗓门对裁判说。裁判马蒂·吉恩正好是伯吉斯回春药房的老板。“拉森有哮喘。”比利加了一句，他很清楚马蒂十八年以来一直都在给拉森发哮喘药。

马蒂点了点头，看向塔斯坎比亚队的队长。“你们没意见吧？”他问道。

塔斯坎比亚队的队长似乎觉得这一切太滑稽了。这场比赛早已成闹剧，所以谁还在乎穿着牛仔长裤的女孩参与进来呢？他耸了耸肩，点点头，似乎在说：这都搞什么啊？接下来又有什么奇怪的招数？

哨声响起，下半场开始了。

布丽吉特在球场上缓缓跑着，她的腿需要先适应一下。开始的时候，她远远地跟随着场上的行动，直到她感觉体内的肾上腺素越积越多，她的眼睛、思维还有脚越来越协调，最后浑然一体。她顿时热血沸腾。是时候办正事了！布丽吉特从塔斯坎比亚队前锋的脚下轻而易举地就抢过了球，以闪电般的速度运球，三步一踢，三步一踢。

结果表明，虽然布丽吉特九个月没有踢竞技足球了，但她的水平一点都没下降。而且，身上的魔法牛仔裤使她如有神助。虽然牛仔裤的裤型和面料都不适合竞技运动，但它让布丽吉特神采飞扬。连格里塔都从椅子上站起身来，她沿着场边狂奔，疯了一般为布丽吉特助威。那也无伤大雅。

布丽吉特杀气腾腾，一股凌厉的锐气直冲云霄。她相当慷慨地助攻，帮拉斯蒂进了一球，帮加里·李进了一球，又帮比利连灌两球。她掌控了比赛的局势，像分发圣诞礼物一样给队员们奉送进球的机会，直到比分拉平，塔斯坎比亚队的抗议声开始震耳欲聋。比赛的最后一分钟悄然而至，布丽吉特飞脚亲自射入最后一球，她可没说过她是特蕾莎修女。

卡门：

我知道你非常需要这条裤子，所以我在第一时间寄给你。我在球场上抓了一把草放在裤子的后口袋里，请一定要注意到。这可是我可爱家乡的草，但愿你会喜欢。

这条裤子发挥了它的魔力。我现在很开心，卡门。不过我现在不会告诉你发生了什么，也不会在电话里说，因为我想见面的时候亲自告诉你一切。我很快就会回来了。我在这里已找到了我需要的一切。

爱你的布布

24

让我感受一切可以感受到的悲痛欲绝。

——查尔斯·狄更斯

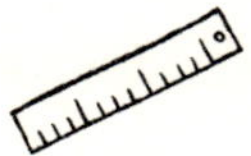

“起床了。”

克里斯蒂娜眯眼看卡门，有些生气地说：“不。”

“起来。”

“不。”

“妈——妈。”

“为什么？”

“因为……”卡门有节奏地敲着书桌，“你今晚要出去。”

“不，我没有要出去。”

“你有。”

“卡门，我不会再跟你爸爸和莉迪娅出去了。”

“我知道。而且，他们早走了。你今晚要跟大卫出去。”卡门心想，哈哈，没想到吧？

克里斯蒂娜坐了起来。一听到“大卫”这两个字，她的脸上就腾起了一阵红晕。她摆出一副既怀疑又生气的表情。“这是什么时候的事情？”

“我给他打电话的时候。”卡门打开妈妈的衣橱，开始帮她挑鞋子。

“这不可能。”

“我确实打了。”

“卡门·露西尔！这不关你的事！”

“他想你，妈妈，你也想他。这谁都看得出来，你一直都很难过。你就去吧，玩得开心点。”

克里斯蒂娜开始往自己大腿上堆枕头。“也许事情并没有那么简单。”

卡门指着浴室。“也许就是这么简单。”

克里斯蒂娜迟疑了半晌。卡门即使闭上双眼塞上耳朵，都能感觉得出来妈妈有多么想去赴约。但克里斯蒂娜是个有理性有担当的人，卡门非常欣赏这一点。

“我没让你失去理智，我甚至也没让你直接和他再续前缘。我只是让你和这个爱你的男人一起出去吃顿饭。”

妈妈把脚伸出床边。卡门的话奏效了。

“如果你不愿意，你以后可以不用再和他出去。”卡门明知这种可能性为零，不过嘛，激将一下也挺有意思的。

妈妈开始向浴室走去。

“等等。”卡门一路小跑回到自己的卧室。她从书桌上抓过魔法牛仔裤，轻轻展开，接着又匆匆赶回妈妈的卧室。

“给你。”

克里斯蒂娜的眼神变得迷离起来。她紧闭双唇。“什么？”她的声音轻如耳语，其实她懂卡门的意思。

“这是给你穿的。”

“哦，我的宝贝。”克里斯蒂娜一把紧紧抱住卡门。卡门意识到自己又长高了，妈妈的脑袋只到她的下巴那里。这让她有些伤感。

妈妈松开手时，卡门感觉脖子上湿湿的。

“我不能穿。如果我打算重新来过的话，这次我得有点大人的样子。”

“好吧。”卡门表示理解。

“可是卡门？”

“嗯？”

妈妈的嘴唇哆嗦个不停。“你愿意借我，对我来说意义非凡。”

卡门点点头，拉起妈妈的手，在指关节上亲了一下。“妈妈，去洗澡换衣服吧，快！”

卡门大步流星地走回自己的房间。“我会在大卫来接你之前把照相机准备好！”她回头喊道。

Carmabelle：蒂比。电影放映会时我会把牛仔裤带过去。等不及见你了。

蒂比知道自己是牛仔裤的忠实信徒，不然的话，上次发生了那么难堪的事，今天她是肯定不会穿它了。牛仔裤教会了蒂

比，即使她绣的图案很难看，也完全可以拆掉；一开始看人太武断没关系，摘掉有色眼镜改正错误就可以。她总会给人惊喜，甚至能让自己惊讶，这是贝莉对她说过的话。

蒂比摩挲着绣在裤子上的心形图案，缓缓地走进礼堂。她的心感觉快要跳出来，她的骨头似乎不再坚硬牢靠。

不知为何，看见礼堂后边一排座位上坐着一群正在等她的人时，蒂比萌生了一种奇特的感觉，觉得自己已经死了。世界已终结，所有被她伤害过、对她失望过的人都回来了，他们在这里，赐予她重生的机会。

妈妈和爸爸都在那里，布莱恩也在，还有莉娜、卡门和格拉芙曼夫妇，甚至连凡妮莎也来了。我希望能配得上你们所有人的爱，她在心底默默念道。

她的电影是第一个放映的。影片开始的画面是贝莉坐在飘窗上，阳光洒在她身上，贝多芬的音乐缓缓响起。画面转换到了渥曼超市，然后是邓肯·豪、帕维兰影院的玛格丽特，接下来便是在 7-11 便利店里的布莱恩。这些片段中偶尔点缀着格拉芙曼家借给蒂比的家庭录像。婴儿时期的贝莉迈出了人生的第一步。贝莉在自家后院里追逐一只蝴蝶。还有一段让人心碎的录像——六岁时精神抖擞的贝莉戴着一顶棒球帽，帽子下面，已再无一根头发。最后一个片段是那段采访。贝莉不卑不亢地看着镜头，仿佛在向镜头索取什么，但同时也将自己交给了镜头。

影片的最后一个镜头是定格在 7-11 便利店的画面。贝莉回头看着蒂比放声大笑。画面渐渐淡化，然后变成黑白色。音乐响起，贝莉笑靥如花的画面一直定格在屏幕上。

坐在她身边的布莱恩握住了她的手。蒂比也紧紧地回握了他的手。她听到布莱恩在跟着音乐吹口哨，但声音很轻很轻，也许只有她能听见。

最后，音乐结束，贝莉的脸随之消失。没有她在，连黑暗都是如此空虚。

格拉芙曼夫人倚在她丈夫的胸前。蒂比的妈妈握住了蒂比的一只手，另一只手握住卡门的。莉娜则抱着蒂比的脑袋。所有人都哭了，任泪水肆意流淌。

在礼堂外明媚的阳光下，爸爸妈妈和蒂比拥在一起。妈妈说她深感自豪。卡门、莉娜也和蒂比紧紧拥抱，她们对蒂比极尽溢美之词。布莱恩的眼中仍有泪光闪动。更让她意想不到的是，亚里克斯居然朝她走来了。蒂比已做足心理准备听他难听的评价，但她并不会把他的话放心里。

“拍得很好。”他说。他的眼神充满不确定，感觉他话语的背后似乎带着问号。亚历克斯怔怔地望着她，好像蒂比是陌生人一样。是的，从某程度上来看，她是陌生人。现在的亚历克斯只是墙上的一道阴影，蒂比根本不会留意到。

如果你是希腊人，就应该知道绝不能自作聪明地以为倒霉到极点便不会更倒霉了，从传统上来说，这是对远古神明的一种侮辱。如果你胆敢犯这种错误，神会证明你错得离谱。

自莉娜收到卡斯托斯的末日信后，才刚刚过了一周，远在伊亚的奶奶就打电话给爸爸说爷爷中风了。他现在住在费拉的一家医院，但情况似乎很不妙。

身为一名律师、一个移民美国的希腊人，莉娜爸爸强烈要求和爷爷的医生对话，他在电话里吼了好一阵子，要求医院用飞机把爷爷送到雅典研究医院。可院方说爷爷太虚弱，不能移动。

时间紧迫，莉娜只能匆匆给蒂比和卡门留言交代爷爷的事，然后又打电话到贝莎商店申请提前一周辞职。莉娜开始晕晕乎乎地和家人一起收拾行装。突然间，她想起了魔法牛仔裤。今天是她收牛仔裤的日子！可下午都过半了，牛仔裤还没到。上一个拿着牛仔裤的是谁？这段时间牛仔裤在她们之间传递得太快，她都不记得顺序了。前往纽约的航班两个小时后就要起飞了！虽然最近遭受了一系列的打击，但现在这条牛仔裤却是她最大的顾虑。没有牛仔裤她怎么去希腊呢？

家里其他人都在屋子里忙得团团转时，莉娜却等在前门，她希望能看到邮递车的踪影。出发前的最后一分钟，她仍在磨磨蹭蹭。

“莉娜，快上车！”妈妈在车里对着莉娜大叫，莉娜还站在人行道上东张西望，期盼牛仔裤能在最后一刻奇迹般地出现。

它还是没有来，莉娜觉得这是个很不好的兆头。

莉娜和家人一起在候机，即将登上前往纽约的航班。第二天早上，他们便直飞去雅典。波音七四七客机轰鸣着穿越大西洋向东飞去，大多数时间莉娜都在盯着前面的座椅靠背发呆。蓝色的靠背如电影屏幕般，一幅幅画面在上面徐徐展开。去年夏天圣母升天节之夜的爷爷，他的脸还有满是皱纹的手肘伸出窗外。爷爷穿着白色流苏皮鞋坐在桌边吃早餐麦圈。爷爷长时间地端详她的画，那神情认真得不能再认真。想不到她的知己居然是一个八十二岁的希腊老头，也许有些可笑，但这些都是真真切切发生在去年夏天的事情。

爸爸在笔记本上写着什么。艾菲靠在爸爸的左肩上睡着了，妈妈则一脸严肃地坐在她身旁。

一部电影结束，另一部还没开始时，莉娜与妈妈对视。两人都发现对方的表情很是严肃，于是严肃地对视起来。

我真希望我们能帮到彼此，莉娜暗暗想道，我希望你能信任我，能将心底的话告诉我；我也希望我能信任你。就在那一刹，莉娜希望她的知己是妈妈，而不是生命垂危的爷爷。她开始抽泣起来，背对着妈妈蜷缩在椅子里，肩膀不住地颤抖，连怎样呼吸都忘记了。她用鸡尾酒餐巾纸大声地擤鼻涕，先开始为自己而哭，然后又为爷爷、卡斯托斯还有奶奶和爸爸而哭，她为那怎么也等不来的牛仔裤而哭，然后她又为自己哭起来。

然而，机长开始通知准备着陆时，莉娜看见脚下古朴而美丽的故土，心底升起一丝激动。那天她的心真的不可抑制地狂跳着，即使情况如此糟糕，她还是热切地盼望着能再次见到卡斯托斯。

布布：

我真希望能有更好的方法联系到你，因为我现在就想跟你说话。我非常想跟你倾诉。我刚刚得知莉娜的爷爷中风了。她们一家昨天就去希腊了。她最近太不好过了，想不到现在又雪上加霜。我只想确保你知道这些。

爱你的蒂比

莉娜现在开始深信“越怕什么就越来什么”这句话了。

他们租了一辆车，一路蜿蜒爬上了圣托里尼的悬崖，终于到了伊亚村。看到奶奶站在蛋黄色的门前，莉娜对那句话更是深信不疑了。

奶奶从头到脚一团黑，脸上所有的皱纹似乎都垂直着耷拉下来。莉娜听见自己惊呼了一声。爸爸跳下车紧紧地抱住了奶奶。莉娜看见奶奶点了点头，泪水随之滚落。他们都知道这意味着什么。

艾菲搂着莉娜的肩。莉娜的眼泪毫不羞涩地奔涌而出，尽责地履行着它的义务。这几天她哭得太多，喉咙又干又涩。两人一起抱头痛哭，她们的头发缠绕在一起。然后她们又轮流去拥抱奶奶。奶奶看见莉娜时长叹了一声，几乎倒在莉娜的肩膀上。“漂亮的莉娜，”她倚在莉娜肩头啜泣，“这一切到底是怎么了？”

葬礼在第二天早上举行。莉娜醒来望着窗外，晨曦中的火山笼罩在一片粉红色和深灰色的云霞中。现在她和艾菲共用一间房，站在这里让她不由得想起了去年夏天。记忆犹新，历历在目。她记得她曾在这里用炭笔给卡斯托斯画过肖像。

莉娜既想见又怕见卡斯托斯，在这种矛盾心理的折磨下，她开始额外用心地打扮。她穿上一件从艾菲那里借来的贴身背心，外面再套上精致的薄黑罩衫。她戴上珍珠耳环，把头发吹干披在肩头，莉娜很少会这样做。不仅如此，她还画了一点淡淡的眼线并涂了睫毛膏。她知道就算只化一点极淡的眼妆，她的绿眼睛也会艳光四射，所以她一般都不怎么化妆。

莉娜总是尽可能地淡化自己的容貌。她总穿一些简单乏味的衣服。她差不多从不化妆，从不戴首饰。她一般只将黑发梳到脑后扎成发髻，或者就梳个松松散散的马尾辫。从小时候开始，妈妈就一直告诉莉娜她的美貌是上天赐予的礼物，不过随着年龄增长，莉娜觉得这“礼物”和特洛伊木马[1]没什么区别。

她的美貌让她感到暴露，让她难为情，浑身不自在。莉娜讨厌因她容貌而招来的异样关注，他们那明显的意图让她有种被骗的感觉。拥有大鼻子的艾菲，则能够尽显热情、古怪、真诚率直、无拘无束。而拥有小巧鼻子的莉娜注定是个美人儿。她一直以来都花了太多时间去确保那些她信任的人不会在乎她的容貌，并躲避那些在乎她外貌的人。

不过，在今天这个特殊的日子，她要精心打磨上帝赐给她的礼物。爷爷的去世让她的心仿佛被掏空一般，对卡斯托斯锥心的渴望让莉娜不顾一切，她愿意用一切力量去达成。

“噢，我的天啊，”艾菲看着莉娜款款走下楼梯时惊叹道，“你对莉娜做了什么？”

“给她嘴上贴了封条，藏进衣柜里了。”莉娜答道。

艾菲被惊艳到了，仰望了莉娜好几分钟才说道：“卡斯托斯这回要后悔死了。”

---

1 在古希腊传说中，希腊联军围困特洛伊久攻不下，于是假装撤退，留下一具巨大的中空木马，特洛伊守军不知是计，把木马运进城中作为战利品。夜深人静之际，木马腹中躲藏的希腊士兵打开城门，特洛伊沦陷。

莉娜顿时内疚起来，惭愧万分，她那一点小心思在妹妹艾菲的眼里简直就像大海报似的一看便知。

蒂比低头看着油毯地面，她记得两个月以前刚刚搬进宿舍的那一天，这房间看起来是多么的简陋和令人压抑。现在，地面堆满了她的脏衣服，她正忙着把衣服往大袋子里乱塞。床上铺满了她搜集来制作电影用的录像带。书桌上是她这个夏天的亲密战友——笔记本电脑。虽然这是父母收买她的礼物，但她已经爱上它了。斗柜上放着她十一岁时画的卧室画，它一直陪伴着蒂比，这幅画总能让她开心。还有电影学院颁发给她的最高荣誉证书和剧本创作老师巴格莉小姐亲笔写的一封祝贺信。床头柜上坐着凡妮莎专门做来送给尼奇的紫色毒箭蛙。她把这些充满了温情、让她喜悦的物品一件一件地放入行李箱。

最后要放的是贴在门上的一张照片，这是贝莉去世前在医院里拍的。格拉芙曼夫人那天过来看电影时把照片送给了蒂比。

看着这张照片令蒂比难受。虽然她很珍惜它，却只想把它夹在两本书中间，然后放到书柜的顶层，让它永远安全地留在那里。不过她跟自己许诺过绝不会这样做。她许诺无论将来在哪里，都会把这张照片挂在房间的墙上。因为贝莉知道什么是真诚，只要看着贝莉的脸，蒂比的赤子之心将永远不会丢失。

25

爱就像是一辆在冻原上驰骋的雪地摩托车，
突然之间它翻倒了，把你压在下面。
夜幕降临时，还有成群的冰鼬跑来咬你。
——马特·格勒宁

爷爷的弥撒在一座粉刷漂亮的简单教堂里举行，这座教堂莉娜去年夏天来过很多次。弥撒仪式自然用的是希腊语，就连她爸爸念颂词都是用的希腊语。莉娜只好沉浸在自己的回忆和对爷爷的默念中。

她一边紧紧握住奶奶的手，一边渴望着能见到卡斯托斯。他肯定很难过，莉娜可以想象得出来。莉娜只和爷爷相处了一个夏天，可卡斯托斯和爷爷的感情有十多年。莉娜知道卡斯托斯在爷爷年老体弱干不动活时帮了爷爷许多忙——比如倒垃圾、更换屋顶的瓦片。他帮助爷爷的方式极为微妙，不会让爷爷觉得这是施舍，他会让爷爷觉得自己仍然是人人敬重的强壮男人。

莉娜很想把这些话告诉卡斯托斯。他知道爷爷对她意味着什么，而懂得这点的人屈指可数。无论他们之间发生了什么，至少今天还可以彼此安慰，不是吗？

仪式进入尾声时，莉娜终于看到了卡斯托斯。他穿着一件黑西装，在过道另一侧的远处，而且大半个身子都被他爷爷挡住了。卡斯托斯也在找她吗？在这个特殊的日子，他们都在这座小岛上的同一间小教堂里。他能不找她吗？

接下来便是庄严的退场仪式，莉娜和她的家人最后离开。他们跟着牧师穿过大门向墓园走去。所有的人都聚集在墓园里，他们一个接一个地上前向爷爷的遗孀——奶奶——表达他们的哀悼之情。莉娜木然地沉思道，这多么奇怪啊，在过去的无数个日子里，奶奶一直都是幸福的妻子，可就在今天，她一觉醒来却变成了寡妇。

直到这一刻，莉娜才终于清楚地看见卡斯托斯，估计他也一样。卡斯托斯的动作僵硬异常，莉娜不免感到惊讶。往常的他都会让人觉得如沐春风，可今天那股春风似乎被定住了。他眉头紧皱，眉毛压得很低，莉娜几乎都看不到他的眼睛了。

不知道为什么，第一眼看到卡斯托斯时，莉娜居然没注意到他身边站着一个女人，而且她还挽着他的手。这个女人二十岁出头的样子，有一头醒目的金发。她穿着黑色套装，衬得一张脸面如土色。莉娜以前从来没见过她。

莉娜的心开始沉闷地咚咚跳着。她知道这个女人不是他的亲戚，也不可能是他们家的世交。她就是看得出来。莉娜站在那里，满心希望卡斯托斯会招手叫她过去，或者注意到她，可是，他没有。她在奶奶身边，和来宾们吻脸握手，他们说了一大堆感人肺腑的话，莉娜虽然听不懂，但还是点头致谢。

尽管卡斯托斯的爷爷奶奶是第一批走过来拥吻瓦莉娅的宾客，但卡斯托斯却没有过来，他几乎等到最后一刻才来。云层把天空笼罩得一片昏暗，待卡斯托斯向他们走来时，墓园里差不多都没人了，那个金发女人仍然亦步亦趋地跟着他。

卡斯托斯生硬地拥抱瓦莉娅，他们没有说一句话。金发女人怯生生地在奶奶脸上啄了一下。莉娜盯着这个陌生的女人，女人也盯着莉娜。莉娜等着卡斯托斯问候她或向她介绍这个女人，可是，什么都没发生。奶奶的嘴抿成一条直线。莉娜感到困惑不已，各方面的不寻常令她不由得稍稍恐慌起来。

一直耐心站在一旁的牧师似乎也嗅到了不和谐的气氛。他的英语还不错，因此他想帮忙化解一下。

“卡斯托斯，你肯定认识瓦莉娅从美国来的儿子和媳妇吧，”他指了指站在几米之外的莉娜父母，“你认识瓦莉娅的孙女吗？”他指了指莉娜，又指了指卡斯托斯，“莉娜，你认识卡斯托斯和她的新娘吗？”

新娘。

这个词像蚊子一样在莉娜的耳边嗡嗡作响，威胁着要向她袭来。然后它咬了莉娜。

她望着卡斯托斯，终于，他也看向她。卡斯托斯的脸已全然陌生。他与莉娜对视的那一刻，他终于正视她的那一刻，莉娜的视线却开始模糊起来。

莉娜跌坐在地上。她的前额无力地倚在膝上。隐隐约约之中，莉娜感觉到妈妈担心地抚着她的背。蒙眬中，她似乎看到卡斯托斯的动作终于不再生硬，他惊恐地向她奔过来。莉娜的人类本能让她保持着清醒，但在这种情况下，失去知觉才是一种幸福的解脱。

这间卧室太小，不足以容纳莉娜的痛苦。这整栋房子也容纳不下。莉娜悄无声息地走到屋外，独自在黑漆漆的小路上往上爬，她在想天空是否能容得下她的痛苦。

她光着脚走在脏兮兮的路上，不知道要去哪里。她就这样一直走到了坡顶，来到连接悬崖与悬崖之间的一块空旷的平地上。她木然地缓缓向小橄榄林的方向走去，这是她和卡斯托斯两人的秘密天堂，但她可以肯定，卡斯托斯已经抛弃了这里，抛弃了属于他们的一切——包括她。她娇嫩柔弱的脚底沾满了尖利如刺的东西，可她不在意。

到了橄榄林后，莉娜徘徊在那些小橄榄树之间，好像它们是她失散多年的孩子。她踩着岩石，来到泉池边坐下。池里的水比去年夏天少了许多。整座小岛亦已枯黄憔悴，不复往日盛景。

这里是一切开始的地方。在这里洗净酸痛不堪的脚，与往日再见，似乎是不错的告别仪式。

她以为自己会独自完成这一仪式，不料身后却响起了细碎的脚步声。莉娜的心狂跳起来，不是因为她以为来了犯罪分子，或野猪。她知道来者何人。

他在她身边坐下，把参加葬礼的黑西裤卷起，把双脚也没入水中。他和她就这么并排坐着。

“你结婚了。”她不带一丝感情地说道。

莉娜咬紧牙关，然后才容许自己看向他。很显然，他又痛苦又尴尬，非常抱歉。可是那又如何？

“她怀孕了。”他说。

莉娜本已做好保持淡定冷漠的准备，可他却轻易地又把一切破坏掉。

她目瞪口呆地看着他。

卡斯托斯点点头。“她叫玛丽安娜。你和我分手后，我和她约会过三次。第二次约会时我们发生了关系。”

莉娜畏缩了一下。

“我是个愚蠢的混蛋。”

卡斯托斯的语气从来没有这么苦涩过。她静静地望着他，无话可说。

“她怀孕了，这是我的错，所以我得负责任。”

“你确定……”莉娜觉得这个问题有点难问出口，“那是你的孩子？”

卡斯托斯平静地看着她。“这里不是美国，这里是传统的村庄，这是一个绅士应该做的事。”

莉娜记得他曾对她说过“绅士”这个词。她忍不住想，他这么努力地做绅士，做绅士这件事却不能给他带来任何幸福。

慢慢地，莉娜转头看着池中的水，她想起最后几个星期卡斯托斯态度的转变，一下子全明白了。

“你会和她一起回伦敦吗？”

他摇摇头。“目前不会，我们会留在这里。”

莉娜知道这个打击对卡斯托斯来说有多大。他一直都想离开这座小岛去大城市里打拼，为自己的将来创造广阔的世界。她知道这一直是他的梦想。

“你们现在住一起吗？”她问。

“还没有，她正在费拉找房子。”

“你爱她吗？”莉娜又问道。

卡斯托斯看向她，然后闭了一会儿眼睛。“我很难想象自己会像爱你一样爱其他任何人。”他睁开眼睛望着她，“但我会尽我所能。”

莉娜很快就要哭出来了，她知道自己撑不了太久。现实正飞奔过来追上她，死死地踩住她的脚踝，掐着她的手腕。她想在自己变得不堪之前离开。

莉娜起身准备离开，可是卡斯托斯一把抓住她的手，顺势将她搂住。他压抑住哭声，用双臂把莉娜紧紧压在胸前，他的唇吻上了她的发，他的呼吸急促而粗糙。

“莉娜，如果我伤了你的心，那么我更是以千百倍的代价伤了自己的心。”莉娜能听出卡斯托斯在哭，但她不想去看，“如果能改变这一切，我愿意付出一切，可是，我看不到任何出路。”

莉娜发出一声呜咽，泪水即将如千军万马般奔腾而至，她奋力忍住。

“今天我会把心里的话都说出来，我只说这一次。这有违我对婚姻作出的承诺，可是莉娜，我必须告诉你。我对你说过的一切都是真的，现在也一样，我从来没有骗过你。我说的话字字发自肺腑，掷地有声，比你想象的还要情真意切。请记住我的话。”

他的声音充满绝望。他拼命地抓住她，动作几乎是粗暴的。“你会挺过去的，我知道你会。而我会一辈子活在无法拥有你的人生之中。”

莉娜需要离开这里。她从卡斯托斯的怀里挣脱开来，并别过脸。

“我爱你，至死不渝。”他许诺道，就像几个星期前他在她家门外的人行道上说的一样。

那次的誓言是无价之宝，而这次的却是诅咒。

莉娜转身跑走。

蒂比同意去做足疗。她从来不觉得自己是那种会去做足疗的女孩，不过妈妈想她去，而且谁会讨厌免费的足疗呢？她们将脚放入迷你按摩浴缸并排坐着时，蒂比才意识到她和妈妈今年夏天都没像这样好好在一起待过。也许这正是妈妈要她来的原因。也许有时你得跟着家长才能得到你需要的亲子时间。

妈妈选择了深红色的甲油。蒂比选了透明色的。不过后来她改变主意，也选了深红色的。

“亲爱的，我有东西给你看。”妈妈一面说一面从手袋里拿出来一个信封。

她打开信，一张厚厚的高级信纸上写满了字。“是阿里的信。”

蒂比皱了皱眉头。当然，她想起了莉娜，但她同时也想起了阿里和爱丽丝上次愚蠢的争吵。

“我看哭了。”爱丽丝说道，她好像想召唤些泪水到眼中来做证明似的。蒂比看得出来，这不是伤心的眼泪。

“在他们出发去希腊之前，她为上次的争吵写了这封情真意切的道歉信。阿里是个很好的女人，她一直都是。”爱丽丝的表情变得伤感起来，蒂比无形中也被深深感染了。

“我记得以前每个星期三你们都会去打网球，你和阿里对玛丽和克里斯蒂娜，你们总是轮流赢。”

爱丽丝笑了。“我们没有轮流赢。”她说。

“也许只是巧合吧。”蒂比说，不过她知道不是。

她记得以前每个星期三下午，妈妈们一起在公共球场上尽情击球，而还是小孩子的“九月组”则在旁边布洛布兰奇路上的旧操场上一起玩耍，一玩就是几个小时。蒂比记得那里大概有两座攀爬设施。冰淇淋卡车经常停在那里，妈妈们几乎总是让她们吃冰淇淋。

“我好奇她还有没有在打球？”爱丽丝更像是自言自语，她从手袋里拿出信封，“总之，这是我想让你看的。”她递给蒂比一张五寸彩照。

“噢。”蒂比接过它，端详着，一股暖流涌遍全身，一路涌向她深红色的脚趾甲。“我太喜欢了，”她说，“能把它给我吗？求你了。”

有一种严重得足以致命的感染病叫心内膜炎，这是一种心脏感染性疾病。莉娜的曾祖母年轻时就是得这种病去世的，莉娜很肯定自己也得了这种病。

莉娜死气沉沉地躺在床上，一直躺到早晨，浑身酸疼肿胀。

到了午饭时分，妈妈蹑手蹑脚地走进房间，脱下高跟鞋爬到床上和莉娜躺在一起。她仍然穿着海军蓝的真丝套装。温情当前，莉娜的抵抗消失殆尽。妈妈双臂圈着她，怜爱地把她搂入怀中，莉娜仿佛变回一个三岁的小孩。妈妈身上的味道很特别，充满了强大的母性力量。莉娜贪婪地闻着，心渐渐融化。她全身颤抖，哭得一把鼻涕一把泪。妈妈一边抚摸着她的秀发，一边擦她的脸。不知不觉间，莉娜甚至还睡了一会儿，真是够奇怪的。她不想再时刻保持清醒了。

妈妈像大地一样富有耐心。直到黄昏时分，她仍然一个字也没说。房间的光线渐渐暗淡，窗外粉红色的光照射进来，等到妈妈从床上坐起来一点时，莉娜才发现她把鼻涕弄到妈妈最好的衣服上了。

"你愿意听我讲一些关于尤金的事吗？"妈妈柔声问道。

莉娜也坐了起来，点点头。初夏时她还那么迫切地想知道尤金的事，可现在她差不多已记不得是为什么了。

阿里拨弄了一会儿手上的戒指——她的婚戒、钻石订婚戒、结婚十五周年的翡翠戒，然后终于开口了。"十七岁那年，我在雅典的教堂遇见了他，疯狂地爱上了他。"

莉娜又点了点头。

"后来他去美国上大学了——就在美利坚大学，离我们家很近的。"

莉娜点点头。

"我留在雅典。这一别就是四年，我思念了他四年，日日夜夜。我觉得自己只有在跟他重聚的那几个星期里才算是真正活着，可重聚的日子总是太短太短。”

莉娜又点了点头，她深有体会。

“二十一岁那年我从雅典的大学毕业，搬到美国去跟他在一起。我妈妈不让我去，我走的时候她愤怒极了。我在美国当服务员，等尤金毕业。他忙于生活和学业。我甘心接受任何他愿意赐予我的时间。”

妈妈抬头想了一会儿。

“他向我求婚，我当然求之不得。他送给我一枚戒指，上面有一小粒珍珠。我把它当作宗教偶像般珍惜。我们同居了，出双入对俨然夫妻。如果我妈妈知道这些，肯定要被我活活气死。三个月后，尤金突然离开，他回到了希腊。”

“嗯。”莉娜同情地叹了一声。

“他父亲断了他的经济来源，逼尤金回家，他父亲说他的学费那么贵，是时候回家乡做点真正有用的事了。而我那时还全然不知情。”

莉娜点了点头。

“那一年，我想他想得发疯。他一直说下个月就会回来，但时间一拖再拖。我住在威斯康星大道的一个破单间里，下面是一家宠物店。我孤苦伶仃，穷困不堪。而且，我的天，那间房真的臭得要命。多少次我都绝望到想回家了。可我以为尤金会回来娶我，就像他承诺过的那样。当然，我也不想让我妈妈有机会证明她是对的。”

莉娜再次点头，她可以理解妈妈的心情。

“秋天时，我进了天主教大学的研究生学院。开学的第一天，我接到了我姐姐的电话。她告诉了我一件所有人都知道，而且都知道了几个星期的事。尤金认识了别的女孩，他没有打算回到我身边。”

莉娜的下巴在强烈的同情感下颤抖不已。“你真可怜。”她喃喃道。

“我在开学的第一天就退学了，从此卧床不起。”

莉娜郑重地点了点头。那听起来再现实不过了。“后来呢？”

“研究生院有一位好心的指导老师，她给我打电话劝我回学校。”

“然后呢？”莉娜预感到，故事马上就要发展到她熟悉的部分了。

“在感恩节那一天，我遇到了你爸爸。两个在异乡打拼、彷徨无助的希腊人都在霍华德·约翰逊连锁餐馆里孤零零地吃着饭。”

莉娜微微一笑，她知道这一部分。爸爸妈妈初次相遇的故事她听过了无数遍，可今天结合整个来龙去脉再听时，却有一番别样的滋味，感觉就像旧毛衣一样亲切。“四个月后，你们结婚了。”

“是的。”

然而，现在莉娜知道了前因后果，父母那一见钟情、闪电结婚的著名故事立即就被蒙上了一层阴影。

“可不幸的是，尤金的故事还没结束。”

“噢。”莉娜感觉得出来，故事的高潮快要到了。

妈妈似乎在斟酌叙述方式，她想了一两分钟，最后说道：“莉娜，如果你想知道的话，我会告诉你，不过是把你当做一个快到十七岁的年轻女孩来告诉你这些，而不是作为我的女儿。”

莉娜极度地想知道，但她也害怕知道。最终渴望战胜了恐惧，她点了点头。

阿里叹了一口气。“婚后的头几年，我还是经常想着尤金。当然，我爱你爸爸，但我不太信任那份爱。”她用手指摩挲着上唇，目光渐渐迷离，“我大概是对闪婚感到有点羞愧，觉得我和你爸爸结婚是因为尤金，这为我们的婚姻蒙上了一层阴影。我担心自己是出于情感需求才将感情从尤金身上转移到你爸爸身上。”

莉娜点点头，她觉得脑袋变得有点沉重。妈妈的专业就是心理学，有时她会把专业知识带到生活里来。

“你差不多一岁的时候，尤金从纽约给我打来电话。那是我四年来第一次听到他的声音，我一下子就陷入了慌乱。”

莉娜开始对故事的走向感到紧张起来。

“他要我去纽约见他。”

莉娜咬紧牙关，她对一岁的自己深表同情。

“我纠结了三天，最后还是去了。我对你爸爸撒了个小谎，然后把你放在卡门家，坐上了火车。”

“噢，不。”莉娜低声叹道。

“你爸爸到现在都不知道这件事，所以我真的希望你不要告诉他。”

莉娜点点头。她既兴奋又反感——兴奋是因为她知道了连爸爸都不知道的秘密，反感则是因为妈妈做得太出格了。

“我记得我们是在中央公园见面的，我还特地把那枚可恶的珍珠戒指放在大衣口袋里，我向他走过去时，一直都在抚摸着那枚戒指。说老实话，在那一刻，我根本不知道下半生该何去何从。”

莉娜闭上眼睛。

“我们在公园里走了三个小时，那可能是我这辈子最珍贵的三个小时。”

莉娜不想听到这些。

“因为我离开那里回家了，回到了你和你爸爸身边。自那之后，我确切地知道我爱的人是你爸爸，而不是尤金。”

莉娜感到如释重负。“所以什么都……没发生？”

“我有吻他，仅此而已。”

“噢。”莉娜说，她几乎没法相信自己居然会和妈妈谈论这些话题。

“那天晚上我很高兴回到了家，我永远都忘不了那种感觉。”妈妈的声音变得轻快起来，甚至有些不怀好意，“我相信你爸爸和我就是在那晚有了艾菲的。”

莉娜开始觉得她还是做回女儿比较好，和妈妈谈这种事太不合适了。

“下面的故事你差不多都知道了。”

突然之间，莉娜意识到，她的诞生和童年都是在担忧和疑虑中度过的，而艾菲则诞生于完完全全的幸福，浸润在欢乐的海洋里。虽然这么想有些黑暗，但她总算明白了为何她与艾菲性格差异这么大。

"那么这就是尤金故事的结尾了。"莉娜说道。

"没那么容易结束。在后来的几年里，他给我打过五六次电话。通常是他喝醉的时候，你爸爸非常讨厌他。"说到这段记忆，阿里翻了个白眼，"所以克里斯蒂娜和爱丽丝还有——"莉娜知道妈妈打算说"玛丽"，但她及时打住了。"所以我的闺蜜们都知道尤金。我害怕尤金给我打电话，害怕因那些电话而跟你爸爸争吵。直到现在，我都不会在你爸爸面前提他的名字。所以上次你提到他的名字时，我的反应才会那样激烈。"

莉娜点点头。"但爸爸不应该担心，对吗？"

"噢，当然，"阿里强调地摇了摇头，"你爸爸是一个出色的男人，也是一个好父亲。而尤金是个蠢货。回头再看那些心碎的日子，我深感庆幸，那是我这辈子发生过的最好的事。"

阿里意味深长地望着女儿。"亲爱的，那也正是我想你记住的事。"

Tibberon：昨晚和莉娜聊过了，太可恶了，简直难以置信。你和她聊过了吗？

Carmabelle：刚刚和她聊过。真想不到啊，可怜的莉娜。我们能做些什么呢？你别出去，我现在过来找你。

布丽吉特知道是时候回家了。现在知道莉娜发生了什么事，

她得回去陪她。今天是她在伯吉斯的最后一天，她和格里塔一起躺在后门廊上。她们并没有道别，而是在大口嚼着冰块，大谈以后如何装修房子。

然而三点钟还是如期而至，布丽吉特该离开了。

格里塔小心翼翼，她不想让这次告别被泪水淹没。

但布丽吉特从来都不会小心翼翼，她一向有话直说："外婆，你知道吗？如果我没有那三个至爱的朋友，我会留在这里跟你一起生活。现在这里就像我的家。"

格里塔忍了好久的泪水终于决堤。布丽吉特也一样。

"我会想你的，宝贝。我真的会想你。"

布丽吉特点点头，紧紧搂住格里塔，也许有点太用力。

"圣诞节来看我的时候，把你弟弟也带过来，答应我好吗？"

"我答应你。"布丽吉特信誓旦旦。

"记住，"在松开彼此的最后一刻，外婆贴在她耳边说，"我会永远在这里爱着你。"

布丽吉特拿好行李，在人行道上回头再看外婆的家最后一眼。刚到这里的时候，她觉得这座房子简单乏味，可现在再看，却觉得它美轮美奂，让人恋恋不舍。昏暗的前窗里隐隐约约伫立着格里塔的身影。外婆在大哭，她不想让布丽吉特看见。

布丽吉特爱这栋楼房，也爱格里塔，就连格里塔枯燥的生活——星期一玩宾果游戏，星期五看电视，每天十二点准时吃午饭——也照爱不误。

也许布丽吉特和爸爸、佩里住在一起没有太多家的感觉。不过，她在这里找到了她的家。

莉娜：

我知道你还在希腊，虽然这封信要过好些时日你才能收得到，不过我还是得给你写信，我得以某种形式跟你在一起。

你爷爷去世了我很难过。今天早上听到这个消息后，我为你哭了一场。莉娜，你一直都很沉着，面对把一切搞砸的我也那么善良。我真希望这一次我能好好照顾你。

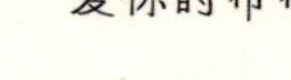
爱你的布布

莉娜在希腊的第四天，也是最后一天里，发生了两件重要的事。第一件事是奶奶把爷爷那双神憎鬼厌的白色流苏皮鞋送给了莉娜，可神奇的是，莉娜的大脚穿上这双鞋正好合适。奶奶简直不敢相信自己的眼睛，也许她根本就没打算让莉娜穿上这双鞋，不过莉娜倒很开心。

“我本来准备把它放进棺材，可我想你也许会喜欢，宝贝。”

“确实，奶奶。谢谢你，我很喜欢这双鞋。”

第二件事是夜幕降临时，莉娜坐在奶奶家门外的矮墙上为爷爷画了一幅画。她想把这幅画跟爷爷葬在一起。

昏昏沉睡的火山上一轮满月冉冉升起，莉娜突然间灵光一闪。她拿出颜料和画板，开始将各种颜料调配成一层一层的夜色。她以前从未在黑暗中画过画，以后很可能也不会再这样做，因为这基本上是不可能完成的任务。

但她还是成功地画出了两轮熠熠生辉的月亮，一轮挂在天上，另一轮躺在水中，宛如双胞胎姐妹，在她的画中也是如此。

莉娜在调色板上调颜料时，发现卡斯托斯在她身后看着。

这个刚刚毁了自己又毁了她人生的男人，居然极有耐心地在看她画画。

“月夜。”他研究了很久之后，吐出这两个字。

真是不可思议，因为莉娜正想给这幅画取这个名字，但觉得似乎太傲慢了，也只敢想想而已。她不敢把自己的画与梵·高联系在一起，《星夜》可是她最喜欢的梵·高作品，她怎么敢给自己的画取与之相关的名字呢？莉娜想起妈妈和尤金的故事，她怀疑自己是否有朝一日也能称卡斯托斯为蠢货，这不太可能。

“你爷爷会喜欢它的。”他说。

好吧，她更加确信不可能。

她命令自己不许哭，也不能吸鼻子。她知道这也许是最后一次见他了，她转身站直，如饥似渴地久久望着他的脸，要将他刻在心底。

昨夜她还感到窒息，憎恶又麻木。可是现在，不知道为什么，她没有了那些感觉。

“再见。”她说。

莉娜意识到卡斯托斯也在贪婪地看着她，他直勾勾地盯着她的眼睛、头发、嘴唇、脖颈、胸部、她沾满了颜料的裤子，还有爷爷的白皮鞋。在这种情况下如果招呼“你好”而不是“再见”，会显得非常不合时宜。也许“再见”也不见得恰当。

“你昨晚对我说的那些话。”莉娜开口道。

他点点头。

莉娜清了清嗓子。“我也是一样。”

她不得不敬佩自己，这话实在是缺乏诗意。

卡斯托斯又点了点头。

“我永远不会忘记你。”她又想了想，“呃，希望我能忘记一点点。”她把爷爷的鞋尖在地上摩擦，“不然离开就太难了。”

现在卡斯托斯眼中噙满泪水，他的嘴角耷拉着，不住地颤抖。

莉娜把调色板和画刷搁在墙上，她踮起脚尖，双手搭在卡斯托斯的肩上以保持平衡。她亲吻了他的脸颊。亲哪里不重要，她是像情人般地亲吻他，而不是朋友。不过也许不需要。卡斯托斯死命地搂紧她，他不舍得让她走。

卡斯托斯离开之后过了一会儿，艾菲出现了。她戴着耳机听着歌，头发凌乱不堪，样子十分可疑。

“你无疑比以往哭得更多了。”艾菲指出道。

莉娜几乎差点笑出声来。“你无疑又去找那个服务生了，是不是？”

艾菲羞答答地耸耸肩。艾菲当然能心无芥蒂地重拾去年夏天的旧爱，好像时间并没有流逝一样。艾菲能够陶醉于再续的缠绵。但当是时候离开时，她可以轻轻挥手，不带走一片云彩。

莉娜惊愕地看着妹妹。艾菲一边听着傻乎乎的流行歌，一边摇头晃脑。

各人有各人的长处，莉娜不由得想。比如说，莉娜擅长写感谢信，而艾菲则擅长寻欢作乐。

26

我们并非只诞生一回，而是循环不息。

——威廉·查尔斯

布丽吉特打算拎着行李走几百米去汽车站，可没想到，比利却突然出现在她身边，一把夺过她手中最重的两件行李。不过布丽吉特一点也不觉得生气。

“我真希望你不要走。”他说。

“家里人需要我，”她说，“不过我们总会再见面的。”

她望着比利拿着她的行李站在汽车站，比利不想她离开。他喜欢她，这一点布丽吉特可以肯定。她观察比利有没有对她有任何生理上的渴望。她当然想这样，不是吗？以前的那个布丽吉特又回来了，她感觉自己有资格再爱。

可转念一想，她真的想那样吗？难道她还没受够男孩子们那些追逐的目光吗？如果比利突然产生爱慕之心只是因为她变漂亮了、头发又变回金色了，那她会不会在一定程度上讨厌比利呢？

不过，比利并没有用那种眼光看待她。他只当她是以前的布布——那个他从六岁起就认识的女孩。他看着她的眼神仍如在球场上看着她发号施令时一模一样。不是吗？

比利碰了碰她柔软的手腕内侧。

还是说他确实对她有意?

布丽吉特曾认为六岁时的布布和现在的布布有着天渊之别，妈妈的悲剧就是两者之间的鸿沟，从此她们便相隔在两个世界中。她曾认为比利儿时的玩伴布布和他有可能倾慕的对象布布是两个截然不同，且相反的人。可现在，她已经不确定了。

但当比利深情地吻上她的双唇时，一阵麻酥酥的电流传遍她全身。布丽吉特知道她很享受这个吻。

在惊叹的一瞬间，她仿佛看到脚下广袤坚实的大地绵延不绝，从过去延伸到现在，再一直向前延伸，直至消失在地平线。

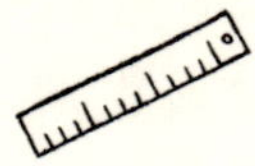

其实这真的是个很奇葩的想法，不过卡门一直很喜欢凡事皆有因果这一点。妈妈和大卫出去约会了，他们将从此幸福地在一起。卡门已经为之前的罪修了苦行，她现在每天都担心着莉娜，与此同时，看着妈妈欢天喜地地恋爱。她有一大堆时间来专注于这两件事，因为暑假的最后这两个星期，莫根一家都在海边度假。

一个星期以来，波特给卡门留了一堆电话留言，还邀请她去切维柴斯参加某个运动员的派对。卡门觉得她和妈妈现在既然已经冰释前嫌，应该可以开始自己的生活，真正地去喜欢波特了。

卡门给波特打电话约他出去时，波特深感意外。虽然是迟来的邀约，但他还是忙不迭地答应，还提出带卡门去迪兹烧烤店吃饭，所以这意味着他并没有完全讨厌卡门。又或者他确实讨厌卡门，只是想伺机报复，偷偷计划晚饭后让卡门一人埋单。卡门提醒自己，一定要在钱包里额外再放二十美元。

自那个妈妈爱上大卫，而她并没有爱上波特的决定性夜晚以来，这是卡门第一次穿上魔法牛仔裤。今晚究竟会怎么样？谁知道呢？不过有这条裤子在，说不定今晚也会是决定性的一晚。

她修眉毛时，电话铃响了。

从来电显示来看，这应该是来自联合车站电话亭的号码。

“喂？”

“嗨，是我，保罗。”

保罗回查尔斯顿的家待了两个星期，他现在肯定在回费城的路上，毕竟也快开学了。

“嗨，你在做什么呢？”

“我没赶上火车。”

“噢，不。发生什么事了？”

“我在地铁里迷路了。”

卡门忍俊不禁，爆笑不止。“不是吧？！”

“是的。”

“噢。”

“我和一个朋友搭便车到了华盛顿，于是我错过了火车。”

“噢。”

卡门在想这意味着什么。这意味着保罗今晚没地方住，她得照顾他。

“呃，”她轻扣话筒，想了一会儿，“跟我在威斯康星大道和伍德利大道相交的迪兹烧烤店碰头。你什么时候到都可以。你吃过饭没有？”

“没。”

“好的，待会见。”可怜的波特。这次约会多了一个电灯泡，怎一个“囧”字了得。

卡门刚拿起眉夹准备继续拔不听话的眉毛，电话又响了。

“天啊！”她大声叫道，把眉夹朝墙砸过去。

这次的电话号码是莉娜家的。莉娜回家了吗？卡门一把抓起话筒。

“莉娜！”

“非也，我是艾菲。”艾菲小声说道。

“你们到家了？”

“是的，差不多一小时前到的。”

“莉娜怎么样了？”

卡门的太阳穴突突地跳起来。莉娜回家了，莉娜需要她。嗯，这样的话，她希望保罗和波特今晚能友好相处。

艾菲顿了顿。“呃，我也说不上来。”

“她还说话吗？她还走路吗？”

“既有也没有。”

“什么意思。”

“有走路，没说话。”

“哦，我马上过来。”

“不，你得带她出去散心。”

“是这样吗？”

“是的，”艾菲说，“那才是她真正需要的。”

“好——吧。你确定？”艾菲和卡门都很强势，她俩撞在一起总是针尖对麦芒。

“是的，她的房间里一半空间堆满了信，另外一半则堆满了照片。情况就是这样。我们离开得很仓促。你得带她出去让她转移一下注意力，我也好趁机把她的那些东西藏起来。比如说，藏到垃圾桶里。哈哈。”

卡门沉默了半晌。艾菲一向只管自己讲笑话，别人笑不笑她无所谓。

“你有跟蒂比聊过吗？”卡门问。

“她不在家。”

“好的，菲菲。我十五分钟后来接她。”卡门大力放下电话。

她边甩头边在房间里乱转，匆匆地往手袋里塞东西。看来她也只好把莉娜带到迪兹烧烤店了，那是唯一的选择。

卡门疯了，约会居然叫了两个男孩，如果这都不够让莉娜转移注意力，那真是没有天理了。

很久之后，卡门尝试回忆这次诡异的约会，她想把错综复杂的脉络梳理清楚。这到底是什么时候发生的？如何发生的？又为什么会发生呢？这一切是否有发生？

那天她穿上了魔法牛仔裤，和莉娜手拉着手。莉娜穿着一条柔软的法兰绒拉绳运动裤和一件 T 恤。从几米之外看的话，这件 T 恤似乎是件普通的白色 T 恤，笔直简单。但如果凑近看，你会发现领口有一圈花边。卡门的心当即抖了一下。这件 T 恤是典型的莉娜风格，但花边不是。

莉娜憔悴得让人心疼。经过这一系列的打击，她消瘦了很多，但卡门还是不由得心生羡慕。莉娜的眼睛大大的，亮晶晶的，她的眼神迷离，焦点既不在这里，也不在那里。她四处打量着餐厅，眼睛忽闪忽闪的，活像个新生婴儿。她的皮肤显得十分脆弱，眼睛似乎是第一次见到这世界一般。餐厅里坐满了顾客，又吵闹，又乌烟瘴气，把莉娜带到这过分刺激的场所来，卡门感到很过意不去。这里不适合初生婴儿。

卡门让莉娜先坐在餐厅前边的等待区，然后她大步流星地走进用餐区，发现波特和保罗分别坐在两张桌子旁等她。她先走向波特，波特一见到她便站起身来，脸上堆满了笑。

“嗨。”他吻了她的唇，不过卡门现在可没心思分析这个吻的含义。

“嘿，听着。今晚的约会有点复杂，”她歉疚地挤了个鬼脸，“我的朋友——呃，其实是我继母的儿子，他今晚没赶上火车，没地方可待，所以我叫他一起来了。”她怯生生地摸了一下下巴，“这样可以吗？”

波特看她的眼神似乎在说：“这时候问可不可以重要吗？”

“而且，”卡门趁热打铁，“记得我的朋友莉娜吗？你认识她的。她今天晚上刚刚从希腊回来，她……事实上，最近受了很多打击。”卡门压低音量说道，“我不能丢下她，所以她也来了。”卡门无可奈何地耸起肩，“对不起。”

波特点了点头。到了这份上，卡门估计她现在再做什么，波特也不可能更失望、更惊讶了。

正在这时，保罗看见了她。卡门走过去对他说："嗨，到这边来。"

保罗跟着她走。

"波特，这是保罗。保罗，这是波特。"当他们近得可以听见对方说话时，卡门介绍道。

"嘿。"波特像印地安酋长一般举起一只手。

今晚，卡门似乎安排着许多人的生活。她指着波特坐的地方。"我们都可以坐在这里，是吗？"

波特耸耸肩。"当然。"

"好的，那坐下吧。我去带莉娜过来。"

保罗看起来有点担忧恐慌，他不善于和人交往，他现在很可能情愿待在联合车站的长椅上。

莉娜坐在等候区的椅子上，盯着自己的手发呆，世间的一切对她来说不过是浮云。"莉娜？"

她抬起头。

"真抱歉今天晚上把你拖到这里来，不过我们等会儿会和两个你不认识的男孩一起吃饭。"现在用委婉的说法骗她已经没用了，如果莉娜打算抗议的话，此刻正是好时机。

卡门本以为莉娜会吓得往椅子底下躲，可没想到她却站起身来，顺从地跟着自己走。这比尖叫着反抗的场景更让卡门担心。

她们两人朝桌子走去。就在那时候，不可思议的事情发生了。不知道出于什么原因，保罗和波特居然坐在桌子的同一边，他们都面朝着女孩们走来的方向。这实在有点滑稽，两个男生居然并排坐在一起。卡门不知道具体当时波特是什么表情，因为她在盯着保罗。

这一刻，时间停止，周围都安静下来，所有的色彩渐渐被一团浓墨浸没。空气中弥漫着一股怀旧的气息——即使什么也还没发生。

保罗看向莉娜。虽然有无数男孩都曾痴痴地看过莉娜，但从来没有一个男孩会这样望着她。

后来，卡门总是想起保罗的这个眼神。一个人的眼神怎么能包含这么多内容呢？

波特站起来，保罗也站起来，然后四个人一起落座。卡门说了些话，波特说了些话，服务生也过来说了些话。这些都显得很随意且无关紧要，因为，重要的事情正在发生。

保罗和莉娜。莉娜和保罗。他们没有相视微笑，甚至连一个字都没有说。也许他们自己都没有意识到某些事情正在发生，但卡门嗅到了不寻常的气息。她就是知道。

忽然之间，就在舒适的四人座中间，一道断层打开了。断层的这一边，是闹哄哄的世界、吵吵嚷嚷的餐厅还有像波特和卡门这样的一般人；而另一边，则是保罗和莉娜。即使机警如卡门，也不敢看他们，或听他们说话。她不属于那里，不属于断层的另一边。

“你想一起吃这些辣鸡翅吗？”波特柔声问她。

卡门觉得她要哭了。

这是一条爱情牛仔裤！没错！它的周围萦绕着纯粹的魔法。但这些魔法并不是施予她的！永远不会是卡门！

因为她不懂爱。她的爱太沉重。

卡门的想象开始肆无忌惮地向危险的方向发展。莉娜将会成为保罗世界的中心，她能预见到。保罗将不会再关心卡门，不会再认真聆听卡门的那些傻话。

那么莉娜会怎么样呢？这又会对她们的友谊造成什么样的影响呢？她会把姐妹情谊抛之脑后吗？那卡门该何去何从呢？

一想到此，卡门就焦虑起来，她的胃不禁抽搐，五脏六腑一阵翻腾。

为什么她参与的四人约会结局总是这样？当爱情触手可及时，为什么卡门总是徘徊在爱的大门之外？为什么她总是失去的一方而不是获得的一方？

然后她想到了妈妈和大卫。那天晚上的稍早时候，大卫带着两束玫瑰来到她家，一束是送给克里斯蒂娜的，另一束则送给卡门。卡门很欣赏他这一举动，因为那让她妈妈非常高兴。卡门做字谜游戏被难倒时，大卫帮她猜出来了（就是那个 a 开头、一共有五个字母，关于一种日本犬的词）。最重要的是，妈妈脸上的那种光彩又回来了，虽然她有努力表现得理性一点。这种就是收获，而不是失去。

莉娜和保罗已自成一个世界，在那里，保罗对莉娜小声说了什么，莉娜害羞地垂下头。但当她再次抬起眼睛时，满眼都是笑意，卡门从未见莉娜笑得这样甜过。莉娜身上发生了某种改变。

卡门可以无视眼前的一切，也可以感觉受到威胁，然后设法将这种尚处于萌芽状态的爱扼杀在摇篮中。

或者她也可以换一个角度考虑问题，莉娜和保罗都是她深爱的人，他们和所有人一样都值得拥有爱情。

卡门猛地抬起头。“莉娜？”

莉娜仿佛是从好几公里外的地方向她靠过来。

“怎么了？”

“跟我离开一会儿好吗？”

保罗和莉娜的目光齐刷刷地望向她，他们似乎都在疑惑，卡门怎么这么吵闹，这么烦人。卡门又说：“就一会儿，我保证。”

一进到洗手间，卡门便立刻解开牛仔裤的纽扣，迅速地脱下牛仔裤。“把你的裤子给我，你穿上这条，好吗？”

“为什么要这样？”莉娜问道。

“因为我知道今晚将对你很重要。”卡门的心怦怦直跳。

“你怎么知道？”莉娜几乎一脸惊恐。

卡门捂着胸口说：“我就是知道，我感觉得出来。”

莉娜瞪大眼，直勾勾看着卡门。“怎么重要了？什么意思？”

卡门把头高高昂起。“莉娜，如果你现在不知道，很快你就会知道。这个夏天你经历了太多，你可能需要些时间消化。”

莉娜似乎没听懂，但她也不打算反驳。她穿上了牛仔裤。莉娜顿时艳光四射，连周围的空气都开始熠熠生辉。

谢天谢地，幸好莉娜今晚穿的是拉绳运动裤。卡门一边感叹，一边穿上运动裤，飞快地系好拉绳。

莉娜已经转身离开，走出洗手间径直走进餐厅。看着莉娜款款走向保罗，卡门感应到，这就是那些神奇的时刻之一，一个全新的世界正在徐徐展开。这一切，也许只有卡门才能看得见。

这就对了，卡门暗暗想。她会学会去爱，无论爱以什么方式呈现。

莉娜躺在她房间的床上。和往常一样，她又在没完没了地想着一个男孩。不过奇怪的是，今晚她琢磨的男孩不是往常的那个。这个新的男孩个子更高，身材更魁梧，而且他的眼神更真挚。他望着她的时候，好像能够看透一切，但他只会去看莉娜愿意给他看的东西。就她此刻知道的是，他没有结婚，更没有弄大任何人的肚子。

不知怎的，莉娜觉得自己正在玩高空杂技，在九十秒的时间里，她松开了自己所在的秋千，心惊胆战地悬浮在半空中，然后以闪电般的速度抓住了对面的秋千。

她是什么时候开始变成空中飞人的？莉娜得好好想想。她是如何从一个紧闭心门的隐士变成一个荡秋千特技演员的？

她很担心自己的安全。

她给蒂比打电话。从希腊回来后，她还没给蒂比打过电话。而且她现在需要倾诉。

“蒂比，我不知道我是怎么了。”她叹道，也不知道自己的叹息是因为快乐还是忧伤。荡在高高的秋千上，这两种感觉同样强烈，它们融为一体。

“你怎么了，莉娜？”蒂比用她最温柔的声音问道。

“我想我是病了，就是那种心脏膨胀肿大的病。”

“哦，”蒂比说了一句极富哲理的话，“我想，心脏膨胀总比收缩好。”

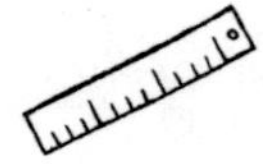

卡门把莉娜送回家后也回家了。刚一进门就听见电话铃响，她走进厨房接起电话。

“喂？”

“嘿，卡门，是我，波特。”

“嘿。”她深感意外。

“听着，我放弃了。我只是想让你知道，一个人的耐心就只有这么多。”

卡门艰难地吞咽了一下。不知为什么，她的心仿佛错位了一般，离开胸腔四处跳动。“什么意思呢？”她胆怯地明知故问道。她不想知道他的意思，但这并不意味着她就真的不知道。

波特长叹一声。“老实说吧，我一直都在暗恋你，差不多有两年了。这个夏天和你在一起我不知道有多兴奋。我真的希望我们能成，可是老天啊，你到底要把我耍多少次才满意？”

波特停顿了一会儿，他是在给卡门一个辩护的机会，可卡门却震惊得一时说不出话。舌头在嘴里僵住了，动弹不得。

“我真是不明白你为什么要几次三番地给我打电话。我们约会的时候，我可以看得出来你没兴趣，可之后你又给我打电话。”他听起来不像是生气，更多是无奈，“所以，我正式放弃了。做笨蛋我只能做这么久了。”

卡门张大了嘴，在沉默中，她突然意识到波特原来和她想象的大不一样。不过话又说回来，她有认真想过波特是什么样的人吗？哪怕一秒钟？她曾仔仔细细地考虑过他有哪些优点适合做男朋友，但她从没想过波特也会有自己的感觉和想法。或者，老天啊，他也会表达自己的想法。波特是个男孩，一个很有潜力的男朋友，一件拿得出手的物品。对于卡门来说，他和高档手袋没什么两样。

难道不是吗？

“我知道你妈妈的事让你很心烦，我能理解。但我以为你们的问题解决之后，你就能认认真真地和我约会了。”

不，他不是高档手袋。

卡门的脸一阵发烫。原来，她看走眼了，她完全看错了波特，她差点没笑出声来。

“波特？”她说道。现在，这个名字给她的感觉完全变了。她突然觉得自己似乎在和朋友说话一般。

“什么？”

“我能当笨蛋的时间要比你长得多。”

他大笑起来，虽然笑声有些沉重。

卡门这才发现，他们从没一起笑过。她几乎没给过他大笑的理由。

“我不知道该说些什么，我一直没意识到你也是个有感情、有感觉的活生生的人。”卡门诚恳地说。

“那你以为我是什么？”

“天啊……我不知道。一只企鹅？”

波特又笑了一下，他清了清嗓子。“我不确定该怎么接受这个答案。”

“不过我错了。”

“我不是企鹅了？”

“不是。”

“很高兴听到你这么说。”

卡门深吸了一口气，无限惋惜。

“真的很对不起。”她说道，她真希望自己不要老处于亏欠别人，不得不向别人真诚道歉的境地。

“道歉接受了。”他轻快地说道。

“谢谢。”她说。

“保重，卡门。”他的声音很亲切。卡门深感欣慰。

“谢谢。”她又说出这两个字，不过声音更轻。然后她听见波特挂了电话。

放下电话后，她知道自己罪有应得。最让人伤心的是，她发现自己第一次真的有一点喜欢波特了。

她苦笑着穿上毛茸茸的红色睡衣，这是她生病时会穿的睡衣。她感到羞愧万分，但奇怪的是，心中却满怀希望。

经过一夜的长途奔波，第二天早上布丽吉特终于回到了马里兰州的贝塞斯达。她从长途汽车上跳下来。不过，她没有回家，而是径直去了莉娜家。在门口，她默默地拥抱了一下阿里，然后便直接上楼了。

莉娜躺在床上，还穿着那件绿橄榄和黑橄榄图案的睡衣。

她一看到布丽吉特便坐了起来。布丽吉特小声欢呼着扑上去，几乎把莉娜扑倒，然后，她才松手仔细地打量着莉娜。

布丽吉特本以为她的朋友会伤心欲绝，一脸的绝望，可事实并非如此。莉娜的表情比她想象的要复杂。

“你听说爷爷的事了？”莉娜问道。

布布一本正经地点了点头。

“你也听说卡斯托斯的事了？”

布布又点了点头。

“我真是一团糟，不是吗？”她说。

“是这样吗？”布布凝视着莉娜的双眼柔声问道。

莉娜抬头望向天花板。“我都已经不了解自己了。”她重新瘫倒在床上，布布也依着她躺了下来，莉娜欣慰地笑了笑。

“我那么爱他。”莉娜对布布说。她闭上双眼，泪水夺眶而出。哭的时候，她甚至都不知道这个“他”指的是谁。她感觉到布布的双臂搂住了她。

“我知道，”布布安慰她，“我真替你难过。”

当莉娜停下来歇口气的时候，布布一副若有所思的神情。“你不一样了，莉娜。”她说。

莉娜笑了，虽然她的笑中仍有泪。她抚摸着布布金灿灿的发丝。“你一点没变。我的意思是，你又变回原来的你了。”

“我希望这个版本的我能耐用一些。”布布说。

莉娜伸直了她的那双大脚。“你知道吗？”

“嗯？”

“我问过自己，如果这个夏天的记忆可以删除，我会愿意删除吗？”

“那你的回答是什么呢？”布布问。

“直到昨晚，我的回答还是：‘是的，拜托，请把我变回原来的样子。’”

布丽吉特点点头。“那现在呢？”

“现在，我想，也许还是不要了，还是保持现在这样吧。”

莉娜又开始哭起来。她以前一年差不多只哭三次，可现在似乎还没吃早餐就已经哭了三次。这算不算一种进步呢？

她靠在布布身上，让布布支撑着她所有的重量。去年夏天布布崩溃倒下时，是莉娜接住了她。今年夏天正好恰恰相反，人生的际遇真是太神奇了。

不过，在这个夏天，她不仅学会了爱，还学会了另一样本领——依赖。

27

让黄金时代来临吧。

——贝克

布布在莉娜家给蒂比和卡门打电话，过了一会儿，她们都来了。卡门趿着她妈妈的拖鞋，身上的 T 恤也穿反了。而蒂比就更绝了，她光着脚就赶来了。四个姑娘一见面，都大呼小叫起来，兴奋不已。

几小时后夕阳西下，粉红色的落日余晖从窗户里照进来，她们始终没有离开过房间。四个人都躺在莉娜的床上，叽叽喳喳聊得没完没了。卡门知道大家都不想打破这种气氛，这种感觉太温馨了。但与此同时，她们都已饥肠辘辘。

蒂比和莉娜终于忍无可忍，决定去厨房里搜刮点吃的带上楼。可她们才刚走不到半分钟，就又匆匆地跑回来了。

“我们听见厨房里有人。”蒂比瞪大了眼，兴奋地比划着说。

“你们都下来看看，”莉娜说，“但别发出声音。”

卡门留意到，大家脚上穿的都很适合悄悄走路。蒂比在厨房门的一边站住了，然后所有人都挤在她身后。

卡门看到三位母亲坐在圆桌边时，长吁了一口气。母亲们都把头压得低低的，似乎在说什么机密。克里斯蒂娜好像在讲一个有趣的故事，因为阿里和爱丽丝都在笑。阿里用手蒙住眼睛，这个姿势太经典了，莉娜快笑疯了的时候也会这样。

卡门注意到桌上有两瓶酒，一瓶是空的，另一瓶只剩一半。

卡门看着她们，感慨万千。她没法区分快乐和忧伤——它们从来都并非泾渭分明。这三位母亲好久没有这么亲昵了，这样的场景既亲切又熟悉，让人不由得回忆起了童年。可是，桌边还放着第四张椅子，空着，它本来是属于玛丽的，但现在也许应该属于格里塔。

卡门看向四周，发现朋友们也颇为动容，她们每个人的脸上都有着相同的感动，和大概不一样的感触。

大家都默默地跟着蒂比走出大门，来到房子旁边的一块空地上。卡门会心地笑了。看到妈妈们重拾友谊，就像一件你期盼已久但又不愿承认的事终于成真。

四个姑娘躺在草地上，直到太阳落下，繁星缀满夜空。卡门惊讶于沉默的力量——此时无声胜有声，沉默把她们的心紧紧地连在了一起。

夜幕降临，吉尔达俱乐部弥漫着甜蜜而黑暗的气息。她们手拉着手，即兴地来了一场与逝者的交流——玛丽、贝莉还有莉娜的爷爷。蒂比把布莱恩的父亲加进名单中；莉娜也把卡斯托斯加了进去——他是莉娜需要哀悼的人；布布想纪念她的外公；蒂比还想到了咪咪，不过她没有说出来。

为逝者哀悼之后，她们开始向爱致敬。她们打开了一瓶蒂比从她父母的地下室藏品中偷来的香槟。卡门提议为爱情干杯，不过这个主意马上就变得棘手起来。莉娜想把布莱恩加进去，但蒂比拒绝。卡门想把保罗加进去，但莉娜抵死抗议。于是，她们把爱的范围扩大，需要致敬的人也一下子变多了——格里塔、布莱恩、保罗、瓦莉娅、艾菲、克里丝塔、比利都包括进来了。卡门大度地把大卫也加了进去。

然后她们也想一起为妈妈们干杯。在这个环节中，布布的眼里蓄着泪水。她问能不能把玛丽加进去，所有人都表示同意。然后她又问能不能把格里塔也加进去，所有人再次表示同意。

在最后的环节里，蒂比给大家带来了一个惊喜。她小心翼翼地拿出阿里寄给爱丽丝的照片，把它放在位于她们中间的魔法牛仔裤上面。所有人都凑上前去好看个清楚。

四个年轻的女人并排坐在一面砖墙上。她们勾着肩，搭着背，摞着脚，好像随时会跳起康康舞来似的。她们都在大笑，其中一个有着一头美丽的金发；另一个有着一双黑眼睛和一头黑色的大波浪——她的笑容最为灿烂；还有一个有着一脸雀斑，她的长发在风中轻轻飞舞；第四个则留着清汤挂面的黑直发，是典型的古典美人。这是一张充满着友谊之爱的照片，不过她们不是牛仔裤四姐妹。这四个女人是她们的妈妈，年轻时的妈妈们。蒂比欣喜地发现，她们四个人都同样穿着牛仔裤。

· The End ·

牛仔裤的夏天 2

产品经理 | 杨珊珊　　装帧设计 | 向典雄
技术编辑 | 顾逸飞　　责任印制 | 梁拥军
产品监制 | 吴　涛　　出 品 人 | 路金波

图书在版编目（CIP）数据

牛仔裤的夏天. 2 / （美）安 · 布拉谢尔著；李亚萍译. – 上海：上海文艺出版社，2020
ISBN 978-7-5321-7544-4

Ⅰ. ①牛… Ⅱ. ①安… ②李… Ⅲ. ①长篇小说－美国－现代 Ⅳ. ①I712.45

中国版本图书馆CIP数据核字（2020）第039094号

著作权合同登记号 图字：09-2019-892

alloyentertainment

出 版 人：毕　胜
责任编辑：崔　莉
特约编辑：王思宁
封面设计：向典雄

书　名：牛仔裤的夏天 . 2
作　者：[美] 安 · 布拉谢尔
译　者：李亚萍
出　版：上海世纪出版集团　上海文艺出版社
地　址：上海市绍兴路 7 号　200020
发　行：果麦文化传媒股份有限公司
印　刷：河北鹏润印刷有限公司
开　本：880mm×1230mm　1/32
印　张：10.5
插　页：4
字　数：200 千字
印　次：2020 年 7 月第 1 版　2020 年 7 月第 1 次印刷
印　数：1–6, 500
I S B N：978-7-5321-7544-4/I · 6005
定　价：49.80 元

如发现印装质量问题，影响阅读，请联系021—64386496调换。